INTO
THE
HOURGLASS

Into The Hourglass
Copyright ⓒ 2019 by Emily R. King
All rights reserved.

Korean translation copyright ⓒ 2020 by H PUBLISHING COOPERATIVE.
This edition made possible under a license arrangement originating with
Amazon Publishing, www.apub.com, in collaboration with Eric Yang
Agency.

이 책의 한국어판 저작권은 EYA(Eric Yang Agency)를 통한
Amazon Publishing사와 독점 계약으로 '에이치'가 소유합니다.
저작권법에 의하여 한국 내에서 보호를 받는 저작물이므로 무단 전재 및 복제를
금합니다.

INTO THE HOURGLASS

모래시계 속으로

에밀리 킹 지음
윤동준 옮김

서문

 먼 옛날 하늘로부터 세계가 다듬어져 나오기 전, 두 개의 별이 우주에서 자신이 가장 위대하고 밝게 빛난다고 서로 경쟁했다. 그들은 자기 힘을 증명하려고 영원을 가로지르는 경주를 시작했다. 둘은 빠르게 나는 데만 정신이 팔려 그만 서로 충돌해서 산산조각 나고 말았다.

 별 하나는 완전히 먼지가 되어 사라졌다. 또 하나는 겨우 날카로운 조각 하나만 남았다. 작은 조각으로 살아남은 별은 마음이 아팠다.

 창조주는 훌쩍이는 별을 손에 안아 들었다. 안쓰러운 마음에 별에게 새로운 삶의 목적을 선물하고 싶었다. 창조주는 별 조각을 검처럼 쥐고서 영원의 옷자락에서 일곱 세계를 베어냈다. 그 일이 끝나자 별은 하늘에서 내려와 불사의 검이 되었다. 창조주는 검을 수호자에게 하사했다. 만약 주인을 잘못 만나면 검은 창조주가 베어낸 세계를 다시 산산조각을 낼 수도 있었다. 얼마 지나지 않아 검은 새로운 사명에 푹 빠져 자신이 별이었다는 사실조차 잊어버리고 말았다.

운명이 정한 어느 날, 시계태엽심장을 가진 슬픈 소녀가 검을 찾아냈다. 너무도 오랜 세월이 지나 검이 존재한다는 사실마저 잊힌 이후였다.

격렬한 감정에 사로잡힌 소녀의 손안에서, 검은 자신이 한때 별이었다는 사실을 기억해냈다. 가슴속에 슬픔을 간직한 소녀에게는 삶의 목적이 있었다. 둘은 함께 태양과 경쟁하기로 했다.

1

바다는 세상 그 무엇보다 더 많은 비밀을 간직하고 있다. 하얀 포말 위로 숨은 전설을 속삭이다가 잔잔한 수면 아래로 다시 숨긴다. 바다의 캐서린호는 돛을 활짝 펼치고 멀리 보이는 먹구름을 향해 별세계를 찾아 물살을 갈랐다.

먼바다를 두 달간 항해했지만 우리는 정확한 방향을 찾지 못했다. 예민한 내 방향감각도 별 도움이 되지 못했다. 목적지인 별세계로 통하는 관문을 찾으려면 우리 세계에서 길을 잃어야만 하는 것일까.

나는 항해 테이블 위에 놓인 모래시계를 살폈다. 윗부분 유리 안에 쌓인 모래가 오목한 중간 부분을 통과해 가느다란 실처럼 아래로 흘러내렸다. 우리는 모래시계를 8시간마다 하루에 세 번 뒤집었다. 1분쯤 지나면 다시 뒤집어야 할 것 같았다.

이제는 선장이 된 베비나가 물결치는 갈색 머리카락을 뒤로 묶고 삼각모를 쓴 채 자신의 몸보다 큰 둥그런 키를 붙잡고 배를 조종했다. 그녀의 가슴은 넘쳐나는 자부심만큼 풍만했다. 거리의 도박사가 전설 속의 보물을 찾아 모험에 나섰고, 나는 전설 속의 왕자를 쫓아야만 했다.

모래시계의 마지막 모래 한 알이 떨어져 내렸다. 내 시계태엽 심장이 내는 똑딱 소리 사이에 모래시계를 뒤집었다. 모래시계는 다음 8시간을 향해 흘러내렸다.

"이제 재미슨을 찾아갈 거야?"

베비나가 물었다.

"나를 보고 싶어 하지 않을 거야."

"그래도 남편이잖아."

"지금은 그저 죄수일 뿐이야."

베비나가 웃음을 터트렸다.

"결혼이 감옥이라고들 하지. 가봐. 가서 마음을 바꾸기만 하면 바로 풀어준다고 해."

베비나 선장이 수평선을 바라보며 거침없이 키를 돌렸다.

"우리는 한 시간 안에 저 폭풍 속으로 가야 해. 지금이 아니면 앞으로 네 남편을 찾아갈 기회가 없을지도 몰라."

나는 먹구름이 낀 하늘을 올려다봤다. 마크햄을 삼킨 괴물 고래인 공포의 도르카와 아벨린의 검은 태풍을 통과해 우리 세계인 생명의 땅과 파도 밑 땅 사이를 오간다. 저 태풍 속에는 분명 숨겨진 관문이 존재할 것이다.

나는 빨간 울 장갑을 손목까지 바짝 올려 끼고 주갑판으로 내려갔다. 라베릭과 클라렛이 내 선실 주변을 서성였다.

"여기 동전을 떨어트렸어."

클라렛이 부드러운 목소리로 말했다. 고양이를 닮은 눈이 장난스럽게 빛났다. 햇볕에 탄 황금빛 피부는 노란 드레스와 잘 어울렸다.

라베릭은 밤색 머리카락을 뒤로 당겨 묶어서 여우를 닮은 그녀의 얼굴이 도드라졌다. 대포를 쏠 때 필요한 도화선이 그녀의 허리에 마치 꽃송이처럼 매달려 있었다. 여우와 고양이는 늘 이유 없이 들떠 있었다.

"우리는 *그것*이 선실 안에 있는 걸 알아. 그저 한번 보고 싶을 뿐이야."

"무슨 말을 하는지 모르겠는데."

내 대답에 클라렛이 라베릭의 소매를 잡아끌었다.

"가자, 라베릭. 언젠가 때가 되면 에벌리가 만나게 해줄 거야."

그들은 서로 팔짱을 끼고 멀어졌다. 나는 햇빛이 비치는 내 선실로 들어갔다.

"라델라?"

내 손바닥만 한 푸른빛의 픽시가 선반에 세워진 책 뒤에서 살금살금 걸어 나왔다. 거미줄처럼 섬세한 날개가 작은 몸을 감쌌다.

"여우와 고양이가 너를 보고 싶어 해. 만약 그들이 몰래 들어오면 꼭 숨어 있어."

라델라는 누군가의 머리를 마구 물어뜯는 흉내를 냈다.

"안 돼. 다치게는 하지 마. 글쎄… 그녀들이 못된 짓만 하지 않는다면."

여우와 고양이는 내가 라델라를 배에 태웠다고 짐작하고 픽시를 찾아내려 했다. 둘은 픽시의 날개에 있는 마법의 가루가 사물을 사라지게 한다는 사실을 안 이후 관심이 폭발했다.

나는 클레온의 어항이 놓인 탁자에서 편지를 발견했다. 겉면에 데이지 꽃무늬가 그려진 시간의 지배자가 보낸 편지였다.

"시간의 지배자가 왔었어? 그가 편지를 남겼어?"

라델라가 연신 고개를 끄덕였다. 나는 편지를 펼쳤다.

친애하는 에벌리,

그대를 직접 만날 수 없다는 사실을 양해 바랍니다. 하지만 그대가 파도 밑 땅으로 향하고 있다는 사실은 무척 기쁘네요. 아벨린의 검을 되찾는 것이 무엇보다 급선무입니다. 일곱 세계의 운명이 그대에게 달려 있습니다. 파도 밑 땅은 조심해야 합니다. 특히 시계태엽심장을 잘 돌봐야 할 겁니다.

당신의 친구,

시간의 지배자.

신기하게도 데이지 무늬에서는 향긋한 꽃향기가 났다. 나는 달콤한 향을 몸 깊숙이 들이켰다. 빨리 육지를 밟고 싶었다. 도레스탄드로 돌아가 삼촌을 만나고도 싶었다. 그러나 먼저 마크햄에게서 아벨린의 검을 되찾아 시간의 지배자에게 돌려줘야 한다. 불사의 왕자가 전설의 검으로 돌이킬 수 없는 끔찍한 짓을 저지르기 전에.

라델라가 날아오더니 오늘 아침에 자신이 만든 악보 위에 내려앉았다. 예민한 귀를 가진 픽시는 노래를 좋아하는 생명체였다. 꼭 버릇없는 장난꾸러기처럼 늘 큰 눈을 두리번거렸다. 라델라는 버릇처럼 아름다운 곡조를 지저귀지만 재미슨이 아랫갑판에 갇힌 뒤로는 노래를 듣지 못했다. 지난주에 우리는 말다툼을 했다. 장난꾸러기는 내가 아끼는 빗에 날개 가루를 날려 없애버렸다. 나는 픽시가 만든 악보를 살며시 집어 들었다.

"재미슨에게 네가 이 노래를 보냈다고 말할게."

픽시가 신이 나서 발을 굴렀다. 발바닥이 새까맸다. 라델라의 발은 오선지에 음표를 찍기 딱 적당한 크기였다. 그녀는 발을 잉크에 담근 뒤 오선지 위에서 춤을 추며 음악을 만들었다. 그녀는 자신을 가리키더니 다음에 내 주머니, 그다음엔 문을 가리켰다.

"같이 못 간다는 걸 알잖아."

픽시가 날개를 축 늘어트렸다.

"미안해, 라델라. 이곳이 제일 안전해서 어쩔 수 없어."

베비나는 별세계의 생명체를 좋아하지 않았다. 그녀는 어떤 마법이든 골치 아픈 문제를 일으킨다고 생각했다. 자연히 나는 이 밀항자를 그녀에게 소개할 수 없었다.

라델라가 선반 위로 돌아갔다. 날아오르면서 괜스레 어항을 발로 차 클레온을 놀라게 했다. 금붕어는 이유도 모른 채 픽시를 향해 눈을 끔뻑거렸다. 라델라에게 왜 클레온을 싫어하는지 물어본 적이 있었는데, 그녀는 두 손을 들어 무언가를 깨물어 먹는 시늉을 했다.

나는 어항에 비친 내 모습에 움찔했다. 머리카락이 바람에 흩날려 마구 헝클어진 채 부스스했다. 조끼와 셔츠, 바지를 벗고 파란색 드레스로 갈아입었다. 남자 옷이 내 심장을 감추기에는 더 편했지만 지금 가려는 곳에는 드레스를 입는 게 나을 것 같았다.

갑자기 현기증이 났다. 나는 침대에 기대어 눈을 감고 어지러운 기운이 사라지기를 기다렸다. 재미슨이 물에 젖은 부품을 임시로 교체한 이후부터 내 시계태엽심장의 박동이 예전 같지 않았다. 초침의 움직임이 약해지면서 동시에 현기증이 나곤 했다. 두 가지 문제가 관련된 것은 분명했지만 어떤 것이 원인이고 어떤 것이 증상인지 알 수 없었다. 현기증이 시계가 뛰는 힘에 영향을 주는 것일까, 아니면 그 반대일까?

나는 손으로 머리카락을 쓸어내리다가 보기 싫게 자리 잡은 턱의 흉터를 느꼈다. 마크햄의 선물이었다. 상처를 입었을 때 느낀 고통보다 몸에 새겨진 흉터가 더 괴로웠다. 거울을 볼 때마다 그가 떠올랐다.

"라델라, 금방 돌아올게."

나는 바람에 부풀어 오른 돛대 아래를 지나 주갑판을 가로질렀다. 산처럼 높은 파도가 해치 부근까지 내리쳤다. 여왕의 해군으로 복무했던 선원 몇몇이 반란에 가담하지 않고 쇠사슬에 묶인 채 아랫갑판에 갇혔다. 마크햄과 공범인 할로우도 마찬가지였다. 그녀는 맞은편 벽에 발을 올리고 마루에 등을 대고 누워 있었다. 왠지 한가로워 보이는 모습이었다. 어두운 복도 아래쪽, 뱃머리 방향에서 재미슨의 목소리가 들렸다.

"이게 네 운명선이야. 이걸 가진 사람은 드물어. 여길 봐. 운명선이 보이지?"

나는 재미슨의 방 바깥에서 멈췄다. 테이블에 퀸과 재미슨이 앉아 있고, 퀸의 무릎 위에 잠든 고양이가 보였다. 그는 소녀의 오른손을 붙잡고 손바닥을 들여다보는 중이었다.

"이 선은 네 운명을 보여줘. 우리는 모두 어떤 목적을 가지고 태어나지. 그리고 이 선은 그 목적이 세계의 운명에 얼마나 중요한지를 보여주는 거야."

"왜 내 건 이렇게 짧아요?"

"운명선의 길이는 중요하지 않아. 네 건 깊게 파였어. 네가 창조주에게 무척 소중한 존재라는 의미지."

나는 문지방을 건너 그들 앞으로 나섰다. 재미슨이 턱을 치켜들더니 시선을 돌려버렸다. 퀸이 손을 거두면서 말했다.

"에벌리도 손금을 봐달라고 해요."

"글쎄, 난 다음에."

나는 작은 방 안을 살폈다. 해먹과 테이블 하나, 의자 둘. 테이블 위에는 체스판이 있고, 구석에는 바이올린이 세워져 있었다.

"폭풍을 찾았어, 퀸. 이제 올라가 대비를 해야지."

"하지만 아직 손금을 덜 봤어요."

"다음에 마저 봐줄게."

재미슨이 퀸에게 짧게 미소 지었다. 소녀는 무릎에서 고양이를 안아 들고는 어깨에 올려놓았다. 내가 머리를 쓰다듬자 매끄러운 몸매의 맹수는 갸르릉거리며 손에 머리를 비볐다. 퀸은 고향을 떠나올 때보다 키가 훌쩍 자랐다. 하지만 여전히 배 안에서 가장 나이가 어렸다. 그녀는 고양이를 다독거리며 방을 나갔다.

재미슨이 체스판을 정리했다. 면도하지 않아 텁수룩한 구레나룻과 턱수염이 묘한 매력을 풍겼다.

"바이올린에 손을 대지 않았군요."

"연주해주기를 바라나요?"

"네."

"내가 아내로 인해 반역자들의 배 안에 감금된 사실을 잊었어요? 그저 드레스를 입고 나타난다고 해서 해결될 문제는 아닌 것 같습니다만."

그가 체스판 위의 말을 상자에 쓸어 담으며 톡 쏘듯이 내뱉었다. 얼굴이 화끈거렸다.

"이건 너무 터무니없어요, 에벌리. 폭풍을 쫓아 고래를 찾는다고요? 결국 공포의 도르카는 이 배를 박살 내고 선원들을 익사시킬 거예요."

"도르카는 우리를 별세계로 데려갈 수 있어요."

창조주는 우리가 사는 생명의 땅을 포함해 일곱 세계를 빚었다. 마크햄이 자신의 세계를 파괴하기 전까지는 일곱 세계가 분명 존재했다.

"우리는 와이어트로 돌아가야만 해요."

재미슨이 강한 어조로 말했다.

"아이슬린 여왕에게 보고해서 직접 총독의 반란을 진압하게 해야 합니다."

나도 그럴 수 있기를 바랐다. 하지만 재미슨이 아무리 여왕의 장교이자 백작이라고 해도, 여왕이 나를 다시 감옥에 가두지 않는다고 장담할 수 없다. 게다가 나는 아벨린의 검도 되찾아야 한다.

"여왕이 우리를 도와줄지 확실하지 않잖아요."

"당신도 킬리언이 뭘 하려는 건지 모르잖아요. 당신은 개인적 복수를 위해 많은 사람을 위험에 빠트리려고 합니다."

"나는 아버지가 시작한 일을 끝내야만 해요. 아벨린의 검은 아버지가 찾기 전까지 수백 년 동안 실종됐어요. 아버지는 그 검을 시간의 지배자에게 되돌려주려다 목숨을 잃은 거고요."

"그래서 당신은 할 수 있나요? 마크햄은 불사의 존재입니다. 그가 무슨 짓을 할지 몰라요. 그리고 시간의 지배자는 왜 직접 그 검을 찾지 않는 거죠?"

"당신 말이 맞아요. 우리는 마크햄이 무엇을 원하는지 모르죠. 하지만 그는 이미 한 세계를 파괴했어요. 그다음엔 우리 세계가 될지도 모르고요."

지친 재미슨의 눈이 나와 마주쳤다.

"그냥 그가 사라진 걸 감사하면서 운명에 맡길 수도 있겠죠."

나는 이곳에 내려오면서 하려던 말을 아직 꺼내지 못한 채 악보를 테이블 위에 올려놓았다.

"라델라와 제 선물이에요."

"발자국으로 악보를 그린 거예요?"

"라델라가 당신을 많이 그리워해요…. 우리 둘 다 그래요."

그가 깊은숨을 내뱉었다.

"아까, 당신 드레스를 뭐라고 한 건…."

"알아요. 진심이 아니라는 거."

나는 그의 어깨를 부드럽게 쓰다듬었다. 근육이 긴장하는 게 느껴졌다. 그의 목에 팔을 걸치고 무릎 위에 앉아 목덜미를 어루만졌다. 그에게서 바다 냄새가 났다.

"당신이 우리와 함께했으면 좋겠어요. 나와 함께 가요."

갑자기 배가 심하게 출렁거리면서 체스 말들이 바닥에 굴러떨어졌다. 쓰러지지 않기 위해 서로를 붙잡고 중심을 잡았다. 우리는 폭풍에 가까워졌다.

"지금 이게 다 뭐 하자는 거죠?"

"재미슨, 우리는 파도 밑 땅에 대해 아는 것이 별로 없어요. 그저 바닷속 어딘가에 존재한다고 짐작만 하죠. 당신은 이미 물에 잠긴 내 심장을 한 번 고쳤어요. 나는 당신이 꼭 필요해요."

"아아, 당신 친구들에게 아직 시계태엽심장에 대해 말하지 않았군요."

그가 몸을 뒤로 젖히며 말했다.

"아직 조심하는 중이에요."

"나와 함께하자는 이유가 오직 당신의 그 심장 때문인가요?"

그가 조심스럽게 물었다.

"우리는 같은 것을 바라잖아요. 모두 고향에 돌아가고 싶어해요."

"당신은 그저 예전 삶으로 돌아가길 원하는군요."

"당신은 아닌가요?"

우리는 결혼을 진심으로 원하지는 않았다. 나는 그의 상관이자 내 원수인 마크햄에게 접근하기 위해, 그는 비수섬에 오랫동안 남아 있기 위해 결혼했다. 그가 고개를 살짝 흔들었다.

"세상은 변합니다, 에벌리. 고향이 우리가 떠날 때와 똑같은 모습으로 남아 있을 거라는 기대는 욕심일 수 있습니다."

"제 삼촌은 변하지 않을 거예요. 시계수리점도 그렇고요."

파도가 배를 때리며 바닥에 흩어진 체스 말들이 들썩였다. 그 조그만 체스 말들이 마치 내 모습 같았다. 자신의 의지와 상관없이 이리저리 구르며 비틀거리는 모습이.

이번에도 재미슨을 설득하지 못할 것 같았다. 바깥 상황이 궁금해 몸을 일으키며 나는 미리 생각해둔 마지막 질문을 던졌다.

"그때 물에 잠긴 제 심장 부품을 교환하면서 혹시 다른 곳도 손댔나요?"

"아니요, 왜요?"

"별거 아니에요. 비밀을 지켜줘서 고마워요. 제 시계태엽…, 저에 대해서요."

"이미 약속했던 일입니다. 행운을 빌어요, 에벌리."

나는 간신히 미소를 꾸며냈다. 목구멍이 따끔거렸다.

"그래요. 나에겐 행운이 아주 많이 필요할 것 같아요."

주갑판에 올라오니 생각보다 바람이 약했다. 하지만 가파른 파도를 헤쳐 나가느라 배가 속도를 내지 못했다. 나는 상갑판으로 올라가 베비나 선장에게 다가갔다.

"폭풍의 방향이 달라졌어."

그녀의 말이 끝나기가 무섭게 번개가 치며 하늘이 밝아졌다. 배의 방향을 바꿔 폭풍을 쫓으려면 시간이 좀 더 걸릴 듯했다.

"절대 폭풍을 놓치면 안 돼."

"폭풍보다도 우리를 따라오는 배가 더 신경 쓰여."

"따라오는 배라니?"

나는 항해 테이블 위에 놓인 망원경을 들어 선미 쪽 수평선을 살폈다.

"누구지?"

"모르겠어. 너무 멀어서 깃발 색깔도 알아보기 힘들어."

"따돌릴 수 있을까?"

"글쎄, 힘들 것 같아. 우리랑 계속 방향이 같아."

여왕의 해군은 아닐 거다. 우리는 여왕의 식민지를 두 달 전에 떠났다. 게다가 와이어트 왕국과 비수섬은 그보다 훨씬 더 멀었다. 여왕이 창조주에게서 직접 계시를 받지 않는 이상 우리의 반란을 알아내고 해군을 파견하기에는 시간이 부족했다.

"분명 아이슬린 여왕이 보낸 해군은 아닐 거야."

"당연하지. 여왕이 앞을 내다보는 능력이 있다면, 나는 엘프야."

그녀의 냉소에 나는 입을 다물었다.

"계속 폭풍을 쫓을 거야. 추격자들이 먼저 방향을 바꿀지도 모르지. 우리 운이 트이면 알려줄게."

나는 다시 망원경을 들어 수평선에서 어른거리는 배를 살폈다. 바다처럼 행운 역시 예측할 수 없다. 한순간 우리 편이 되었다가도 그다음엔 재앙 속으로 밀어 넣는다.

2

　나는 피스톨의 공이치기를 풀었다가 다시 당겼다. 총에 탄알을 장전하고 발사하는 데 36초가 걸렸다. 속도는 빨라졌지만, 명중률은 좀체 나아지지 않았다. 다시 공이치기를 당겼다. 풀었다가 당기고 다시 풀기를 반복했다.
　"에벌리." 알릭 헉슬리 박사가 지친 신음을 섞어 말했다.
　"거의 끝나가는데, 밖에서 기다려줄래요?"
　나는 피스톨을 무릎에 놓고 의자에 앉아 다리를 흔들었다. 의무실은 배 안에서 가장 안락한 곳이었다. 향긋한 허브가 든 나무 상자와 유리병이 선반에 가득했다.
　"여기가 편안해서 좋은데요."
　"그럼 좀 조용히 해줘요."
　의사가 콧수염을 씰룩거리며 다시 환자 명부에 집중했다. 알릭은 반란에 동참한 후 우리를 위해 배에 남았다. 그의 책상 구석에 퀸이 받아쓰기를 한 공책이 놓여 있었다. 알릭은 퀸에게 읽고 쓰는 법을 가르치는 중이었다.

베비나와 이야기를 나눈 후 나는 작업복으로 갈아입고 인형 몇 개를 조각했다. *바다의 캐서린호* 뱃머리에 서 있는 인어 조각상을 똑같이 만들어보는 중이었다. 상반신은 인간, 하반신은 물고기인 생명체는 조각하기 어려운 섬세한 부분이 몇 군데 있었다. 긴 머리카락과 하반신을 덮은 다이아몬드 문양의 비늘은 쉽지 않았다. 나는 조각이 잘되지 않아 내버려두고 의무실로 왔다.

"저기, 발 좀 그만 흔들어요." 알릭이 깃펜을 놓으며 말했다. 나는 피스톨을 허리띠에 끼워 넣고 빈 병을 잡았다.

"시간이 없어요. 베비나가 폭풍을 거의 따라잡았어요."

알릭이 외투를 걸치자 나는 그가 옷을 다 입기도 전에 밖으로 끌고 나왔다. 내 망토가 거센 바람에 마치 살아 있는 것처럼 퍼덕였다. 돛이 초저녁 황혼에 물들었다. 태풍은 배 오른쪽 먼바다에 잿빛 벽처럼 치솟아 있고, 배 뒤쪽으로는 여전히 정체를 알 수 없는 배가 우리를 쫓아왔다.

알릭과 나는 갑판 중간 부분으로 향했다. 알릭이 금줄로 연결된 주머니시계를 꺼냈다. 그가 나에게 사격술을 가르쳐주는 대신 나는 뱃멀미 환자들이 토해놓은 양동이를 비우고 말린 생강가루를 먹이며 진료를 도왔다.

내가 빈 병을 난간 위에 올려놓았다. 살짝 흔들리긴 했지만 떨어지지는 않았다.

"준비됐어요?"

그가 시계를 보며 물었다. 선미 쪽에서는 선원들 한 무리가 대포 주변에 모여 있었다. 매일 아침저녁에 라베릭과 포수 여섯 명이 대포 발사 훈련을 했다. 바다의 캐서린호에는 대포가 늘어선 세 개 층의 갑판이 있었다. 라베릭은 대포 하나하나를 발사해보면서 점검하는 걸 즐겼다. 그녀는 화약을 잘 다뤘다.

"준비 완료."

"화약을 재고 탄알을 장전해요. 그런 다음 공이치기를 당기고 준비가 되면 방아쇠를 당겨요."

손과 머리가 하나가 되어 움직였다. 나는 화약통을 총구에 붓고 꽂을대로 탄알을 쑤셔 넣은 후 방아쇠를 당겼다. 그러자 불꽃이 튀며 총알이 발사되었다. 반동으로 손이 얼얼하고, 폭발음으로 귀가 먹먹했다. 하지만 난간에 세워진 병은 그대로였다. 연기가 피어올랐다가 바람에 날아갔다. 알릭이 귀를 가렸던 손을 내렸다.

"목표물을 맞히진 못했지만 점점 가까워지고 있군요."

"시간은 어때요?"

"34초."

좀 빨라지긴 했다. 가파른 파도에 배가 기울었다. 우리는 균형을 잃고 비틀거렸다. 알릭이 난간에서 떨어지는 병을 낚아챘다.

"이제 가볼게요." 그가 의무실 쪽을 바라보며 말했.

"오늘 아침에만 양동이를 세 번이나 비웠어요. 환자들에게 소금에 절인 생선도 먹이고요."

"좋아요. 한 번 더 하죠."

그때 뒤쪽에서 무언가 폭발하며 고막이 울렸다. 나는 놀라서 돌아보다 발을 헛디뎌 난간에 가슴을 부딪치고 말았다. 충격으로 심장에서 날카로운 통증이 전해졌다. 정신을 차리기 위해 숨을 멈추고 눈을 감았다. 다시 눈을 떴을 때 알릭이 걱정스러운 표정으로 나를 바라보고 있었다.

"대포 발사 전에 구호를 외쳐야지!"

그가 선미 쪽의 포수들에게 큰소리로 외치고는 내 상태를 살폈다.

"괜찮아요?"

알릭이 눈썹을 모으고 옷깃 사이로 내 빗장뼈를 살폈다. 가슴의 흉터가 셔츠 위로 살짝 드러났다. 나는 서둘러 셔츠 옷깃을 여몄다.

"미안해! 우리를 봤다고 생각했어."

라베릭이 다가와서 미안해하며 말했다. 알릭은 뭔가를 곰곰이 생각하는 표정이었다. 나는 두 사람에게 손을 흔들고 옆구리를 움켜쥔 채 선실로 돌아갔다.

선실 안에 들어서자 라델라가 선반 위에 놓인 책 사이에서 고개를 빼꼼 내밀었다. 나를 보더니 안심한 표정으로 다시 몸을 숨겼다. 갈비뼈 쪽에 통증이 느껴졌다. 알릭이 내 흉터를 봤을까? 보더라도 무슨 상관인가? 나는 그저 평소처럼 행동하면 된다. 그때 누군가 문을 두드렸다.

"에벌리? 몸은 좀 괜찮아? 너한테 줄 게 있어."

라베릭이었다. 문을 열자 라베릭이 두꺼운 황동 손잡이에 얇은 날이 달린 짧은 검을 내밀었다.

"네 거야."

나는 손잡이를 쥐어보았다. 장인의 솜씨였다. 무게와 균형감이 선원용 라피에르보다 아벨린의 검에 더 가까웠다.

"클라렛하고 내가 배에서 주웠어. 원래 네 검보다는 못하지만 네가 좋아할 거 같아서."

"누가 버린 걸 너희가 주웠다고?"

여우와 고양이가 주웠다고 주장하는 것은 대부분 슬쩍한 경우가 많았다. 나는 검을 되돌려주려고 했지만 그녀는 받지 않았다.

"너는 무기가 필요해. 게다가 이미 배에 탄 모든 사람에게 주인이 있는지 물어봤는데 아무도 없었어. 클라렛이 너를 위해 날도 새로 날카롭게 갈았어."

라베릭이 가장 친한 친구 이름을 대면서 불안하게 목소리를 떨었다. 이유를 알 수 없었다. 언제부터 라베릭이 물건 주인을 신경 썼던 거지?

그 순간 머리 위로 다시 굉음이 울렸다.

"저건 우리 배에서 쏜 게 아냐."

"당연히 아니지."

나는 그녀를 지나쳐 주갑판으로 나섰다. 두꺼운 먹구름이 하늘을 덮었다. 계단을 올라 키를 조종하는 베비나에게로 갔다.

"이제 폭풍 속으로 들어온 거야?"

"곧 들어갈 거야. 그리고 우리만 들어가는 것도 아냐."

그녀가 우리 뒤쪽을 가리켰다. 우리를 쫓는 배가 훨씬 더 가까워졌다. 번개가 다시 번쩍였다. 날카롭게 이리저리 꺾인 섬광이 칼날처럼 바다에 내려치며 천둥소리가 이어졌다. 순간 빛 덕분에 따라오는 배의 돛대에 펄럭이는 깃발이 눈에 들어왔다. 파란색과 녹색이 섞인 와이어트 왕국의 깃발이었다!

"세상에나! 어떻게 우릴 찾았지?"

"여왕에게 정말 예언 능력이 있나 보지."

베비나가 중얼거렸다. 그러더니 큰 목소리로 덧붙였다.

"저기 보이는 큰 파도를 넘으려면 속도를 늦춰야 해. 그래도 저 배가 우리를 따라잡지는 못할 거야."

베비나 선장은 곧장 폭풍 속으로 키를 잡았다. 나는 주갑판으로 이어지는 계단을 달려 내려갔다. 내 선실로 통하는 길에 알릭이 서 있었다.

"에벌리, 할 말이 있어요."

"지금은 안 돼요, 알릭. 곧 폭풍 속으로 들어갈 거예요. 빨리 퀸을 안전한 곳으로…."

"그 아이보다 당신이 더 급해요."

그는 목덜미에 숨겨진 내 흉터 쪽을 바라봤다.

"저는 외상 전문입니다, 에비. 당신의 흉터는 무척 깊고 안 좋은 위치에 있어요. 혹시 통증은 없나요?"

"지금 중요한 건 상처가 아니에요."

내가 톡 쏘듯 말하자 그가 입술을 꾹 다물더니 옆으로 비켜섰다.

"퀸은 제가 돌볼게요. 걱정하지 않아도 됩니다."

"그럼 안심할 수 있겠네요. 고마워요."

나는 그를 지나쳐 선실로 뛰었다. 여벌 망토로 피스톨을 감싸 가방에 쑤셔 넣었다. 그다음 양철 호루라기와 시간의 지배자가 준 픽시 날개 가루 주머니를 바지 주머니에 집어넣고 검을 잡았다. 라델라가 선반에서 날아와 내 머리 위를 맴돌았다.

"시간이 됐어. 계획에 따라 움직여야 해."

픽시가 눈을 가늘게 뜨고 나를 노려봤다.

"그래, 라델라. 다 잘될 거야."

나는 선원들이 사용하는 방수용 오일이 든 병을 꺼내 가슴에 발랐다. 특히 시계태엽심장 주위에 두텁게 발랐다. 천둥이 또다시 우르릉거렸다. 라델라가 내 가방 속으로 날아들어 몸을 숨겼다. 나는 삼각모를 쓰고 클레온의 어항에 먹이를 충분히 뿌렸다. 우리가 떠난 뒤에는 퀸이 클레온을 돌볼 것이다.

"잘 숨어 있어야 해."

나는 픽시에게 말하고는 문을 열고 돌풍 속으로 나섰다. 빗방울이 내 망토에 점점이 떨어졌다. 선원들이 등불을 들고 이리저리 뛰어다니며 자기 위치를 찾아갔다. 배는 높은 파도에 올라서서 하얀 거품을 타고 가다가 다시 골짜기로 내려서기를 반복했다. 미끄러운 갑판 위를 조심스럽게 지나 클라렛과 선원 두 명이 곧 출발할 보트를 준비하는 좌현으로 갔다. 클라렛은 흥분해서 들뜬 표정이었다. 그녀는 이런 위험한 상황을 즐겼다.

베비나가 키를 다른 선원에게 맡기고 주갑판으로 내려왔다. 그녀는 망원경으로 거친 파도를 살폈다. 라베릭이 선원들과 대포 사이에 서서 도르카의 공격에 대비해 작살대포를 점검했다.

배가 폭풍 속으로 접어들어 속도를 줄인 이후부터 우리를 쫓는 배가 점점 더 가까워졌다. 나는 보트에 가방을 던져 넣고 클라렛과 다른 선원들을 도와 보트를 내리는 작업을 도왔다. 그때 까마득한 돛대 위 망루에서 한 선원이 악을 쓰는 소리가 들렸다.

"좌현 쪽 고래!"

배에 탄 모든 사람이 하얀 포말이 이는 파도 사이를 살폈다. 몰아치는 돌풍에 돛이 찢길 듯이 비명을 질렀다. 빗줄기가 채찍처럼 몸을 때렸다.

"저기!"

라베릭이 외쳤다. 거대한 혹이 물 밖으로 떠올랐다. 미끈한 고래 등에는 여기저기 작살에 패인 흉터가 보였다. 도르카는 수십 년간 바다를 공포로 물들이며 바다 밑 세계와 우리 세계를 오갔다. 뱃사람들은 괴물을 죽였다는 명성을 차지하기 위해 고래를 쫓았지만 항상 살아남았다.

도르카가 보이자 선원들의 움직임이 더욱 바빠졌다. 나는 마음속으로 라델라가 일러준 사항들을 되새기며 양철 호루라기를 주머니에서 꺼냈다. 처음 그녀의 말을 들었을 때 엉터리라고 생각했다. 이제 울부짖는 파도 속에서 픽시의 지시에 따르려니 바보처럼 느껴졌다.

나는 양철 호루라기를 입술 사이에 물고 길고 크게 네 번을 불었다. 라델라는 호루라기가 고래 울음과 가장 비슷한 소리라고 했다. 이 소리에 반응한 건지 도르카가 우리 쪽으로 돌진했다. 천둥소리가 더 가깝게 들리고 번개가 바로 배 앞쪽 바다를 내리쳤다. 마치 폭풍이 고래에게 끌려다니는 것만 같았다. 몸통이 우리 배만큼 두껍고 길이는 거의 절반에 가까운 괴물 고래가 좌현 쪽에서 우리 배와 나란히 헤엄쳤다. 고래의 턱 주변에는 어마어마한 양의 따개비가 달라붙어 있었다.

"도르카를 왜 부르느냐, 시간의 운반자여?"

고래의 목소리는 천둥 같았다. 굉음에 속이 울렁거렸다. 베비나와 클라렛이 뱃전으로 와 내 옆에 섰다.

"뭐 하는 거지?"

"우리에게 말을 거는 것 같아."

클라렛과 베비나가 거의 동시에 입을 열었다.

"고래가 내게 말했어." 그들은 흠칫 놀란 눈으로 내 얼굴을 바라봤다.

"너희는 못 들었어?"

"너는 들었어?"

클라렛이 의심스러운 표정으로 물었다. 둘 다 내장까지 떨리는 고래의 목소리를 알아듣지 못한 것 같았다. 라델라는 도르카가 의사소통하고 싶은 사람을 고를 수 있다고 했다. 어떻게 그럴 수 있는지 모르겠지만 그 의미를 지금은 이해할 수 있었다. 고래가 다시 낮고 길게 울었다. 내 마음속으로 그 의미가 전해졌다.

"도르카는 네 시계 진동 때문에 몹시 괴롭다. 끊임없는 똑딱 소리에 지쳤다. 원하는 것이 뭐냐, 인간아?"

그의 목소리가 머릿속을 울렸다. 나는 큰 소리로 대답했다.

"킬리언 마크햄에게 데려다줘."

베비나가 몰아치는 바람 속에서 커다랗게 외쳤다.

"저 괴물이 뭐라는 거야?"

내가 손바닥을 들어 그녀에게 조용히 하라고 신호를 보냈다.

"대가가 있어야겠지." 배와 나란히 헤엄쳐 가며 고래가 말했다. 고래의 거울같이 매끄러운 눈이 우리를 쳐다봤다.

"픽시 날개 가루 두 주먹이다."

나는 벨벳 주머니를 들어 보였다. 라델라는 이 가루를 고래가 몹시 탐낼 것이라고 했다. 파도 밑 땅에는 픽시가 살지 않았다. 도르카의 세계에서는 이 가루가 몹시 귀하며, 성가신 따개비를 없앨 때 이 가루가 유용하게 쓰인다고 했다.

"우리에게 길을 안내해줘."

"파도 밑 땅은 인간을 위해 만들어진 세계가 아니다. 네 가슴에 달린 시간을 담은 기계가 온전치 못할 것이다. 우리의 낮과 밤은 이음매가 없다. 가는 모래처럼 부드럽게 흐른다. 네가 그곳에 간다면 반드시 우리 흐름에 따라야 한다."

시간의 지배자는 내 심장이 그 변화를 견뎌낼 수 있다는 것을 분명 알고 있다. 아니라면 내게 마크햄을 쫓으라고 하지 않았을 터다.

"나와 동료들을 왕자에게 데려가줘. 내 심장은 내가 알아서 하겠다."

"대담하구나, 시간의 운반자여. 픽시 가루를 가져와라. 도르카가 너희를 데려갈 것이다. 하지만 일단 다리 두 개 달린 해충들이 나를 공격하지 않는다는 맹세부터 해라."

"맹세한다."

그때 베비나가 옆에서 끼어들며 말했다. "뭘 맹세해?"

"자기를 공격하지 말래. 그러면 도르카가 관문을 통과해 우리를 파도 밑 땅으로 데려다줄 거야."

그때였다. 베비나가 내 손에서 픽시 가루가 든 주머니를 낚아챘다. 나는 놀라 입을 다물지 못했다.

"미안해, 에벌리. 그렇게는 안 되겠어."

"하지만…, 하지만 도르카가 우리를 별세계로 안내해준다고 했어."

"우리는 안 갈 거야."

클라렛과 옆에 선 선원이 갑자기 다가와 내 손목을 몸 뒤로 비틀었다. 나는 꼼짝할 수 없었다. 아래쪽에서 라베릭과 포수들이 작살 대포를 준비했다.

"베비나, 이러지 마! 도르카와 약속했어. 저 대포를 치워야 해!"

"그럴 수 없어, 에벌리. 나는 선원들을 위험에 빠트릴 수 없어."

시계태엽심장이 쿵쾅거렸다.

"보물은 어떡하고?"

"공포의 도르카가 보물이야."

베비나가 바람에 날리는 모자를 손으로 짚으며 말을 이었다.

"나는 너를 포함해 모든 선원의 안전을 지켜야 해. 바닷속 별세계보다 여기 우리 세계가 훨씬 안전하지."

라베릭이 도화선에 불을 붙였다.

"안 돼!"

나는 클라렛의 발등을 밟고 옆에 있던 선원의 코를 팔꿈치로 때렸다. 그리고 그들의 손아귀에서 벗어나 대포를 향해 달렸다.

쾅쾅!

쾅쾅!

대포의 반동으로 갑판이 울리고 매캐한 연기가 피어올랐다. 맹렬하게 으르렁거리는 소리가 터져 나왔다. 분노한 호루라기 소리가 날카롭게 머릿속을 뚫고 지나갔다. 나는 바닥에 엎드려 귀를 막았다.

"땅에 사는 이 역겨운 해충들아!"

도르카가 울부짖었다. 숨구멍에서 거대한 물기둥이 치솟았다. 난간 사이로 파도가 들이쳤다. 작살 두 개는 모두 목표에 적중했다. 하나는 도르카의 등에, 다른 하나는 옆구리에 깊숙이 박혔다. 괴물 고래가 배를 향해 커다란 물보라를 일으켰다. 온몸이 물에 흠뻑 젖었다.

"우현에 침입자!"

다시 망루에서 경고 소리가 들렸다. 우리 뒤를 쫓던 배가 거의 따라잡기 일보 직전이었다. 우현 갑판에서 얼마 떨어지지 않았다. 우리 배보다 크기는 작았지만 대포로 무장한 해군 함정이었다.

이번에는 도르카가 우리 배로 돌진해 몸을 부딪쳤다. 선체가 심하게 흔들리면서 베비나와 내가 동시에 넘어졌다. 번개가 뱃머리 돛대를 때렸다. 기둥이 번쩍하더니 부러지면서 불꽃이 비처럼 쏟아졌다. 순식간에 돛이 활활 타오르며 하늘로 연기가 치솟았다.

클라렛이 난간을 껴안고 들이치는 파도를 버티고 있었다. 물에 빠진 고양이처럼 머리부터 발끝까지 흠뻑 젖었다.

"선장! 배에 물이 차고 있어."

갑판이 울리며 선체가 부서지는 소리가 들렸다. 라베릭과 포수들은 서둘러 대포에 다시 작살을 끼워 넣었다. 나는 여전히 베비나 손에 들려 있던 픽시 가루 주머니를 낚아챈 다음 뱃전으로 기어갔다.

도르카는 등에 꽂힌 작살을 부러뜨렸지만 옆구리에 박힌 작살은 그대로였다. 괴물 고래가 몸부림을 치면서 거대한 꼬리로 바다를 내리쳤다. 또 한 번 큰 파도가 들이치며 작살 대포와 포수들에게 물을 끼얹었다.

나는 난간을 잡은 채 심장박동이 점점 약해지는 것을 느꼈다. 셔츠 앞섶을 풀어 시계태엽심장을 보니 분침이 제자리에서 맴돌았다. 에버우드로 통하는 관문 근처에서도 내 심장은 이렇게 움직였다. 분명 이 근처에 관문이 있는 게 틀림없다.

뱃전에 매여 있던 보트가 바람에 흔들렸다. 보트로 다가갔지만 줄이 너무 팽팽하고 무거워서 혼자서는 아래로 내릴 수가 없었다. 나는 비스듬히 기울어진 갑판을 건너 해치를 통해 아래로 내려갔다. 아랫갑판은 물이 들이쳐 벌써 발목까지 잠긴 상태였다.

"에벌리!"

할로우가 몸에 묶인 사슬을 잡아당기며 나를 불렀다.

"나를 풀어줘!"

나는 그녀를 그대로 지나쳐 재미슨의 선실로 향했다. 경비병은 사라지고 선실 문은 열린 채였다. 안으로 들어가니 재미슨이 쇠사슬을 벽에 고정된 쇠못에 걸어 빼내려고 안간힘을 쓰고 있었다.

"에비? 당신, 여기 있으면 안 돼요."

그가 놀란 얼굴로 말했다.

"이야기는 나중에 하죠. 경비병은 어딨어요?"

"선체가 기울어 물이 차니까 사라졌어요."

나는 쇠사슬을 움켜잡았다. 재미슨이 온 힘을 다해 발로 벽을 밀었다. 하지만 벽에 고정된 쇠못은 꼼짝하지 않았다. 재미슨의 무릎이 꺾였다. 지친 기색이 역력했다. 배가 덜컹거리고 갑판 벽의 판자가 자꾸 깨져나갔다. 부서진 파편과 뒤섞여 물이 무릎 위까지 차올랐다. 내가 주머니에서 조각칼을 꺼내자 재미슨이 손목을 내밀었다. 나는 칼날을 이용해 수갑을 고정한 나사못을 비틀어 겨우 빼냈다.

"다른 군함이 우리를 쫓아왔어요. 라델라는 보트에서 기다리고 있고요."

"중무장한 배인가요?"

"그래요."

"빨리 보트로 가야겠군요."

나는 방에 떠다니는 바이올린 상자를 잡기 위해 몸을 돌렸다.

"당신 바이올린을…."

"내버려둬요. 시간이 없어요."

우리는 물살을 거슬러 복도로 나섰다. 휩쓸리지 않으려고 서로의 몸을 단단히 껴안았다. 선원들과 여자들이 앞다퉈 사다리로 몰려들고 있었다.

"캘러한 대위!"

할로우가 건너편에서 소리쳐 불렀다.

"나를 두고 가지 마!"

다른 죄수들은 경비병이 풀어준 것 같았지만 할로우는 여전히 묶인 채였다. 아마도 그녀가 마크햄의 스파이였기 때문이리라. 재미슨이 머뭇거렸다.

"쟤는 구원받을 자격이 없어요. 할로우가 우리였다면 뒤도 보지 않고 떠났을 거예요."

"우리가 할로우는 아니잖아요." 그는 내게 손을 내밀었다. 나는 마뜩잖은 표정으로 조각칼을 건넸다. 그는 물을 헤치고 그녀에게 다가가 수갑을 풀어줬다. 우리는 그녀와 함께 사다리를 올라 비틀거리며 주갑판으로 나섰다. 갑판은 너무나 혼란스러웠다. 앞 돛대에서는 여전히 연기가 피어오르고 돛이 좌현부터 점점 물에 잠기고 있었다. 도르카는 계속해서 울부짖으며 몸부림쳤다. 게다가 우리 배 곁에서 군함이 산더미 같은 파도를 타고 넘으며 대포를 겨냥했다. 그 배의 선장이 갑판에 우뚝 서 있는 모습이 똑똑히 보였다. 그 옆으로 화려한 법복을 입은 남자가 망원경으로 우리 쪽을 살폈다. 재미슨이 고개를 숙이더니 그들을 등졌다.

"누군지 알아요?"

"여왕의 국무대신인 윈터스입니다."

"지금 이곳까지 오려면 저 배는 우리가 비수섬으로 출발한 지 얼마 안 돼서 출발한 거예요. 벌써 여러 달 전이죠."

"아이슬린 여왕은 마크햄이 뭔가를 숨기고 있다고 의심한 것이 틀림없군요. 분명 우리에게 항복하라고 할 거예요. 퀸은 어디 있죠?"

"알릭과 함께 있어요. 그가 잘 돌볼 거예요."

"좋아요. 보트로 갑시다."

우리는 갑판을 건넜다. 할로우도 무슨 생각인지 우리를 따라왔다. 이제는 배가 너무 기울어서 보트는 난간 너머 바다 위에 매달린 상태였다. 좌현이 수면에 닿을 때까지 곤두박질치더니 배가 튕겨 나갈 듯 요동쳤다. 우리는 흔들리는 보트 아래로 몸을 숨겼다. 그때 우르릉거리는 도르카의 목소리가 내 머릿속에서 울렸다.

"시간의 운반자여, 너는 도르카를 속였다!"

"나는 배신하지 않았어. 내 동료가 딴생각을 품은 거지."

시계태엽심장이 빠르게 돌고, 돌고, 또 돌았다.

"너와 나의 약속은 그대로야. 내게 픽시 날개 가루가 있다. 이건 네 거다."

"너는 도르카의 인내심을 시험하는구나."

"시간의 지배자가 너의 세계로 가라고 했다. 너는 반드시 나를 데리고 가야 해."

고래가 다시 숨구멍으로 물기둥을 내뿜었다.

"네가 시간의 운반자이기에 도르카는 약속을 존중하겠다."

고래는 다가오는 파도 밑으로 잠수했다. 나는 배가 파도를 넘나들며 흔들리는 동안 밧줄을 잡고 몸을 버텼다. 그새 재미슨이 보트를 묶은 밧줄을 풀었다.

"타!"

나는 보트에 올라타 바닥에 주저앉았다. 가방 주머니에서 라델라가 고개를 내밀었다가 내리치는 빗방울에 다시 안쪽으로 사라졌다. 할로우가 난간을 잡고 보트에 오르려고 했다.

"지금 뭐 하는 거야?"

"나도 너랑 같이 갈 거야."

그녀를 돌려보내려고 실랑이를 벌이면서 도르카를 기다리게 할 수는 없었다.

"맘대로 해."

그녀가 재빠르게 보트에 올라탔다. 배가 다시 가파른 파도를 오르는 사이 재미슨이 보트를 내리기 시작했다. 우리는 이리저리 흔들리며 수면을 향해 내려갔다.

"기다려!"

라베릭의 외침이 들렸다. 갑판 쪽을 바라보니 베비나와 클라렛, 라베릭이 우리를 향해 달려오는 것이 보였다. 인제 와서 내 계획에 따르겠다는 건가?

그들은 난간을 넘어 그대로 보트를 향해 뛰어내렸다. 라베릭이 할로우 몸 위로 떨어졌고, 베비나는 간신히 보트 안쪽에 내려섰다. 하지만 클라렛은 배와 보트 사이 틈으로 곤두박질치고 말았다.

"클라렛!"

라베릭이 보트 뱃전 너머 아래를 바라보며 울음을 터트렸다. 놀란 다른 이들도 아래를 내려다보았다. 클라렛이 물 위로 떠 올랐다가 다시 파도에 밀려 사라졌다. 베비나가 재미슨의 손을 모았다.

"클라렛을 구해줘요, 대위님."

그는 바다를 유심히 살피면서 재빨리 보트를 수면으로 내렸다. 작은 보트는 높은 파도에 나뭇잎처럼 휩쓸렸다. 거센 파도가 보트 옆을 때리자 그 충격에 할로우가 바다로 튕겨 나갔다. 재미슨이 할로우를 향해 손을 뻗었지만, 그녀는 물살에 점점 더 멀리 쓸려나갔다. 할로우 너머로 클라렛이 떠올랐다 다시 잠겼다.

우리 앞으로 바닷물이 치솟기 시작했다. 높이가 점점 올라가더니 마침내 배 위에선 우리 키보다 더 높아졌다. 재미슨과 내가 어마어마한 파도를 피하려고 열심히 노를 저었지만 거센 물살 앞에서는 아무런 소용이 없었다. 클라렛과 할로우가 보트를 향해 열심히 헤엄쳤다. 하지만 오히려 파도에 자꾸 밀려나기만 했다.

그때였다. 그들 뒤쪽으로 거대한 검은 형체가 떠올랐다. 공포의 도르카는 커다란 입을 벌린 채 속도를 올렸다. 그들은 고래 입속으로 쏟아져 들어가는 물살에 휩쓸려 사라졌다.

괴물 고래가 우리 보트 쪽으로 방향을 바꿨다. 파도가 높이 솟아오르면서 보트가 까마득한 꼭대기에 걸렸다. 도르카의 거친 목소리가 머릿속을 울렸다.

"도르카는 경고했다, 시간의 운반자여."

마치 해일이 몰아치는 것처럼 우리 보트는 동굴 같은 고래 입속으로 깊숙이 떨어져 내렸다. 끝이 보이지 않는 심연이었다.

3

 재미슨이 내 팔을 아플 정도로 세게 잡았다. 주위는 어둡고 조용했다. 거센 폭풍과 바다는 멀어졌다. 꿉꿉한 공기에서 썩은 생선 냄새가 났다. 나는 독한 냄새에 헛구역질을 했다.

 발밑에서 철벅거리는 물소리와 숨소리가 뒤섞여 우리를 감쌌다. 갑작스러운 상황에 말문이 막혔다. 우리는 말 그대로 고래 배 속으로 들어왔다. 공포의 도르카에게 파도 밑 세계로 데려다 달라고 했을 때 이런 상황을 예상하지는 못했다.

 발밑에서 뭔가가 빛을 냈다. 빛은 점점 커져 눈이 부셨다. 그 빛은 라델라였다. 픽시는 불꽃의 한가운데 심지처럼 파랗게 빛났다. 픽시가 얼마나 밝은 광채를 지녔는지 잊고 있었다.

 우리 보트는 기름이 둥둥 떠 있는 물웅덩이에 있었다. 죽은 생선이 웅덩이에 섞여 있었다. 웅덩이는 우리 보트가 충분히 뜰 정도로 깊었다. 뒤쪽으로 라델라의 푸른빛에 고래 이빨이 비쳤다.

하지만 앞쪽은 라델라의 불빛만으로 어둠을 벗겨내기에는 너무 깊숙했다.

시계태엽심장이 빠르게 돌고 또 돌았다. 가슴에 발라둔 방수용 기름은 지금까지는 잘 막았지만 거의 씻겨버렸다. 픽시 가루가 든 주머니는 찾을 수 없었다. 고래 입속으로 빨려들면서 잃어버린 것 같았다.

"도와줘."

희미한 목소리가 들렸다. 라델라가 물 위로 떠올라 어두운 곳을 비췄다. 어두운 괴물 고래의 배 속은 한쪽 끝에서 다른 쪽까지 둥그렇게 곡선을 그렸다. 마치 붉은 동굴처럼 보였다.

라델라가 물에 떠 있는 할로우 위에서 멈췄다. 할로우는 픽시를 보더니 깨어나 보트를 향해 헤엄쳐 왔다. 재미슨이 하나 남은 노를 그녀에게 내밀었다. 그녀가 노를 잡자 재미슨이 힘껏 끌어 올렸다. 할로우는 창백한 얼굴로 뱃전을 잡았다.

"클라렛?"

라베릭이 단짝의 이름을 불렀다. 보트에 오른 할로우가 다른 이름을 불렀다.

"킬리언? 여기 있어요?"

그때 고래가 소리 높여 울었다. 귀가 멀 것 같은 커다란 울림이 주변을 가득 채웠다. 모두 입을 다물었다.

라델라가 다시 물 위로 날아올랐다. 픽시는 보트 위를 맴돌았다. 한 바퀴 돌 때마다 범위를 점점 넓혀 나가다가 바깥벽 근처에 멈춰 맹렬하게 날갯짓을 했다. 무언가를 발견한 듯했다. 재미슨이 픽시를 향해 노를 부지런히 저었다. 할로우가 보트 난간에 앉아 아래를 내려다봤다.

"킬리언이야?"

"클라렛!"

라베릭이 한쪽 뱃전 위에 올라타 소리를 질렀다. 클라렛은 눈을 감은 채 하늘을 보며 물에 떠 있었다. 라베릭과 나는 그녀를 물에서 건져 보트 바닥에 눕혔다. 클라렛은 신발 두 짝과 한쪽 양말을 잃어버린 채였다. 라베릭이 그녀를 흔들어 깨웠지만 아무런 반응이 없었다. 나는 헉슬리 박사가 환자에게 하듯이 그녀 가슴에 손을 얹었다. 분명 심장이 뛰고 있었다.

"살아 있어!"

라베릭이 그녀 뺨을 두드렸다.

"일어나, 클라렛. 일어나!"

라델라가 갑자기 우리를 향해 빠른 속도로 날아왔다. 그러고는 보트를 향해 다이빙하듯이 낙하해 클라렛의 아랫배에 몸을 세차게 부딪쳤다. 고양이가 꿈틀거리더니 재채기와 함께 물을 토했다.

"잘했어, 라델라."

재미슨이 칭찬하자 픽시가 그의 어깨에 내려앉더니 어깨를 우쭐하며 뽐냈다. 라베릭이 친구의 젖은 머리를 쓰다듬으며 말했다.

"미안해. 베비나의 계획에 따르면 안 됐는데."

"그런데 왜 그랬어?"

"베비나는 우리 세계를 떠나기 싫어했어."

그녀의 목소리가 불안하게 떨렸다. 깨어난 클라렛이 소중한 자신의 친구에게 머리를 기댔다.

"이제 괜찮을 거야, 라베릭. 지금 함께 있잖아."

재미슨이 고래 배 속 한가운데에 있는 칠흑 같은 구덩이를 마주했다.

"저 소리 들려요?"

고래의 깊숙한 곳으로부터 차가운 바람이 엄습했다. 보트가 갑자기 어두운 공간으로 미끄러져 내리기 시작했다. 우리는 닥치는 대로 아무거나 붙잡고 버텼다. 라델라는 재미슨의 가슴 주머니 안으로 뛰어들었다. 나는 뱃전을 더욱 힘주어 움켜잡았다. 우리는 얼어붙은 채 주저앉아 기다렸다.

보트에 가속도가 붙어 도르카의 배 속으로 점점 더 미끄러져 들어갔다. 라베릭과 클라렛이 비명을 질렀다. 고래 배 속 깊숙한 어둠으로 떨어지기 직전, 다시 세찬 바람이 몰아쳐 보트를 앞쪽으로 밀어냈다.

서로 꽉 맞물린 고래의 뾰족한 이빨을 향해 보트가 날아올랐다. 우리는 죽을힘을 다해 보트에 매달렸다. 고래가 갑자기 입을 벌렸다. 보트는 그대로 고래 입 밖으로 벗어나 하늘로 치솟았다. 갑작스러운 햇빛에 눈이 멀 것 같았다. 보트는 커다란 물보라를 튕기며 수면에 부딪쳤다.

사방이 파도로 둘러싸였다. 티끌 하나 없이 맑은 하늘 아래 물살이 다이아몬드와 사파이어처럼 반짝였다. 커다란 파도가 뱃전을 때리면서 보트가 한쪽으로 크게 기울었다. 나는 재미슨을 붙잡으려 했지만 손가락이 미끄러지면서 바다로 떨어지고 말았다. 가라앉지 않으려고 팔다리를 마구 흔들었지만 이내 파도가 다시 덮쳤다. 나는 심장으로 소금물이 스며드는 것을 막기 위해 손으로 가슴을 누르면서 발길질을 해 다시 수면으로 올라갔다.

보트는 파도를 타고 멀어져갔다. 친구들도 보이지 않았다. 헤엄을 쳐 뒤쫓았지만 산더미 같은 파도가 나를 짓누르며 다시 물속으로 끌어내렸다. 햇빛이 바닷물 위에서 반짝거렸다.

* * *

몸 안에서 무언가 똑똑 떨어지는 소리가 울렸다. 시계가 똑딱거리는 소리와 크게 다르지 않았다. 일관되고, 끊기지 않고, 수그러들지 않는 소리.

나는 벌떡 일어나 앉았다. 침대였다. 어두운 침실 창문이 열려 있고 빗방울이 들이쳐 마룻바닥에 튕기며 똑똑 떨어지는 소리를 냈다. 창문을 닫으려고 일어나다가 발밑에서 무언가를 밟았다.

데이지.

시간의 지배자를 상징하는 꽃.

긴장감이 온몸으로 퍼져나갔다. 까치발로 방을 나서 복도를 지나자 익숙한 부엌이 나타났다. 난로에서는 타닥타닥 소리를 내며 장작이 타올랐고, 그 옆에 놓인 삼촌의 의자는 비어 있었다. 부엌 유리창에 빗방울이 구슬처럼 흘러내렸다. 뒷문에서 삼촌 작업실로 이어지는 복도 마루에 일정한 간격으로 젖은 발자국이 보였다.

살짝 열린 작업실 문 앞에 두 번째 데이지가 보였다. 나는 살금살금 작업실 앞으로 다가가 꽃을 집어 들었다. 안에서 삼촌의 목소리가 들렸다.

"내가 어떻게 하길 원해, 브로건?"

브로건…?

"이걸 여기에 며칠만 보관해줘요."

너무나 익숙한 목소리였다.

"섬으로 떠나기 전에 돌아올게요. 엘로윈은 아이들과 이 무기를 한 지붕 아래 두는 것을 허락하지 않을 겁니다. 이 가게만이 검을 안전하게 보호할 수 있는 유일한 장소입니다. 킬리언도 여기를 살펴볼 생각은 못 할 겁니다."

귓가에서 수천 개의 시계가 동시에 울리는 듯했다. 엘로윈은 어머니 이름이었다. 그리고 저 남자의 목소리는….

나는 문으로 다가가 열쇠 구멍으로 방 안을 엿봤다. 아버지는 내게 등을 돌린 채 서 있었다. 승마복을 입었고 신발과 바지에는 진흙이 묻어 있었다. 나는 눈을 빠르게 깜빡였다.

아버지가 살아 계셨어?

"그곳에 돌아가서는 안 되네."

작업대 앞 스툴에 앉은 홀덴 삼촌이 말했다. 아벨린의 검이 그 앞에 놓여 있었다. 삼촌은 무척이나 젊어 보였다.

"엘로윈과 아이들에겐 자네가 필요해."

"그래서 이 일을 반드시 끝내야 합니다. 이 검이 그의 손에 들어간다면 일곱 세계는 종말을 맞을 겁니다."

"나도 알고 있네."

홀덴 삼촌은 작업대 위에 놓인 모래시계를 응시했다. 어렸을 때 삼촌의 가게에서 본 시계였다.

"그가 검을 찾지 못하게 도와줘요, 홀덴. 저는 형님을 믿겠습니다."

"검은 안전할 거야. 약속하네."

아버지는 삼촌의 어깨를 안았다.

"엘로윈의 생일 때 뵐 수 있을까요?"

"저녁쯤에 가겠네. 자네가 알려준 대로 빨간 장갑을 선물로 준비해뒀지."

나는 손에 든 데이지를 바라봤다. 데이지는 어머니의 장갑과 잘 어울렸다. 삼촌이 이 장갑을 선물하기 전에 어머니는 돌아가셨다.

아버지가 이쪽으로 다가오더니 문을 열었다. 심장이 목구멍으로 튀어나올 것만 같았다. 높은 콧등과 잔주름에 둘러싸인 적갈색 눈, 아버지의 얼굴은 여전히 내게 아늑하고 따스했다.

"아빠?"

내가 속삭였지만 아버지는 그대로 나를 지나쳐 뒷문으로 걸어갔다. 나는 복도를 따라 뒤를 쫓았다.

"아빠, 기다려요!"

나는 달려가서 아버지의 소매를 붙잡았다. 하지만 내 손은 그냥 지나쳐 허공을 붙잡았다. 마치 유령이 벽을 통과하는 것 같았다. 놀라서 내 손을 쳐다봤다. 분명 감각도 있고 형체도 있었다. 그런데….

아버지가 고개를 들어 내 쪽을 바라봤다.

"아빠, 저예요, 에비!"

하지만 그는 부엌문 앞에 선 홀덴 삼촌에게 손을 흔들 뿐이었다. 아버지가 말고삐를 풀더니 안장으로 훌쩍 뛰어올랐다. 그리고 고삐를 홱 잡아채자 순식간에 말이 달려나갔다. 나는 아버지를 부르며 쫓아갔지만 금세 시야에서 사라져버렸다. 무릎을 꿇고 울음을 터뜨렸다. 아버지는 왜 나를 보지도 듣지도 못한 걸까?

몸을 굽히자 진흙 웅덩이에 내 모습이 비쳤다. 신발도 옷도 젖지 않았다. 나는 몸을 일으켜 비구름을 올려다봤다. 얼굴에 빗방울이 떨어지기를 기다렸다. 아무것도 느낄 수 없었다. 아무 냄새도 나지 않았다. 비도, 추위도, 시계태엽심장의 똑딱이는 소리도 들리지 않았다.

옷깃을 들쳐 심장을 살펴보니 분침이 꼼짝하지 않았다. 나는 데이지를 떨어뜨리고 골목길을 달렸다. 내 발걸음에도 물방울이 전혀 튀지 않았다. 나는 이곳에 있는 것도 없는 것도 아니었다.

전에도 이렇게 이상한 일이 벌어진 적이 있었다. 비수섬에서 심장이 물에 잠겼을 때 내 영혼이 몸을 빠져나와 머나먼 곳으로 치솟아 올랐다. 거인들에 맞서 전투를 벌였고, 마크햄이 친구들을 노예로 부렸다. 마크햄을 막지 못하면 어떤 미래가 닥칠지 시간의 지배자가 경고하기 위해 보여준 장면이었다. 지금도 그때처럼 뭔가를 알려주기 위한 것일까?

홀덴 삼촌이 뒷문을 닫았다. 나는 문고리를 잡았지만 역시 그냥 통과해버렸다. 눈을 질끈 감고 닫힌 문을 그대로 통과해 부엌으로 들어갔다. 삼촌은 위스키를 섞은 차를 홀짝이며 난롯가에 서 있었다.

"홀덴 삼촌?"

나는 가까이 다가서며 삼촌을 불렀다. 하지만 삼촌은 대답 없이 타오르는 불꽃을 지그시 바라봤다. 아벨린의 검이 난로 위에 놓여 있었다. 손잡이를 잡아보았지만 역시 허공만 움켜쥘 뿐이었다. 삼촌이 찻잔을 내려놓고 검을 집어 들더니 내 옆을 스쳐 지나 계단을 올랐다.

"삼촌, 홀덴 삼촌, 제발!"

나는 그를 쫓아 다락으로 올랐다. 삼촌은 삼나무 장롱 앞에 무릎을 꿇더니 누비이불로 검을 감쌌다. 그가 내게 검을 처음 보여줬을 때의 그 이불이었다.

갑자기 심장이 덜컹거렸다. 분침이 빠르게 돌면서 똑딱 소리가 빠른 속도로 울렸다. 무슨 일이 일어나는지 알아채기도 전에 방이 빙빙 돌았다. 그러다가 심장 뛰는 속도가 점점 줄어들면서 어지럽게 돌던 주변이 멈추었다. 내 손에는 또 다른 데이지가 들려 있었다.

여전히 다락이었다. 하지만 풍경은 바뀌었다. 흐린 창문으로 달빛이 들어와 먼지가 쌓인 마룻바닥을 비췄다. 홀덴 삼촌은 한 소녀가 누운 침대 옆에 앉아 있었다.

소녀는 바로 나였다.

짧은 검은색 머리 때문에 소년처럼 보였다. 분명 가족이 죽은 직후이리라. 내 머리가 저렇게 짧았던 적은 그때가 마지막이었다. 마크햄은 살인의 흔적을 지우려고 우리 집에 불을 질렀다. 어머니의 생일을 축하하러 온 삼촌은 간신히 나만 불길에서 끄집어냈다. 불에 그을린 머리가 다시 자라는 데는 거의 3년이나 걸렸다.

"자 처음부터 다시 해보자."

삼촌이 말했다. 그는 조금 전 장면보다 나이가 더 들어 보였다. 몇 달 만에 몇 년은 건너뛴 것처럼 늙어버렸다.

"네 이름이 뭐지?"

"에벌리 도노번, 아, 또 실수했어요."

어린 나는 입을 손으로 감쌌다.

"다시 해볼게요. 잘할 수 있어요."

"물론 할 수 있지. 천천히 해도 돼."

다정한 말투에는 애정이 듬뿍 담겼다. 정말이지 삼촌이 그리웠다.

"저는 에벌리 오셰어입니다. 홀덴 오셰어의 견습생입니다. 오셰어 씨가 저를 거리에서 입양했습니다. 아버지가 저를 버렸거든요."

소녀가 침울한 얼굴로 물었다.

"마지막 말도 꼭 해야 해요?"

"진실이 아니란 건 너와 내가 잘 알잖아. 그러니까 그 말도 해야 해." 홀덴 삼촌이 울상을 짓는 소녀의 팔을 다독였다. 어린 에벌리가 무릎에 손을 문지르며 물었다.

"왜 그냥 사실대로 말할 수 없는 거예요?"

"우리 둘만의 비밀이기 때문이야. 때로는 진실이 사람을 해치고 비밀이 사람을 보호할 때도 있단다. 사람들은 네가 어머니, 아버지와 함께 하늘나라로 갔다고 생각해. 나와 함께 여기 있다는 사실을 알면 간섭하려고 들 거야."

삼촌은 소녀의 옷깃을 바로잡아 흉터를 가렸다.

"그리고 네가 얼마나 특별한지를 알면 가만두지 않을 거야."

"나는 특별하지 않아요."

소녀의 말이 내 혀에 무겁게 걸렸다. 삼촌이 소녀를 일으켜 꼭 껴안았다.

"특별한 사람은 자신이 그렇다는 걸 느끼지 못해. 그리고 다른 사람보다 특별하다는 건 부끄러운 일이 아니란다, 에비. 네가 뭔가를 잘못해서 숨는 게 아냐. 사람들은 이해할 수 없는 것을 두려워한단다. 자 이제, 하나만 빼고 잘 해냈구나."

소녀가 눈동자를 굴리며 생각하더니 다시 입을 열었다.

"저는 에벌리 오셰어입니다. 시계 장인 홀덴 오셰어에게 입양된 딸입니다."

사나운 불길과 귀가 먹먹한 총소리가 나오는 악몽을 꾸고 난 후엔 천장을 바라보며 연습했던 말들을 되뇌었다. 때때로 그 거짓이 사실이었으면 하고 바라기도 했다. 가족이 죽는 악몽을 깨끗이 지우고 삼촌이 유일한 가족이기를 바란 적도 있었다.

"오늘은 그만하면 됐어. 내일 다시 해보자. 잘했다, 에비."

홀덴 삼촌이 소녀를 끌어당겨 꼭 안았다.

"가족 묘지에 가보고 싶니?"

"누가 볼 수도 있다고 했잖아요."

"새벽에 빨리 갔다 올 거야."

소녀는 바로 대답하지 않았다. 그러나 나는 그녀 마음속이 얼마나 혼란스럽고 절망적인지 고스란히 느껴졌다.

"아니에요. 고맙습니다, 홀덴 삼촌."

그녀는 나지막한 목소리로 말했다. 삼촌의 어깨에 머리를 기댄 채 시선은 마룻바닥을 멍하니 바라봤다. 그녀가 공손하게 대답하자 삼촌의 얼굴에 소리 없이 눈물이 흘렀다.

심장이 다시 돌기 시작했다. 점점 더 빨라지더니 보이지 않는 힘이 나를 사로잡았다. 몸이 바닥 양탄자에서 천장으로 떠올랐다. 깜짝 놀라 데이지를 떨어트렸다. 꽃은 공중에서 연기처럼 사라졌다.

"시간의 지배자여, 아직은 떠날 수 없어요. 이 집에서 삼촌과 더 있고 싶어요."

몸을 둘러싼 힘은 내 간청을 무시했다. 천장을 통과해 캄캄한 밤 속으로 날아올랐다. 도레스탄드의 풍경이 발아래 펼쳐졌다. 연달아 이어진 지붕, 연기가 나는 굴뚝, 벽돌 담장, 불빛이 새어 나오는 창문, 그리고 젖은 자갈길에 가로등이 비쳤다.

시계태엽심장이 계속 돌아가면서 몸이 더욱 높이 떠올랐다. 높게 더 높게 구름 위로 떠오르더니 부드러운 별의 바닷속으로 올라갔다. 빛이 강해지더니 태양의 광채가 날카롭게 눈을 찔렀다.

쉬이익

쉬이익

쉬이익

저건…, 파도 소리일까?

나는 눈꺼풀을 살짝 들어 햇빛 속을 바라봤다. 입술이 껄끄러웠다. 나는 입술에서 모래를 털어내고 몸을 한 바퀴 굴려 팔과 무릎을 바닥에 댔다. 몸 한가운데가 뻥 뚫린 느낌이었다.

무언가가 머리카락을 잡아당겼다. 고개를 돌려 보니 라델라가 입술에 손을 올린 채 옆에서 맴돌고 있었다. 나는 청명한 하늘과 따가운 햇볕이 가득한 하얀 모래사장을 둘러봤다. 바다에서 거대한 파도가 백사장으로 들이쳤다. 부서지는 물결 너머로 보트나 고래는 보이지 않았다. 모래밭에도 다른 생존자의 발자국은 보이지 않았다. 나는 목을 빼 뒤쪽의 해안선을 훑어봤지만 모래언덕 말고는 아무것도 보이지 않았다. 나무 한 그루, 풀 한 포기 없었다.

"다른 사람은 못 봤니, 라델라?"

픽시가 슬픈 표정으로 고개를 흔들었다. 나는 부스스한 머리를 쓸어넘기며 일어나 앉았다. 가방과 외투, 라베릭이 선물한 검도 사라졌다. 나는 물살에 휩쓸려 해변으로 밀려난 것이 분명했다. 다행히 시계태엽심장은 침수되지 않고 멀쩡했다.

"어떻게 물속에서 내 심장이 고장 나지 않았지?"

라델라가 자신을 가리켰다.

"네가 고쳤다고?"

그녀는 날개를 퍼덕여 가루를 뿌리는 몸짓을 했다.

"네가 물을 사라지게 했다고?"

픽시는 고개를 여러 번 끄덕였다. 라델라는 내게 픽시 가루의 효과를 자세히 알려줬다. 이 가루에 닿는 사물은 사라진다. 그러나 창조의 힘으로 만들어진 것은 사라지게 할 수 없다. 오직 쇳덩이를 제외한 무생물에게만 효과가 있었다. 그런데 가루가 물을 사라지게 했다면 내 심장 역시 사라져야 하는 게 아닐까?

나는 찌를 듯이 아픈 눈 사이를 문질렀다. 추락한 이후 무슨 일이 벌어진 걸까. 오래전 과거를 방문했던 기억이 떠올랐다. 만약 시간의 지배자가 나를 미래로 보낼 수 있다면 어린 시절로도 돌려보낼 수 있을 것이다. 그는 그런 힘을 지녔다. 여전히 그가 왜 그 순간들을 보여줬는지는 알 수 없지만 말이다.

"여기가 어디지, 라델라?"

그녀는 파도 무늬를 그리더니 볼을 부풀리고 잠수하는 몸짓을 했다. 그리고 주변 산을 둘러보고 바닥에 내려앉았다.

"우리는 파도 밑 땅에 왔구나, 그렇지?"

픽시가 박수를 쳤다. 나는 비틀거리는 다리로 힘겹게 일어섰다. 신발과 양말에서 물이 뚝뚝 떨어졌다. 고개를 들자 달이 보였다. 너무나도 커서 태양을 압도할 정도였다. 어두운 분화구가 뚜렷이 보였다. 팔에 소름이 돋았다. 우리는 별세계에 있는 것이다.

"다른 사람들도 해변에 도착했을까?"

라델라가 어깨를 으쓱했다. 그녀 역시 걱정이 되는 듯 조그만 이마에 잔뜩 주름을 만들었다.

"사람들을 찾아보자. 하지만 우선 숨을 곳을 찾아야 해."

시간의 지배자는 파도 밑 땅이 무법자들의 천국이라고 경고했다. 저 모래언덕 너머에 뭐가 있을지 알 수 없었다. 왜 언제나 첫걸음은 어려운 걸까?

한 걸음, 딱 한 걸음만 떼면 용기를 낼 수 있다.

라델라가 앞서 날았다. 날갯짓하자 푸른빛이 하늘에 번졌다.

마크햄은 분명 여기 어딘가에 있을 것이다.

그 비열한 인간이 이 세계를 돌아다닌다면, 나도 분명히 할 수 있다. 나는 천천히 심호흡한 후 가슴속 공포를 억눌렀다. 그러고 나서 모래언덕을 향해 첫발을 내디뎠다.

4

 모래 봉우리에는 뜨거운 바람이 불고 아지랑이가 피어올랐다. 나는 터벅터벅 정상을 향했다. 반사되는 햇빛에 눈을 찡그리고 숨을 헐떡였다. 모래 먼지가 입속으로 들어왔지만 침이 메말라 뱉어내기도 힘들었다. 심한 갈증이 났다. 바다가 바로 옆에 있는데도 마실 물은 한 방울도 없었다.

 라델라도 힘겨운 듯 공중에서 멈춰 섰다. 날갯짓 속도가 느려지더니 결국 내 어깨에 내려앉았다. 우리가 올라선 모래 능선은 길고 가는 척추처럼 바닷물과 평행선을 그리며 이어졌다. 나는 원을 그리며 주위를 둘러봤지만 문명의 흔적은 전혀 찾을 수 없었다. 모래와 바닷물 외에는 아무것도 없었다.

 "어디로 가야 할까?"

 라델라가 무릎에 팔꿈치를 얹고 앞쪽에 내려앉았다.

 "나도 모르겠다."

나는 털썩 주저앉아 부츠에서 모래를 털어냈다. 등에서는 땀이 줄줄 흘러내리고 목덜미는 따가웠다. 나는 햇빛을 가리기 위해 조끼를 벗어 머리에 썼다. 앉아 있던 라델라가 갑자기 모래 능선을 따라 날아올랐다.

"어디 가?"

나는 부츠에 발을 끼워 넣고 비틀거리며 픽시 뒤를 따랐다.

"라델라, 기다려!"

그녀는 멈춰 서서 해안 위쪽을 가리켰다. 아무것도 보이지 않았지만 그녀의 손짓은 다급했다. 나는 손을 들어 햇빛을 가리고 눈을 더 가늘게 떴다. 저 멀리 크고 가는 무언가가 그림자를 드리웠다.

"나무야?"

그녀는 머리를 갸우뚱했다. 만약 나무라면 쉴 수 있는 그늘뿐만 아니라 먹을 걸 찾을 수 있을지도 몰랐다. 우리는 외롭게 서 있는 목표물을 향해 지친 발걸음을 서둘렀다. 라델라는 다시 내 어깨에 앉았다. 힘들게 나아가는 동안 내 마음은 재미슨과 친구들에 대한 걱정으로 가득했다. 라델라가 이 해안에 도착했다면 다른 사람들도 분명 그랬을 것이다.

그림자를 향해 다가가자 우리는 모래 능선을 내려와 다시 바닷가로 돌아와 있었다. 단단하게 다져진 모래밭을 걷는 사이 바다에서 짙은 안개가 스며들어 해변을 채우고 사방이 어둑해졌다. 목표물에 다가가자 나무처럼 보였던 것은 난파선의 기다란 돛대였다.

배는 절반쯤 모래 둔덕에 묻혀 있었다. 라델라가 내 머리카락을 잡아당기더니 얼굴을 찡그렸다. 그녀는 배에 다가가기 싫어 했다. 나도 난파선이 흉측해 보였지만 물이나 음식을 얻을 기회를 날려버릴 수는 없었다.

"필요한 것들을 좀 찾아볼게."

라델라가 날개를 축 늘어뜨렸다. 픽시도 지쳐 보였다. 우리는 둔덕을 올랐다. 안개는 더 짙어져서 파도가 보이지 않을 정도였다. 위쪽에 올라서니 파도치는 소리보다 바람 부는 소리가 더 크게 들렸다.

배의 길이는 100미터쯤 돼 보였다. 돛대 두 개는 접혀 있었고, 세 번째 돛대는 부러진 나뭇가지처럼 중간이 두 동강 났다. 돛은 여기저기가 찢기고 일부는 사라졌다. 아래쪽으로 기울어진 갑판은 모래에 묻힌 상태였다. 갑판 바닥에는 구멍이 여기저기 있어 오르기에 위험해 보였다.

"여보세요? 혹시 누가 있나요?"

모든 선실이 버려진 것처럼 보였다. 그중 앞에 쌓인 모래가 파헤쳐진 문 하나가 눈에 들어왔다. 누군가 일부러 치운 것처럼 보였다. 누군가가 쳐다보는 것 같은 긴장감에 소름이 돋았다.

"여보세요?"

라델라가 어깨에서 날아올라 모래에 반쯤 묻힌 천 조각에 내려앉았다. 나는 모래 속에서 찢어진 깃발 한 조각을 끄집어냈다. 처음 보는 낯선 상징이 그려져 있었다. 왕관처럼 빨간 사과를 둘러싼 담쟁이덩굴.

강한 바람이 불어와 손아귀에서 깃발을 낚아채 허공으로 날렸다. 나는 해안을 따라 날아가는 천 조각을 바라보다가 가라앉아 있는 뱃머리 쪽으로 걸음을 옮겼다. 시야에서 가려져 있던 그곳에 내려서자 너무나 놀라서 꼼짝할 수 없었다.

수많은 배가 모래언덕 여기저기에 널려 있었다. 난파선들은 옆으로 넘어진 채 돛대는 대부분 부러졌고 닻은 녹슨 상태였다.

라델라가 어깨에 기대어 몸을 떨었다. 내가 가슴 주머니를 열어주자 그녀는 그 안으로 숨어들었다. 다음 배를 조사했다. 고향 강가에서 흔히 볼 수 있는 어선이었다. 엉킨 그물이 갑판 위에 어지럽게 널려 있었고, 부러진 돛대에는 파란색과 녹색이 섞인 와이어트 왕국 깃발이 찢어진 채 바람에 너덜거렸다.

"여보세요?"

역시나 아무런 대답이 없었다. 여전히 누군가가 우리를 지켜보는 것 같은 느낌이 들었다. 하지만 주변에 움직이는 거라곤 바닥에서 튀어 오르는 모래벼룩뿐이었다. 새 한 마리조차 보이지 않았다.

해변이 안개로 흐려지는 사이 우리는 난파선들을 하나하나 조사했다. 작은 배 하나는 완전히 거꾸로 뒤집혀 상갑판이 모래 속에 파묻혔다. 바닥이 평평한 특이한 구조의 보트에는 알 수 없는 언어로 쓰인 깃발이 달린 돛대가 하나 있었다. 눈에 들어오는 다른 난파선 주변에는 어떤 발자국도 보이지 않았다.

이 난파선의 무덤에는 수많은 이야기가 숨겨져 있을 것이다. 나는 고향 도레스탄드의 부둣가에서 배들을 휩쓸어 별세계로 날려버리는 어마어마한 폭풍에 대한 소문을 들은 적이 있다. 그리고 이곳에 난파된 배들의 숫자를 보면 그 소문이 사실임이 틀림없다. 이 배의 선원들은 모두 어디로 갔을까? 생존자의 흔적은 전혀 보이지 않았다.

저물어가는 햇빛이 짙어지는 안개에 더 희미해졌다. 우리는 곧 어둠 속에 길을 잃을 것 같아 첫 번째 배로 돌아왔다. 어지러운 난파선의 무덤에서 이 배를 지표로 삼기로 했다.

주변이 어두워지자 라델라가 몸을 밝게 빛냈다. 희미한 어둠 속에서 픽시가 시끄럽게 재잘댔다.

"그래, 라델라. 나도 이 배가 싫어. 하지만 바깥에서 자는 것보다는 안전할 거야."

그녀가 미심쩍다는 표정으로 팔짱을 꼈다. 나는 배 위에 올라 썩은 갑판을 조심스럽게 건너 가장 가까운 문으로 향했다. 문을 밀자 경첩 하나에 매달린 문이 삐거덕거리며 열렸다. 라델라의 불빛이 선실 안쪽을 비췄다. 기울어진 바닥에 깨진 유리창과 부서진 가구가 널브러져 있었다. 픽시가 둥근 창턱으로 날아가 바깥을 경계했다. 나는 음식이나 물을 찾으려고 선실 안을 뒤졌다.

한쪽 구석에서 바늘이 북서쪽을 향한 채 굳어버린 나침반과 기름이 말라버린 랜턴, 곰팡내 나는 짚 매트리스를 찾았다. 바닥에 떨어진 반짝이는 금화가 내 눈길을 끌었다. 한쪽에는 담쟁이에 둘러싸인 사과가, 반대쪽에는 눈물방울 모양의 잎사귀가 새겨져 있었다. 가장자리에는 내가 읽을 수 없는 문자가 쓰여 있었다. 나는 동전을 라델라에게 보여줬다.

"이게 어디서 왔는지 알겠니?"

픽시는 벽에 기울어진 채 걸려 있는 그림을 가리켰다. 그림은 색이 번져 형태가 일그러졌지만 남자와 여자, 그리고 누나로 보이는 소녀와 동생 같은 소년 한 명을 알아볼 수 있었다.

"저들이 누구야? 이 동전과 무슨 관련이 있어?"

픽시가 갑자기 눈을 크게 뜨더니 선실을 총알처럼 가로질러 내 머리카락 속으로 숨어들었다.

"라델라, 갑자기 왜 그래?"

그때 내 귀에도 배 밖에서 소리가 들려왔다.

누군가의 노랫소리였다.

5

 나는 둥그런 창으로 달려가 안개에 휩싸인 밖을 내다봤다. 여자 목소리였다. 모르는 언어로 된 가사였지만 음악은 황홀했다. 노래는 바다 쪽에서 들려왔다. 나는 선실 문으로 발걸음을 뗐다. 라델라가 내 머리카락을 잡아당겼다.

 "아야! 왜 그래?"

 그녀는 귀를 막는 몸짓을 하며 계속 나를 노려봤다. 나는 귀를 막았지만 여자의 사랑스러운 노랫소리는 손가락 사이를 파고들었다. 그녀의 목소리에는 평생 듣지 못했던 순수한 생명의 호소력이 배어 있었다. 나는 손을 내리려고 했지만 라델라가 다시 머리카락을 잡아당겼다.

 "그만해. 자꾸 괴롭히면…."

 그 순간 바깥에서 익숙한 목소리의 외침이 들렸다.

 "재미슨! 돌아와!"

라베릭? 노랫소리 너머로 그녀의 목소리가 들려왔다. 나는 다시 창밖을 내다봤다. 자욱한 안개 때문에 아무것도 보이지 않았다.

"그를 잡아야 해."

라베릭의 목소리 뒤로 할로우의 목소리도 들렸다.

"왜? 그냥 가게 내버려둬."

"재미슨까지 놓치면 안 돼. 그가 저쪽으로 가고 있어."

나는 목소리가 들리는 방향으로 소리쳤다.

"라베릭, 나 여기 있어!"

하지만 아무 대답이 없었다. 나는 문밖으로 나섰다. 라델라가 날아와 내 어깨에 앉았다. 나는 뱃전을 넘어 모래밭으로 내려갔다. 그리고 안갯속으로 들어섰다.

노래와 파도 소리가 점점 가까워졌다. 이상하게도 두 소리가 내는 리듬이 절묘하게 맞아떨어졌다. 마치 여자가 파도의 박자에 맞춰 노래를 부르는 것 같았다.

나는 라베릭의 목소리가 들려왔던 방향으로 걸었다. 그러자 금세 바닷물이 나타났다. 달빛이 안개 사이로 비치자 누군가가 바다를 향해 헤엄치는 모습이 보였다. 눈을 가늘게 뜨고 희미한 어둠 속에서 재미슨의 금발 머리를 알아봤다. 물속에 있는 사람은 그였다. 그리고 혼자가 아니었다.

한 여자가 그의 뒤를 쫓고 있었다. 달빛 속에서도 여자의 푸른 나뭇잎 색깔 머리와 창백한 녹색 피부가 한눈에 들어왔다. 더 놀라운 건 목소리였다. 매혹적인 노랫소리는 바로 그 여자에게서 흘러나왔다.

낯선 여자는 미끄러지듯 재미슨에게 다가가더니 그를 부드럽게 끌어당겼다. 팔을 두르고 손으로 몸을 쓰다듬는 손길에 내 볼이 붉게 달아올랐다. 그녀가 재미슨을 바다 쪽으로 끌고 가자 라델라가 쏜살같이 날아갔다. 나도 물속으로 뛰어들었다.

"재미슨!"

노래를 부르던 녹색 피부의 여자가 나를 향해 고개를 치켜들었다. 그녀의 눈동자는 마치 상어의 눈동자처럼 텅 비어 있었다. 눈썹은 낮고 이마가 불균형할 정도로 커서 평범한 인간처럼 보이지는 않았다.

라델라가 그녀 머리 위를 맴돌며 머리카락을 잡아챘다. 여자가 파리채를 휘두르듯 손바닥을 휘둘렀다. 픽시가 요리조리 피하자 재미슨의 머리를 물속으로 밀어 넣었다. 재미슨은 아무런 저항 없이 그대로 물속에 잠겼다. 라델라가 더 사납게 그녀의 머리카락을 잡아당겼다. 여자는 새된 비명을 지르며 마구 첨벙거렸다. 예상하지 못한 광경에 나는 입을 다물 수가 없었다.

그녀는 인어였다. 하반신은 물고기의 모습이고, 상체는 인간의 모습이었다. 가까이 다가가자 한눈에 알아볼 수 있었다. 커다란 입술이 작은 턱 위로 튀어나와 물고기처럼 오므라졌다. 풍성한 녹색 머리카락 옆으로 숨겨진 아가미가 보였고, 끝이 뾰족한 귀가 높이 치솟았다. 등뼈를 따라 가시 같은 돌기가 줄지어 날카롭게 솟아 있었다.

라델라는 인어의 머리카락을 놓아주지 않았다. 인어는 머리를 흔들며 몸부림치다가 재미슨을 놓쳤다. 그가 물 위로 떠올라 허우적거렸다. 나는 팔을 크게 흔들며 소리쳤다.

"여기야!"

재미슨이 해변으로 나오기 위해 파도에 몸을 실었다. 인어가 커다란 물살을 일으켜 라델라에게 퍼부었다. 물살에 맞은 픽시가 인어의 머리카락을 놓치자 인어가 다시 노래를 시작했다. 재미슨이 갑자기 발놀림을 멈췄다. 인어가 무시무시한 표정으로 그를 향해 미끄러졌다.

"재미슨!"

나는 첨벙거리며 다급하게 재미슨을 불렀다. 그때 한 남자가 바다로 뛰어들어 내 옆을 지나쳤다. 그는 머리 위로 로프를 휘두르더니 그대로 인어와 재미슨을 향해 던졌다. 로프에 연결된 그물이 인어와 재미슨 바로 옆에 떨어졌다. 인어는 날카로운 비명을 지르며 난폭하게 몸부림쳤다. 커다란 물보라가 일더니 갑자기 그들 모습이 보이지 않았다.

잠시 후 소란이 가라앉았고 수면에는 빈 그물만 남았다. 인어는 사라졌다. 재미슨이 천천히 해변을 향해 헤엄쳐 왔다. 노랫소리도 그쳤다.

킬리언 마크햄 왕자가 바다에서 터벅터벅 걸어 나오며 투덜거렸다.

"거의 잡을 뻔했는데."

나는 눈이 휘둥그레져서 그를 쳐다봤다. 그물을 던진 게 마크햄이라고?

재미슨이 얕은 곳으로 기어 나왔다. 나는 그를 모래밭으로 끌어올려 눕혔다. 그는 머리를 문지르며 흐릿한 눈을 깜빡거렸다.

"오, 에벌리… 살아 있었어요?"

나는 그의 뺨에서 모래를 털어내며 어디 다친 곳은 없는지 살폈다. 라델라가 그물을 잡아당기는 마크햄을 칼날 같은 시선으로 노려봤다. 불사의 존재인 왕자는 변한 게 아무것도 없었다. 재미슨이 무사히 깨어난 것을 확인한 나는 그에게 다가갔다.

"내 검은 어디 있느냐?"

"당장은 내게 없는데 어쩌지?"

그는 대수롭지 않다는 듯 대답했다. 나는 그의 가슴팍을 밀치며 물었다.

"어디다 둔 거야?"

왕자는 내 말을 무시하고 재미슨에게 다가가 그의 다리를 가볍게 쳤다.

"물에서 다리를 빼내라, 대위. 물에서 벗어나지 않는 한 인어의 노래가 네 몸속에서 빠져나오지 않아."

"우리에게 명령하지 마!"

나는 태연한 그의 말투에 더욱 화가 나 그의 가슴을 주먹으로 쳤다. 왕자의 눈빛이 늑대처럼 사나워졌다.

"그럼 죽을 때까지 물속에 있든지."

지금 이 순간은 무언가 단단히 잘못됐다. 마크햄과 다시 만나면 나는 그의 가슴에 총알을 박고 내 검을 되찾을 작정이었다. 그런데 지금 내 손에는 피스톨은커녕 아무런 무기도 없었고, 마크햄 또한 아벨린의 검을 지니고 있지 않았다.

멀리 해변 위쪽 안개 속에서 할로우가 나타났다. 그녀는 이쪽을 살피더니 달려오기 시작했다. 마크햄이 그물을 바닥에 내려놓고 그녀를 안아 들었다. 할로우의 다리가 그의 허리에 감겼다.

누가 먼저랄 것도 없이 둘은 입술을 포갰다. 나는 고개를 돌렸다.

라베릭이 할로우 뒤를 이어 안개를 헤치고 나오더니 나를 껴안았다.

"네가 살아 있을 줄 알았어, 에벌리. 클라렛도 같이 있어?"

"너랑 보트에 있는 걸 본 게 마지막이야."

"보트가 뒤집혔어. 우리 셋은 간신히 보트를 다시 뒤집어 올라탔지만 클라렛은 물에 휩쓸려버렸어."

그녀는 아직도 할로우를 껴안고 있는 마크햄을 바라봤다.

"저기, 킬리언 왕자야?"

"맞아."

파도 너머에서 인어가 다시 노래를 시작했다. 오싹한 기운이 온몸을 관통했다. 붉게 핏발이 선 재미슨의 눈동자가 노랫소리를 따라 이리저리 방황했다. 내가 손을 잡자 그가 깜짝 놀라며 나를 바라봤다. 나는 그가 바다로 뛰어들지 못하게 깍지를 끼었다. 우리 세계의 이야기책에 나오는 인어는 악당이었다. 남자를 꾀어 바다 밑으로 끌고 가 죽음에 이르게 한다고 했다.

"여기."

마크햄이 다가와 재미슨에게 밀랍 한 조각을 건넸다.

"이걸 귀에 끼워 넣어라. 인어의 노래에 저항하는 건 무모한 짓이야."

"너는 왜 귀를 막지 않았지?"

"인어의 노래는 젊은이들에게 치명적이지. 조바심내지 마시길, 백작 부인. 내가 남편을 익사시키지는 않을 테니까."

재미슨을 붙잡고 있지 않았다면 조롱하듯 히죽거리는 그의 입술에 주먹을 날렸을 것이다. 하지만 인어의 노랫소리가 점점 커지면서 깍지 낀 재미슨의 손에 점점 힘이 들어갔다. 마크햄이 그물을 모아 어깨에 걸치며 말했다.

"우리는 이곳을 벗어나야 한다. 곧 인어들이 함께 노래 부르기 위해 모여들 거야. 그리고 그 멜로디의 합창이 끌어당기는 유혹은 누구도 거부할 수 없어."

그와 할로우는 모래사장을 거슬러 올라가 안개 속으로 사라졌다. 우리는 그대로 해변에 머물렀다. 라델라가 재미슨의 어깨로 날아가 앉았다. 자신의 자리를 찾은 듯한 표정이었다. 라베릭이 조심스럽게 물었다.

"따라갈까?"

재미슨은 인어의 노래 때문에 힘들어한다. 우리도 해변을 벗어나야 한다. 그리고 내 검도 되찾아야 한다.

"그래, 어떻게 되는지 가보자."

우리는 할로우와 마크햄의 뒤를 쫓아 난파선의 무덤 사이로 들어섰다.

* * *

마크햄은 망설이지 않고 거침없이 난파선 사이를 뚫고 나갔다. 그는 이곳에 얼마나 오래 있었을까? 여기는 어디일까? 그리고 그는 내 검을 어떻게 했을까?

놀랍게도 그는 라델라와 내가 머물렀던 배로 우리를 이끌었다. 다만 우리가 들어갔던 선실이 아니라 아래쪽 세 번째 선실로 들어가 기름 등불을 켰다. 작은 방바닥은 판자가 부러지고 여기저기 구멍이 나서 등불의 불빛을 집어삼켰다.

드디어 인어의 노래가 멈췄다. 재미슨이 내 손을 놓고 귀를 막은 밀랍을 꺼냈다. 할로우는 책상 밑에 쌓인 병 가운데 하나를 집어 들어 뚜껑을 따더니 한 방울도 남기지 않고 들이켰다. 마크햄이 두 번째 병을 따서 내게 내밀었다.

"마셔, 에벌리."

나는 너무나도 갈증이 심해 마지못해 병을 받아 들고는 목을 적시고 라베릭에게 넘겼다.

"내 이름을 함부로 부르지 마. 그런데 너는 여기에 얼마나 있었던 거지?"

"인어의 노랫소리도 자장가로 들을 만큼 오래 있었지. 그래도 저 작은 악마들이 아예 노래를 부르지 못하게 그물로 잡아 본보기를 보여줄 생각이다."

라베릭이 병을 재미슨에게 넘겼다. 그는 마룻바닥에서 찾은 수저에 물을 따르더니 라델라를 향해 먼저 내밀었다. 픽시가 물을 마신 후 재미슨은 남은 물을 단숨에 비웠다.

마크햄이 딱딱한 비스킷이 든 양철 상자를 열어 우리 앞에 놓았다.

"생명의 땅에서는 시간이 얼마나 흘렀느냐? 이곳에서는 시간이 좀 다르게 흐른다."

"두 달 전에 네가 도르카의 입속으로 사라졌다."

그가 무슨 말을 하는지 이해가 안 됐다. 내 시계태엽심장은 그 어느 때보다 여유롭고 부드럽게 뛰었다. 우리 세상을 떠나기 전과 전혀 다르지 않았다.

"사라진 것이 아니라 내가 떠난 거야."

그가 내 말을 바로잡았다.

"해변에서 다른 사람은 보지 못했나?"

라베릭이 나서며 물었다.

"너희들뿐이었다."

왕자가 할로우의 엉덩이를 쓰다듬으며 대답했다.

"이 난파선에 탔던 선원들은 모두 인어의 유혹에 빠져 바닷속으로 사라졌다. 그 누구도 이 해골 해변에서 살아남지 못했지."

이 난파선의 무덤을 해골 해변이라고 부르는 것 같았다. 이곳에 딱 어울리는 으스스한 이름이었다.

"이곳에 온 지 얼마 안 되었는데 어떻게 그렇게 많은 걸 알고 있지?"

마크햄이 럼주가 든 호박색 병뚜껑을 따며 대답했다.

"내가 오랜 세월 일곱 세계 사이를 방황했다는 사실을 벌써 잊었나 보군."

"350년 동안 그렇게 많은 경험을 했는데 이 버려진 해안에는 무슨 일로 왔느냐? 도르카는 왜 너를 이곳에 던져놓았지?"

"후후후, 네 쌀쌀한 말투를 잊고 있었구나, 에벌리. 턱 말고 다른 곳에도 내 칼날의 흔적을 남겨줄까?"

그는 얼마 전 내 턱에 남긴 흉터를 바라보며 입술을 뒤집어 하얀 이를 드러냈다.

"내 검은 어디 있느냐?"

"내 하트우드는 어디 있지?"

"배 난간 너머로 던지는 것을 너도 봤을 텐데."

"그걸 다시 건져내지 않았다고? 하트우드는 모든 세계를 통틀어 가장 강력하고 소중한 보물이다!"

"그렇다면 더 소중하게 다뤘어야지."

나는 앙칼지게 쏘아붙이며 다시 물었다.

"내 검은 어디 있지?"

"아무리 물어봤자 지금 내 손에는 없다."

"검이 없다고?"

나도 모르게 목소리 톤이 올라갔다. 재미슨이 내게 조용히 하라고 손짓하더니 왕자에게 침착한 목소리로 물었다.

"킬리언, 그래서 지금 누가 검을 가지고 있나?"

"나는 해적 선장에게 럼주 몇 통을 빌린 후 갚지 못한 빚이 있었다. 빚에 대한 대가로 그 자식이 검을 훔쳐 갔지."

나는 어이가 없어 숨을 들이켰다.

"신성한 아벨린의 검을 해적에게 빼앗겼다고? 그것도 고작 럼주에 대한 대가로?"

"검을 가져간 것은 해적인데 왜 자꾸 나를 귀찮게 하는지 모르겠군."

마크햄이 럼주가 든 병을 들어 꿀꺽꿀꺽 들이켰다.

"이제 뭘 해야지?"

옆에서 라베릭이 나서며 물었다.

"클라렛과 검을 어떻게 찾아내지?"

"찾을 수 없을걸."

마크햄이 비스킷을 씹어대며 말했다.

"네 동료는 지금쯤 해안에 밀려왔어야 한다. 아직 물 위에 떠오르지 않았다면 빠져 죽었거나 해적이나 인어에게 잡혀갔을 거다."

라베릭의 얼굴이 하얗게 질렸다.

"여자들은 인어의 노래에 유혹당하지 않잖아."

"젊은 남자들이 유혹에 더 강하게 반응할 뿐이지 여자라고 영향이 없는 건 아니다."

그는 손가락에 묻은 비스킷 부스러기를 털어냈다.

"너희들은 여기에 온 목적을 포기하고 다시 너희들 세계로 돌아가야 한다. 여기에 너희들을 위한 것은 아무것도 없어."

오만한 그의 말투에 화가 났다. 라베릭은 분노로 떨리는 손가락을 감싸 주먹을 쥐더니 거친 발걸음으로 밖으로 나가며 문을 쾅 닫았다.

"저 친구 즐거워 보이는군."

마크햄이 입가에 비웃음을 머금고 말했다. 그는 클라렛에게 아무런 관심이 없었다. 그러나 아벨린의 검은 아니다. 마크햄은 타고난 거짓말쟁이다. 그는 전설 속 잃어버린 왕국의 길 잃은 왕자라는 자신의 정체를 몇백 년 동안이나 숨겼다. 거짓말을 잘하는 재주로 해군 제독의 위치까지 올랐을 뿐만 아니라 아이슬린 여왕을 구슬려 식민지 총독으로까지 임명받았다. 신성한 검이 어디 있는지 모른다는 그의 말을 나는 전혀 믿을 수가 없었다.

할로우가 그의 목에 팔을 두르고 몸을 밀착시키며 매달렸다.

"너무 그리웠어요."

"나도 마찬가지야. 헤어져 있던 시간이 안타깝구나."

마크햄은 그녀의 손을 붙잡고 옆 선실로 건너가더니 문을 닫았다. 나는 쓴웃음을 지으며 재미슨을 돌아봤다. 그는 멍한 표정으로 마룻바닥을 내려다봤다.

"재미슨, 괜찮아요?"

그가 고개를 흔들더니 시선의 초점을 내게 맞췄다.

"괜찮습니다."

"이 안에서는 인어가 당신을 해칠 수 없어요."

"물론 그렇죠. 그런데 에벌리, 급류에 휩쓸렸는데 어떻게 살아났죠? 시계태엽심장은 괜찮나요?"

"라델라가 고쳐줬어요."

"당신을 잃었다고 생각했어요."

나를 진심으로 걱정하는 마음이 느껴졌다.

"당신은 어떻게 해안까지 왔어요?"

"보트가 물살에 떠밀리더니 결국 부서졌어요. 우리는 당신과 라델라를 찾았지만 짙은 안개 때문에 아무것도 보이지 않았습니다. 그러다가 노랫소리가 들려왔어요. 그다음 기억나는 건 내가 당신과 킬리언을 향해 헤엄쳐 가는 순간부터예요."

"마크햄이 이상하게 편안해 보여요."

내가 얼굴을 찌푸리며 말을 이었다.

"내일 내가 이 배를 수색할 동안 그를 따돌릴 수 있겠어요? 해적에 관한 이야기는 아무래도 거짓말 같아요."

"에벌리, 나는 당신을 따라 이곳에 온 게 아니에요. 클라렛을 구하려고 물에 뛰어든 것뿐입니다. 당신이 그 칼에 대한 집착을 버려야 한다는 생각은 여전히 똑같아요."

"집착이라고요? 당신만큼이나 나도 이곳에 오고 싶지 않았어요."

"나보고 그 말을 믿으라고요?"

그는 고개를 돌려 창밖을 바라봤다. 우리 사이에 침묵이 내려앉았다. 라델라가 한숨을 내쉬며 나를 바라봤다. 어떻게 그를 설득해야 할지 그녀 역시 답답한 마음인 것 같았다.

"라베릭에게 가볼게요."

내가 일어서며 중얼거렸다. 라베릭은 뱃전 난간에 앉아 있었다. 안개 무더기가 이리저리 흐르면서 은색 달빛과 차가운 별빛이 언뜻언뜻 비쳤다. 나는 여우 옆자리에 주저앉았다.

"내가 클라렛의 손을 잡고 있었는데 미끄러졌어. 그러더니 파도가 들이쳐서…."

"너는 최선을 다했어."

"혹시 모든 것을 망칠까 봐 말하지 못하는 비밀이 있니? 마치 난폭한 거인을 모자 속에 가둬두려는 것처럼? 너무 어마어마해서 얼마나 견뎌낼 수 있을지도 모르는 그런 비밀 말이야."

내 심장이 연달아 크게 뛰며 박자를 놓쳤다. 라베릭이 아는 걸까?

"아니, 하지만 얼마나 힘든 일인지는 알 것 같아."

"그렇지."

다행히 라베릭은 자신만의 감정에 사로잡혀 있었다. 그때 재미슨이 갑판으로 나왔다. 그가 끼어들자 세 사람 사이에 어색함이 감돌았다. 라베릭은 잘 자라는 말을 남기고 선실 안으로 사라졌다.

"내가 보초를 서겠습니다."

재미슨이 난간에 올라앉으며 말했다.

"그리고 내일 킬리언을 따돌려볼게요."

"하지만 아까 당신은 생각이 다르다고…."

"압니다. 하지만 나는 킬리언을 잘 알아요. 그는 다른 사람에게 협박을 받는다고 하기 싫은 일을 할 인간이 아닙니다. 그가 무엇을 쫓고 있는지는 모르겠지만 이 파도 밑 땅으로 온 목적이 럼주를 마시러 온 것은 분명 아닐 겁니다."

나도 같은 생각이었지만 마크햄의 목적이 무엇인지 알 수 없어 답답했다. 재미슨은 바람에 날려 갑판에 쌓인 모래무더기를 발로 찼다.

"당신과 다투고 싶지 않아요, 에벌리. 그러나 확실히 할 건 해야겠습니다. 내 첫 번째 목표는 우리 세계로 되돌아가는 관문을 찾는 것입니다. 너무 오랫동안 집을 떠나 있었어요."

"집…, 도레스탄드를 말하는 거군요."

"우리를 쫓는 배에 서 있던 사람은 여왕의 국무대신이자 아버지의 친구입니다. 내가 해군에 입대했을 때 아버지는 만약 내가 필요한 일이 생기면 윈터스 대신을 보내겠다고 말했습니다. 누이가 사고를 당했을 때도 윈터스 대신이 나를 찾아 와이어트 왕국으로 돌아갈 수 있게 해주었습니다."

이번에는 무슨 일로 국무대신이 재미슨을 찾아왔을까?

"정말로 당신에게 어떤 소식을 전하기 위해 찾아온 걸까요?"

"잘 모르겠어요. 첫 번째 직감은 그랬지만…, 두 번째로 든 생각은 도망쳐야 한다는 거였습니다."

재미슨이 눈썹을 찡그렸다.

"아버지는 이제 노인입니다. 우리는 마지막에 가시 돋친 말로 서로에게 상처를 주었죠. 나는 그런 모습으로 아버지와 영원한 이별을 하고 싶지는 않습니다."

아버지와 화해를 생각할 수 있는 그가 부러웠다. 나는 마크햄에게 부모를 잃었다. 겨울이면 우리 가족은 서재 난롯가에 모이곤 했다. 오빠 칼린이 난로에 장작을 집어넣고는 어머니 생일을 위한 플루트 곡을 연습했다. 나는 그에게 연주가 지루하다고 말했다. 어머니의 생일날 마크햄이 문을 두드렸고, 아버지는 그를 맞았다. 그리고 그게 오빠에게 남긴 내 마지막 말이 되었다. 그 후 플루트 연주를 들을 때마다 내가 얼마나 한심한 말을 했는지 떠오르곤 했다.

"집으로 돌아갈 방법을 찾을 거예요."

나는 재미슨이 나와 같은 후회를 하지 않기를 바랐다.

"약속할게요."

6

 속이 뒤틀려 동이 트기도 전에 잠에서 깨어났다. 부스러기까지 비스킷을 모두 먹어치웠다. 나는 잠든 라델라 옆을 지나쳐 이른 아침 안개 속으로 몰래 빠져나왔다. 여전히 안개가 이불처럼 난파선을 덮었다. 옷깃 사이로 파고드는 차가운 공기를 막으려고 외투를 여며 쥐었다. 재미슨이 뱃전에 앉아 아픈 무릎을 주무르고 있었다. 그의 눈빛이 무척 지쳐 보였다. 나는 그의 눈가에서 머리카락을 살짝 떼어내며 말했다.

"이제 가서 잠 좀 자요, 귀염둥이."

그가 입가를 살짝 들어 올리며 미소를 지었다.

"그럴게요, 고집쟁이 마누라."

그가 한쪽이 부러져 끝이 날카로운 빗자루를 건넸다. 침입자에 대비하기 위한 무기였다. 재미슨이 느릿느릿 걸어 선실로 들어갔다.

고요한 새벽 시간, 바다의 소리가 갖가지 색깔로 들려왔다. 파도가 치는 멜로디는 내 심장이 뛰는 박자와는 다른 리듬을 탔다. 라델라가 갑판 위로 날아와 내 옆에 쌓인 모래무더기 위에 내려앉았다.

"어젯밤 일들이 모두 꿈이었을까? 아니면 내 부모님을 살해한 괴물이 이 배로 우리를 초대한 건가?"

라델라가 두 손을 번쩍 들었다.

"라델라, 바닷속에 빠졌는데 어떻게 내 시계태엽심장이 살아남았지? 네가 물을 제거했다고 해도 분명 그 전에 침수로 고장이 났어야 해."

픽시가 모래에 원을 그리더니 그 주위에 반원을 더 그렸다. 그러더니 그 옆에다 다시 데이지 그림을 그렸다. 시간의 지배자와 다른 두 신성의 상징이었다. 어머니 마드로나와 창조주 아이오차는 하나의 심장이자 마음이었다. 하지만 나를 살려낸 것은 그들이 아니다. 시간의 지배자는 마법의 데이지를 피워내고 날카로운 가시를 꽃으로 바꿀 수 있었다. 생명을 피워내는 그의 신비로운 힘이 내 심장을 구해낸 것이 틀림없었다.

할로우가 마크햄과 하룻밤을 보낸 선실에서 나와 맨발로 살금살금 걸어왔다. 손에는 담배 파이프를 들고 목에는 은목걸이를 건 채 남자 셔츠를 걸치고 있었다. 입고 있는 건 그게 전부인 것 같았다.

"음식이 다 떨어졌어, 에벌리. 나와 같이 다른 난파선을 뒤져야 할 것 같아."

"마크햄이랑 가."

"그는 아직 잠들어 있어. 날이 더워지기 전에 돌아오고 싶어."

나는 검을 찾고 싶은 마음이 굴뚝같았지만, 재미슨이 깨어난 후 마크햄을 따돌려주기로 했으니 그때를 기다리기로 했다.

"좋아. 준비하고 나와."

"옷 입고 올게."

할로우가 픽시를 향해 비웃음을 날렸다.

"날아다니는 생쥐는 필요 없는데."

라델라가 그녀를 향해 혀를 쑥 내밀었다. 할로우가 선실로 들어가자 라베릭이 남자 옷을 입고 그물을 질질 끌면서 갑판으로 나왔다.

"나는 인어를 잡으러 해변으로 갈게."

"네가 그물을 가지고 가는 걸 마크햄이 알아?"

"훔치는 게 아냐. 잠시 빌리는 거지."

라베릭이 어깨를 으쓱했다.

"인어가 클라렛이 어디 있는지 알지도 몰라."

라베릭은 긴 머리를 감아올려 헐렁한 모자에 집어넣었다. 아무래도 남자 옷을 입고 뱃사람 흉내를 내는 듯했다. 나는 인어가 시력이 안 좋다는 이야기책 내용이 사실이기를 바랐다. 그녀가 안갯속으로 사라지자 나는 라델라에게 말했다.

"아무래도 너도 같이 가봐야 할 것 같아."

픽시가 고개를 끄덕이더니 여우 뒤를 쫓아 공중에 선을 긋듯 날아갔다.

할로우가 옷을 갈아입고 돌아왔다. 어깨에는 빈 가방을 걸치고 손에는 물병을 들고 있었다. 그녀가 모래사장으로 뱃전을 뛰어넘었다. 나는 그녀를 뒤따라가며 물었다.

"어디로 가지?"

"해변 위쪽 난파선으로 가보자."

황금처럼 노란 햇빛이 실안개를 날려 보냈다. 생생한 하늘과 어른거리는 해안이 멀리 펼쳐졌다. 15분 정도 걸었을 때 할로우가 모래밭에 박혀 있는 이상한 나무 막대 앞에 멈춰 섰다.

"이게 뭐지?"

"아무래도 돛대 같은데."

우리는 옆걸음으로 나무 막대 옆의 모래언덕을 내려와 노출된 선체로 다가갔다. 배는 거의 모래에 묻힌 상태였다. 할로우가 배 안쪽으로 들어가려고 모래를 파냈다. 강한 돌풍이 우리 몸에 모래를 끼얹었다. 금방이라도 선체 전부가 모래 속에 파묻힐 것 같았다.

"들어가도 안전할까?"

"겁먹었니?"

그녀가 나를 자극하는 투로 말했다. 옛날 도레스탄드 부두에 있는 참호에서 결투를 벌이던 시절의 말투였다. 그녀는 목걸이를 셔츠 안으로 집어넣고 안쪽으로 기어들어 갔다. 나는 그녀 뒤를 따랐다. 안쪽을 밝히는 유일한 불빛은 우리가 들어온 구멍뿐이었다.

배의 내부는 거대했다. 내가 지금껏 본 가장 큰 것보다 두 배 이상 더 큰 복도를 지났다. 문고리는 내 머리통만 했다.

"할로우, 이건 누구 배였을까?"

"왜 속삭이는 거야? 아직도 겁먹은 건 아니지? 이 배의 선원들은 모두 오래전에 죽었어."

그녀는 가장 천장이 높은 복도를 지나 문으로 들어갔다. 창고로 보이는 공간에는 거대한 통이 여기저기 쓰러져 있었다. 선반에는 더 많은 통이 천장까지 쌓여 있었다. 일부는 팽팽하게 밧줄로 벽에 묶여 있었다. 천장에 난 주먹 크기의 구멍에서 모래가 가늘게 떨어졌다. 할로우가 기울어진 선반 바로 옆에 서서 쓰러진 통 뚜껑을 열었다. 거기서 마른 살구 한 주먹을 쥐더니 내게 던졌다. 고향에서 봤던 똑같은 과일보다 세 배는 더 커 보였다. 그녀는 아무렇지 않게 살구 하나를 입에 넣고 가방을 채웠다. 나도 한입 베어 물었다. 크기만 달랐지 익숙한 맛이었다. 할로우가 반쯤 채워진 가방을 바닥에 내려놓고 다시 복도로 나섰다.

"음식을 마저 채워. 곧 돌아올게."

"어디 가는데?"

"그냥 음식이나 채워 넣어."

그녀는 순식간에 복도로 사라졌다. 가방을 집어 들고 나는 조심스럽게 창고로 들어가 기울어진 선반으로 향했다. 밧줄이 끊어지면 통들이 모두 떨어질 것 같았다. 부러진 널빤지를 피하려고 옆걸음을 치다가 무언가에 걸려 넘어졌다. 밧줄…, 아니 신발끈이었다. 줄 끝에는 지금껏 본 적 없는 거대한 부츠가 연결되어 있었다. 이 신발의 주인은 거인이 틀림없었다.

할로우가 거대한 전투용 뿔피리인 카르닉스를 들고 문 앞에 다시 나타났다. 길이가 그녀 키보다 더 컸다. 끝부분에 달린 나팔은 입을 벌리고 포효하는 곰 모양이었다. 그녀는 피리를 입에 물고 길게 불었다. 유령이 흐느끼는 듯한 끔찍한 소리가 났다.

나는 귀를 틀어막으며 소리쳤다.

"뭐 하는 짓이야?"

"여전히 소리가 나는지 확인해봤을 뿐이야."

"그 소리 때문에 죽은 자들도 깨어날 것 같네. 그만 갈까?"

"이 근처에서 살아 움직이는 사람은 우리 둘밖에 없어."

그녀와 나는 살구를 마저 집어 가방 속에 담았다. 우리가 자꾸 덜어내자 통이 가벼워지면서 균형을 잃었다. 통이 서서히 구르기 시작하더니 선반이 있는 벽을 지나 반대편 선체에 부딪혔다. 연이어 밧줄 하나가 끊어지면서 선반 전체가 앞으로 쓰러졌다. 위쪽 구멍으로 모래가 더 빠른 속도로 흘러내렸다. 나는 숨을 들이마시며 말했다.

"당장 나가야 해!"

대답이라도 하듯 배가 신음을 토하더니 마지막 밧줄이 끊어졌다. 할로우와 나는 쓰러지는 선반과 굴러떨어지는 통들을 정신없이 뛰어다니며 피했다. 충격으로 선체를 버티던 기둥이 부러지고 윗갑판이 갈라지며 가늘게 쏟아지던 모래 줄기가 홍수처럼 쏟아졌다.

할로우는 카르닉스를, 나는 가방을 들고 복도로 뛰었다. 벽이 무너지고 쏟아지는 모래가 파도처럼 우리 뒤를 쫓았다. 앞쪽 통로가 서서히 막혀가고 있었다. 나는 점점 좁아지는 입구로 뛰어들어 반대쪽 출구를 향해 모래를 마구 파헤치며 나아갔다.

겨우 바깥으로 나오며 몸이 몇 바퀴 구르다가 멈췄다. 할로우가 옆에서 꿈틀거리면서 모래를 헤치고 나왔다. 하지만 안심하기엔 일렀다. 뒤쪽 구멍과 발밑이 무너져 내리며 배 안으로 모래가 쏟아져 들어왔다. 우리는 서둘러 언덕 반대쪽으로 미끄러지며 굴러떨어졌다. 배는 모래 속으로 침몰하고 있었다. 할로우와 나는 무너져 내리는 모래가 더는 위협하지 않는 곳까지 뛰고 또 뛰었다. 우리는 숨을 헐떡이며 먼지구름이 하늘을 뒤덮는 모습을 지켜봤다.

"그만 돌아가자."

"잠깐만 내 목걸이가 어디 갔지?"

할로우가 식량 가방을 어깨에 둘러메다가 눈을 크게 떴다. 그녀가 바닥을 살피며 제자리에서 한 바퀴 돌았다.

"줄이 끊어졌나?"

"꼭 찾아야 해. 아버지가 어머니에게 선물한 소중한 목걸이란 말이야."

우리는 주변을 살폈지만 소용없었다. 배 안에서 떨어졌는지 도망쳐 달리는 와중에 떨어졌는지도 알 수 없었다. 할로우가 턱을 떨기 시작했다. 그때 무언가가 그녀의 셔츠 아래로 떨어졌다. 집어 들어 살펴보니 작은 유리병이 펜던트처럼 달린 목걸이였다. 병 바닥에 알 수 없는 검은색 물질이 들어 있었다. 그녀가 기뻐하며 내 손에서 목걸이를 낚아챘다.

"병 안에 든 건 뭐지?"

"벌레 같은 네 인생보다 훨씬 더 소중한 거야."

그녀는 음식 가방을 메고 카르닉스를 어깨에 걸치더니 앞장서서 걸어갔다. 나는 할로우의 독설을 더는 듣고 싶지 않아 말없이 뒤를 따랐다.

얼마 가지 않아 할로우는 마지막 언덕을 올랐다. 그곳에선 해변을 따라 들이치는 바다가 한눈에 들어왔다. 바다에는 거대한 배가 보였다. 왕국 해군의 일등 군함보다 더 큰 배에는 뼈다귀가 십자가 모양으로 겹쳐져 있고 그 위에 해골이 그려진 깃발이 걸려 있었다. 바로 책 속에서 수없이 만난 해적의 깃발이었다. 자세히 보니 깃발에는 모래시계 문양까지 덧그려져 있었다.

할로우가 우리 난파선을 향해 모래언덕을 달려 내려갔다. 라베릭이 기울어진 갑판의 뱃전에 앉아서 구멍 난 그물을 꿰매고 있었다. 할로우가 소리쳤다.

"킬리언! 저들이 왔어요!"

마크햄이 선실을 뛰쳐나와 망원경으로 해적선을 살폈다. 라베릭과 나는 눈을 가늘게 뜨고 해변에서 멀리 떨어진 배를 살폈다. 해적들은 착륙용 보트를 내리고 있었다.

"누구지?"

"*언더토우호*다. 해골 해변은 저자들의 영역이지. 서둘러 떠날 준비를 해라."

마크햄이 망원경을 단숨에 접으며 말했다. 나는 선실로 달려가 재미슨을 깨웠다.

"빨리 일어나요. 지금 당장 떠나야 해요."

"무슨 일이죠?"

"해적이 오고 있어요. 해변에 우리 흔적이 온통 널려 있을 거예요."

라델라가 선실 벽의 둥근 창으로 날아갔다. 재미슨이 벌떡 일어나 부러진 빗자루를 집어 들었다. 날개 가루를 빼면 우리가 가진 유일한 무기였다. 라델라가 그의 어깨에 날아 앉자 우리는 선실을 나섰다.

  해적들이 탄 보트는 이미 해안가에 도착했다. 해적 중 하나는 다른 동료보다 덩치가 두 배 이상 큰 것이 한눈에 들어왔다. 마크햄이 가방을 메고 할로우가 가져온 카르닉스를 들고 갑판에서 모래사장으로 뛰어내렸다. 우리도 그를 따라 아래로 내려간 후 몸을 엎드린 채 선체를 빙 돌아 뒤쪽으로 갔다. 그는 해적이 볼 수 있는 곳으로 선뜻 나섰다.

"마크햄, 숨어!"

  내가 낮은 목소리로 경고했지만 그는 아랑곳하지 않고 카르닉스를 입술에 대더니 힘껏 불었다. 뿔피리는 뱃속이 뒤틀릴 정도의 굉음을 내며 바람을 타고 퍼져나갔다. 해변 아래쪽에서 해적들이 멈춰 서더니 우리 쪽으로 달려오기 시작했다.

"뭐 하는 짓이야?"

  그는 팔을 머리 위로 들어 올려 해적을 향해 흔들었다.

"우리는 여기 있다!"

7

재미슨과 나는 공포에 질린 채 모래언덕을 오르는 해적들을 지켜봤다. 커다란 덩치가 무리를 이끌었다. 선두에 선 그 해적은 분명 거인족이었다.

"킬리언, 무슨 짓을 한 거냐?"

재미슨이 사나운 표정으로 묻자 마크햄은 태연하게 대답했다.

"에벌리가 원하는 게 검 아니었나? 검을 찾는 방법은 이것뿐이다."

마크햄은 환영한다는 표정으로 다가오는 해적들에게 손을 흔들었다. 재미슨이 날카로운 빗자루를 검처럼 잡고 앞으로 내밀었다.

"우리는 떠나겠다."

"어디로 갈 건데? 여기서 달아나면 해골 해변이 너희들의 모래 무덤이 될 것이다."

우리가 옥신각신하는 사이 해적들은 이미 언덕을 올라 우리 쪽으로 다가왔다. 맨 앞에는 두목으로 보이는 거인이 두툼한 지팡이를 들고 있었다. 그는 키가 3미터에 이르렀고 목과 팔, 허벅지가 모두 내 허리보다 더 두꺼웠다. 덥수룩한 갈색 머리카락을 어깨까지 늘어뜨렸고, 얼굴에는 둥글납작한 광대뼈가 높게 자리 잡았다. 부리처럼 굽은 긴 콧등 아래로 콧수염이 자랐고, 입술은 무척이나 가늘었다. 귀가 머리 꼭대기 높이까지 길게 치솟아 있는 게 특이했다. 주름 장식을 단 칼라와 아이보리색 셔츠, 붉은 비단을 안감으로 댄 재킷을 입었는데 나름 세련된 옷차림이었다.

　　삼촌은 내가 어릴 적 아이를 유괴하고 사람을 잡아먹는 거인들에 관한 이야기를 들려주곤 했다. 그 이야기에 나오는 무섭고 잔인한 이미지와는 달리 지적 수준은 높아 보였지만 어마어마한 크기는 압도적인 공포감을 줬다.

　　다른 해적들이 그의 옆으로 늘어섰다. 총 여덟 명인 그들은 우리와 비슷한 체격이었다. 다만 모두 긴 얼굴에 뾰족하게 솟은 귀를 가졌다. 그들은 품질 좋은 양모로 만든 옷을 맞춰 입었다. 하얀색 셔츠 위에 가죽조끼, 회색 바지에 가죽벨트를 찼다. 그들 역시 인간이 아니라 엘프였다.

　　세 종족이 여기 다 모였다. 거인과 엘프 그리고 인간. 모두 창조주의 권능 아래 어머니 마드로나에게서 태어난 생명이었다. 부모님은 자신들이 마드로나의 자녀라고 믿었고, 인간은 세 종족 중 하나라고 나에게 가르쳤다. 하지만 지금까지 나는 그 이야기가 사실이라고 확신하지 못했다.

엘프들은 모두 단검을 들고 우리를 위협했다. 라델라가 재미슨의 어깨에서 벌떡 일어서서 날개에 팽팽하게 힘을 줬다. 언제든 날아올라 날개 가루로 그들의 무기를 없앨 준비 자세를 갖췄다. 거인의 갈색 눈이 방 안에서 발견된 생쥐를 보듯 우리를 내려 봤다.

"킬리언 왕자, 동료가 생겼구나. 전투 나팔을 분 이유가 저들 때문이냐? 싸울 의사는 없어 보이는데."

마크햄이 카르닉스를 두 손으로 들어 해적에게 내밀었다.

"귀찮게 해서 미안하다, 레드몬트 선장. 하지만 당신을 부르려면 어쩔 수 없었어."

"너를 이곳에 버린 이유는 다시는 네 얘기를 듣고 싶지 않아서였다."

엘프 한 명이 비웃음을 머금고 말했다. 찡그린 얼굴이었지만 그의 용모는 왕자보다 더 수려했다. 짙은 갈색 피부와 진지한 표정은 대담하면서도 빈틈없어 보였다.

"지금쯤이면 나를 쉽게 상대할 수 없다는 것 정도는 깨달아야 지 않겠나, 오스릭?"

마크햄은 다시 선장에게 카르닉스를 내밀었다.

"난파선에서 어렵게 찾은 거야."

거인이 전투 나팔을 받았다. 그러자 마크햄이 할로우에게 미소를 지어 보였다. 생각해보니 음식을 찾자는 건 핑계였고 원래 목적은 저 카르닉스를 찾는 것이었던 듯했다.

"이 낡은 나팔을 내게 주기 위해 우리를 불러냈느냐?"

"내 검은 아직 가지고 있겠지?"

레드몬트 선장은 굽은 콧등 너머로 마크햄을 내려다봤다.

"내가 아직도 아벨린의 검을 가지고 있냐고?"

태연하던 왕자의 시선이 돌처럼 굳었다.

"네 검이 어떤 무기인지 나는 잘 안다. 그 보물은 인기가 대단하지. 한 나라의 왕 자리와 바꿀 수 있을지도 모르겠군."

"그럼 우린 공정한 거래를 할 수 있겠군."

"공정한 거래라…, 아쉽게도 그 검은 이제 내 손에 없어."

내 심장이 덜컥 내려앉았다.

"그 검에 대한 대가로 얼마나 챙겼느냐?"

마크햄은 검이 다시 다른 이에게 넘어갔다는 소식에도 침착한 말투로 물었다. 해적 선장이 레이스가 달린 소매를 쓰다듬었다.

"도리언 왕은 100번의 조수 동안 라군 항구에 무제한 정박할 수 있는 권리를 제공했다. 항구 이용료가 계속 비싸져 이제는 하루 이상 라군 항구에 정박할 수 있는 해적이 없었지. 일등항해사 오스릭과 나는 그 제안을 거절할 수 없었다."

마크햄의 이마에 주름이 잡혔다. 도리언 왕은 누구이고 라군 항구는 또 어디인가? 도대체 내 검은 어디 있는가?

"다른 거래를 해볼 생각이 있나?"

"내가 원하는 거라도 가지고 있나?" 거인이 눈썹을 찡그리며 물었다.

"저 여자." 마크햄이 나를 가리키며 말했다. 내가 놀라 눈을 한 번 깜빡이기도 전에 재미슨이 앞을 막아섰다.

"절대 안 돼. 에벌리는 물건이 아니야!"

"그 소녀 하나로는 내가 원하는 만큼의 가치가 나오지 않는다."

레드몬트 선장은 재미슨을 아예 무시하며 마크햄에게 말했다.

"네 명의 인간과 픽시를 모두 가져가겠다."

"저 소녀는 진귀한 수집품이 될 거다."

마크햄이 내게 손을 뻗자 재미슨이 부러진 빗자루를 휘둘렀다. 하지만 레드몬트 선장이 손가락으로 가슴을 튕기자 그대로 나가떨어졌다. 라렐라가 거인을 향해 달려들었다. 하지만 거인이 파리채처럼 손을 휘두르자 그대로 날아가 모래밭에 처박혔다. 라베릭이 엘프의 정강이를 걷어찼다. 하지만 다른 엘프가 그녀의 목에 단검을 들이댔다. 마크햄은 빠른 손길로 내 셔츠 앞섶을 잡아챘다. 단추가 떨어지면서 가슴의 속살이 드러났다. 내 시계태엽심장까지.

"이게 뭐지?"

레드몬트 선장이 눈을 크게 뜨며 허리를 굽혔다. 나는 옷을 움켜쥐면서 쏘아붙였다.

"물러나!"

선장이 손가락을 흔들자 엘프 셋이 나를 둘러쌌다. 어느새 다가온 일등항해사 오스릭이 뒤에서 내 팔을 잡아 비틀었다. 나는 모래를 걷어차면서 몸을 비틀어 팔을 잡아당겼지만 관절에 지독한 통증이 스치면서 더는 몸을 움직일 수 없었다.

레드몬트 선장은 다시 내게로 몸을 숙였다. 그리고 커다란 손가락으로 셔츠 앞섶을 풀어 헤쳤다. 온몸에 소름이 돋았다. 나는 있는 힘을 다해 비명을 지르며 몸부림쳤다.

"시계태엽심장이군."

선장이 숨을 크게 내쉬었다. 나는 몸을 앞으로 숙였지만 일등항해사가 손아귀에 힘을 주며 내 상체를 다시 일으켜 세웠다. 수치심과 분노에 모래 속으로 가라앉아 영원히 사라지고 싶었다.

내 인생의 가장 큰 비밀이 이렇게 많은 이들 앞에 드러난 적은 없었다. 엘프들은 놀란 얼굴로 속닥거렸고, 그들 너머에서 라베릭이 충격을 받아 입을 다물지 못했다.

"에벌리는 시계태엽심장에서 생명력을 얻지."

마크햄의 말에 레드몬트 선장의 눈이 커졌다. 그는 자신의 귀를 내 가슴에 들이댔다. 둔탁한 똑딱 소리를 몇 초간 듣더니 다시 고개를 돌려 내 심장을 바라봤다. 시큼한 입김이 내 몸을 타고 흘렀다. 그는 목에서 가슴으로 이어진 흉터를 커다란 손가락으로 쓰다듬더니 시계태엽심장에서 멈췄다. 나는 땅바닥을 바라보며 쏟아지려는 눈물을 참았다.

"네 심장은 어떻게 작동하는 것이냐?"

"나도 모른다."

나는 거칠게 내뱉었다. 레드몬트 선장이 내 턱을 들어 올렸다.

"너는 무슨 일로 파도 밑 땅에 왔느냐?"

"시간의 지배자가 나를 보냈다. 아벨린의 검을 되찾기 위해 이곳에 왔다."

선장이 눈을 가늘게 떴다. 시간의 지배자라는 말을 들어도 그는 별로 신경 쓰지 않는 눈치였다. 마크햄이 무신경하게 말했다.

"에벌리는 네 시계 수집품 목록 중 가장 진귀한 보물이 될 거야."

레드몬트 선장이 내 심장 소리에 다시 귀를 기울였다. 내 시야가 하얀 반점으로 점점 흐려졌다. 그는 내 셔츠를 더 활짝 열어

젖혔다.

"킬리언 왕자, 감히 망가진 시계로 거래를 하려 들다니."

나는 가까스로 재미슨에게 고개를 돌렸다. 고장이 났다고? 그도 나만큼 놀란 얼굴이었다.

"그녀는 건강하게 살아 있어."

마크햄이 목소리를 높였다.

"잘 봐라. 저 시계태엽심장이 그녀에게 생명력을 준다."

"오래가지 못해."

레드몬트 선장이 무미건조하게 답했다.

"시계태엽심장이 이미 제 기능을 못 하고 있어. 벌써 망가진 상태야."

내가 가치 없다는 말에 할로우가 코웃음을 쳤다. 마크햄이 함부로 행동하지 말라는 듯 그녀의 손목을 꽉 움켜쥐었다. 그는 애원하는 듯한 목소리로 선장에게 말했다.

"친구, 이 소녀는 시계태엽심장을 가졌어. 그것만으로도 거래하기에 충분한 가치가 있지. 라군 항구가 안 된다면 우리를 가까운 다른 곳으로라도 데려다줘. 투구 산호초나 사형집행인 곳(hangman cave)도 괜찮아."

"킬리언 왕자, 너는 포기할 줄 모르는구나."

레드몬트 선장이 모래밭에 쓰러져 있는 라델라를 낚아채 주먹에 감싸 쥐었다. 그리고 부하들에게 손짓했다.

"모두 데려가."

엘프들이 우리를 에워싸며 보트 방향으로 밀었다. 나는 비틀거리며 언덕 아래로 내려갔다. 미처 여미지 못한 앞섶이 바람에 나풀거렸다. 선장과 마크햄이 이런저런 소리로 떠들었지만 들리지 않았다.

검은 저 바다 깊숙이 숨겨져 있다. 아버지의 임무이자 내 임무를 끝낼 기회도 검과 함께 숨겨졌다. 그러나 그 실망감보다 훨씬 깊은 절망이 나를 사로잡았다. 선장의 말이 내내 귓가에 맴돌았다.

나는 망가졌다.

8

    레드몬트 선장이 보트 중간에 앉았다. 무거운 몸으로 가운데서 보트의 중심을 잡았다. 맨 위 단추가 떨어진 내 셔츠는 여전히 풀어 헤쳐진 채였다. 모두가 번갈아가며 내 심장을 힐끔거렸다. 라베릭마저 호기심을 감추지 못했다.

    재미슨이 걱정스러운 눈길을 보냈다. 선장의 주먹에 잡혀 있는 라델라는 화가 많이 났는지 밝은 푸른빛을 내던 몸이 마치 멍든 것처럼 자주색으로 빛났다. 우리를 보트에 태우기 전에 해적들은 마크햄에게 재갈을 물리고 몸을 묶었다. 아무래도 거래가 쉽게 풀리지 않은 것 같았다.

    우리는 해적선 언더토우호를 향해 노를 저어 간 후 좌현으로 접근했다. 거대한 크기는 지금껏 본 어떤 배보다 더 컸다. 위쪽에서 선원들이 밧줄 사다리를 던졌다.

    "올라가라, 시계태엽심장."

거인 선장이 나를 보며 말했다. 나는 밧줄 사다리를 움켜쥐고 뱃전으로 올라 난간 너머 갑판으로 뛰어내렸다. 바다악어가 몇 걸음쯤 떨어진 곳에서 으르렁거렸다. 나는 혼비백산 물러나 난간을 등지고 섰다. 머리부터 긴 주둥이까지 악어는 사람 키보다 더 컸다. 사다리를 타고 다시 내려갈까 했지만 다행히 악어가 꼬리를 좌우로 흔들면서 내게서 멀어졌다. 악어와의 거리가 벌어지자 선원들이 눈에 들어왔다. 오십여 명 되는 선원들은 각자 이국적인 용모에 아름다웠다. 회색 바지에 빳빳하게 깃을 세운 제복을 흠잡을 데 없이 맞춰 입었다. 깨끗한 아이보리색 셔츠에 깃발에 그려진 상징이 들어간 머리 스카프를 썼다. 엇갈린 뼛조각과 해골, 그 위에 모래시계가 그려진 해적 깃발.

엘프 해적들 옆으로 거인 하나가 도드라졌다. 두 번째 거인은 어깨를 구부정하게 앞으로 수그린 자세였지만 누구와도 비교할 수 없을 만큼 덩치가 컸다. 머리카락과 턱수염은 회색이었으며 얼굴은 노인처럼 가늘었다. 코가 아래로 길게 처져서 윗입술에 닿을 정도였다. 거인은 어리둥절한 표정으로 나를 바라봤다. 나는 재빨리 셔츠를 여몄다.

재미슨이 옆으로 올라왔다. 그를 따라 일등항해사 오스릭과 라베릭이 차례로 올라왔다. 걱정하는 재미슨의 눈길을 보자 하마터면 눈물이 터질 뻔했다. 라베릭은 재빠르게 갑판을 살폈다. 아마도 무기가 될 만한 건 없는지 살폈을 것이다.

해적들은 지저분하고 질서가 없으며 늘 술에 취해 있다는 것은 내 선입견에 불과했다. 해적선 갑판은 흠잡을 데 없이 질서정연하게 정리돼 있었다. 와이어트 왕국의 해군과 비교해도 손색 없을 정도로 모든 면에서 훌륭했다. 할로우가 갑판에 올라와 마크햄이 올라서는 것을 도왔다. 마크햄을 묶은 밧줄은 풀린 상태였지만 재갈은 여전히 그대로였다.

"킬리언 왕자."

오스릭이 왕자의 손목을 다시 밧줄로 묶으며 말했다.

"조용하니까 그나마 견딜 만하구나."

나는 같은 생각을 하며 마크햄을 노려봤다. 엘프가 날카로운 눈빛으로 나를 쳐다봤다.

"너 왕자에게 원한이라도 있나?"

"그는 내 가족을 살해했어. 그때 내 심장을 찔러 이렇게 만들어버렸지."

오스릭이 내뱉듯이 중얼거렸다.

"그는 더 나쁜 짓도 했다."

레드몬트 선장이 갑판으로 올라왔다. 라델라는 여전히 그의 손아귀에 잡혀 있었다. 거대한 배는 육중한 그의 몸무게를 아무런 흔들림 없이 견뎠다.

악어가 다시 모습을 보이더니 우리 쪽으로 살금살금 기어왔다. 커다란 파충류가 옆을 스쳐 지나가자 라베릭이 외마디 비명을 질렀다. 거인이 악어의 머리를 쓰다듬는 모습에 나는 놀란 입을 다물지 못했다. 악어는 얌전하게 그의 손길을 받아들였다. 선원들이 새장을 가져오자 선장은 라델라를 안에 집어넣었다. 픽시는 날개를 퍼덕여 창살에 가루를 뿌렸다.

"헛수고하지 마라. 새장은 쇳덩이로 만들었다."

라델라가 쇠창살을 발로 차고 손으로 두드리며 높은 소리로 지저귀었다. 그 소리가 듣기 싫은 듯 악어가 꼬리를 흔들며 갑판 아래쪽으로 다시 사라졌다. 레드몬트 선장이 껄껄거렸다.

"픽시는 정말 소란스럽구나. 오스릭 항해사, 손님들을 숙소로 모셔라."

"네, 선장."

오스릭이 마크햄을 옆에 있던 엘프에게 밀었다.

"그를 감방에 넣고 다른 인간들은 선실에 가둬라."

"나는 킬리언과 함께 가겠다."

할로우가 누구에게랄 것도 없이 소리쳤다. 오스릭이 혐오스럽다는 듯이 혀를 찼다.

"너는 누구에게 충성하는지 잘 생각해라, 여자. 저 왕자는 위험한 녀석이다. 지금껏 함께한 수많은 여자를 배반했다. 너보다 훨씬 아름다운 여자들도 같은 취급을 당했지."

마크햄이 무슨 말인가를 하려다가 입에 물린 재갈 때문에 입 밖으로 나오지는 않았다. 허를 찔린 표정이었다. 오스릭이 마른 웃음을 내뱉었다.

"네 꼴을 봐라, 위대하신 왕자님. 너는 너의 왕국과 백성들에게 수치로 남을 것이다."

"그 정도면 됐다, 오스릭."

선장이 점잖은 말투로 끼어들었다.

"다른 인간들은 보내고 시계태엽심장을 가진 소녀는 남겨둬라."

재미슨이 자신을 붙잡은 선원의 손아귀에서 벗어나려고 몸을 비틀었다.

"에벌리는 내 곁에 있어야 한다."

선장은 그를 내려다봤다.

"넌 누구냐?"

재미슨이 몸을 똑바로 세웠다.

"나는 왕국 해군의 재미슨 캘러한 대위이자 와이어트 왕국 윌시의 백작이다. 에벌리는 내 아내이자 백작 부인이다. 그녀는 내 곁에 있어야 한다."

"무척 중요한 인간인가 보군."

선장은 선원들을 둘러보며 히죽 웃었다.

"이 녀석은 꽤 인상적인데, 그렇지 않나?"

그러더니 곧바로 웃음을 지우고 싸늘한 표정으로 말했다.

"이제 네 아내는 내 소유다, 귀족 인간. 그녀는 내 수집품이야."

"에벌리는 사람이다. 네 수집품이 아냐."

재미슨이 흐트러지지 않은 자세와 침착한 말투로 대답했다. 레드몬트 선장은 재미슨에게 몸을 굽혔다. 거대한 덩치 때문에 재미슨이 난장이처럼 느껴졌다. 하지만 그는 결코 주눅 들지 않았다.

"아내를 위하는 척 말하지만 너 또한 그녀가 네 거라고 주장하는구나. 그렇다면 내가 소유하는 것과 뭐가 다르냐?"

"나는 그녀를 물건 취급하지 않고 소중히 여긴다."

거인이 거대한 손가락으로 재미슨의 머리카락을 쓰다듬었다. 악어를 쓰다듬던 몸짓과 비슷했다.

"인간은 너무 많은 감정을 가졌다. 우리 거인은 가슴에 앞서 머리를 쓰라는 교육을 받고 자라지. 이 세계에서 살아남고 싶다면 그 말을 명심해라, 인간 귀족."

그는 재미슨의 등을 엘프 선원 쪽으로 떠밀었다.

"아래로 데려가라. 나머지는 갑판을 청소하고. 다시 지저분해졌다!"

선원들이 일사불란하게 움직였다. 경비병은 재미슨과 라베릭, 할로우, 마크햄을 아래 갑판으로 데려갔다. 다른 해적이 라델라가 든 새장을 가져갔다. 오스릭이 주갑판 선미 쪽에 위치한 선실의 거대한 문 앞으로 나를 떠밀었다. 거칠게 저항했지만 그는 나를 안쪽으로 밀어 넣고는 문을 잠갔다.

"문 열어!"

나는 문을 주먹으로 두드렸다.

"내보내줘, 해적들아! 그리고 내 이름은 시계태엽심장이 아니라 에벌리 도노번이다! 너희들은 지금 일을 반드시 후회하게 될 거야! 달에게 맹세하건대 모두 갚아주겠다!"

엘프들의 비웃음이 문 건너편에서 들려왔다. 문을 발로 걷어찼다. 발가락 끝이 아팠다. 통증이 멈추기를 기다리며 선실 안을 둘러봤다. 반대쪽 창문으로 햇빛이 가득 들어왔다. 삼촌이 사용하던 시계수리점 작업실처럼 한쪽 벽에 작업대와 침상이 나란히 놓여 있었다. 작업대 밑에 도구와 톱니바퀴, 기어, 밸런스휠 등이 담긴 바구니들이 놓여 있었다. 가구 사이로 바닥에 시계가 가득했다. 물시계, 추시계, 손목시계, 뻐꾸기시계, 대형 괘종시계 등 온갖 종류의 시계가 보였다. 그중에는 한 쌍의 해시계와 모래시계도 있었다. 대부분 고급 제품이었고, 어떤 시계에는 보석도 박혀 있었다.

이렇게 많은 시계가 있었지만 아무 소리도 들리지 않았다. 나는 가슴에 손을 가져다 댔다. 내 심장 말고는 똑딱이는 소리가 전혀 없었다. 흔들리는 추 소리도, 톱니바퀴가 회전하는 소리도 들리지 않았다.

나는 괘종시계 옆면에 귀를 붙이고 움직임을 살폈다. 그저 정적뿐이었다. 나는 시계 내부를 살폈다. 불량 부품이 섞였는지, 기어 움직임에 문제가 생겼는지, 다른 고장은 없는지 찾았지만 아무런 이상을 발견하지 못했다. 괘종시계는 장인이 이제 막 조립을 끝낸 새 제품 같았지만 움직이지 않았다.

나는 작동하는 시계가 있는지 하나하나 점검했다. 백여 개가 넘는 숫자라 거의 한 시간이 걸렸다. 마지막 시계를 살펴본 후 나는 침상에 앉아 손바닥에 얼굴을 묻었다.

선장의 수집품은 모두 죽어 있었다. 내 심장만 제외하고.

* * *

시간이 흐르자 엘프 하나가 따뜻한 물이 든 양동이와 수건을 가져왔다. 해적들에게 어떤 것도 받기 싫었지만 몸 여기저기가 간지러웠고 머리를 쓸어 올릴 때마다 모래가 부스스 떨어졌다. 나는 한참 동안 물을 노려보다가 결국 셔츠를 벗고 머리를 감았다.

그때 누군가가 뒤쪽에서 목을 가다듬었다. 나는 얇은 속옷을 입긴 했지만 황급히 가슴을 가렸다. 젖은 머리에서 물이 뚝뚝 떨어졌다.

"예의라곤 눈곱만큼도 없군."

"나는 해적이다."

내가 톡 쏘자 오스릭이 이 한마디면 모든 것이 설명된다는 듯 말했다.

"부끄러워할 필요 없다, 여자. 엘프는 인간에게 아무런 흥미를 느끼지 않는다. 우리는 같은 종족끼리만 짝을 짓는다. 인간은 우리에게 개나 쥐와 마찬가지야."

그는 관심 없다는 듯 오만한 태도로 말했다.

"너는 나를 두려워하는구나."

"그렇지 않아."

"손으로 허리를 자꾸 더듬는 것이 두려움 때문에 검을 찾는 것이 아니냐?"

"너를 두려워한다고?"

"두려워할 일이 생기지 않게 조심해라."

오스릭이 선장의 수많은 시계를 둘러보며 물었다.

"왜 왕자는 레드몬트 선장에게 자기를 묶어서 배에 오르게 해달라고 했을까?"

언뜻 그의 질문이 이해되지 않았다.

"마크햄이 그렇게 만들었다고? 그는 꽤 시끄럽게 항의하던데?"

"지나치게 시끄러웠지. 킬리언은 언제 입을 닥쳐야 할지 모르는 바보가 아니야. 그는 이유 없이 행동하지 않는다."

"넌 마크햄과 아는 사이냐?"

"우리는 한때 친구였다."

놀랐다. 왕자를 향한 그의 적대감은 분명했다. 그런데 마크햄과 친구 사이였다니.

"아주 오래전 나는 어렸지만 조숙했다."

"얼마나 오래전 일이지?"

오스릭은 나보다 그렇게 나이 들어 보이지 않았다. 하지만 엘프들은 수명이 인간과 비교할 수 없을 정도로 길었다. 그들은 몇십 년 전 친구일 수도, 아니 몇백 년 전 친구일 수도 있었다.

"그의 외모와 카리스마 뒤에 숨은 진짜 모습을 충분히 간파할 만큼은 오래됐지."

오스릭은 주머니에서 빨간 사과 한 알을 꺼내 들었다. 그는 사과를 이리저리 살펴보더니 한입 베어 물었다. 하루 종일 아무것도 먹지 못한 나도 덩달아 배가 고팠다. 그렇지만 그는 나를 아랑곳하지 않고 사과를 씹으며 말을 건넸다.

"옷을 입기 전에 이 선실을 관리하는 소년에게 네 심장을 살펴보게 하는 것이 어떠냐? 물론 선장의 지시다."

"그 누구도 내 심장을 함부로 만질 수 없다."

"닐리의 실력은 믿어도 된다. 그는 뭐든지 고치지."

"그가 실력이 좋을 리 없어. 그렇다면 여기 시계들이 잘 돌아가고 있겠지."

"그건 그의 잘못이 아니다. 파도 밑 땅은 밀물과 썰물의 흐름이 모든 것을 지배한다. 시계 부품들은 습도가 높은 공기와 소금기로 쉽게 부식되지. 빨리 조치하지 않으면 네 심장도 마찬가지야."

그 순간 문이 열리더니 구부정한 거인이 캔버스 가방을 메고 몸을 굽혀 선실 안으로 들어왔다. 나는 서둘러 옷을 걸쳤다. 거인은 고개를 숙인 상태임에도 머리카락이 천장을 쓸었다.

"안녕, 시계인형. 네 시계태엽심장을 살펴보려고 왔다."

나는 가슴 앞에 팔짱을 끼고 숱이 많은 회색 머리를 늘어뜨린 커다란 덩치를 노려봤다.

"네가 그 소년이냐?"

닐리의 파란색 눈동자가 춤을 췄다.

"그럼, 그럼, 그렇게 불러주면 기분이 무척 좋아. 다시 젊어지는 기분이야."

"너는 몇 살이야?"

"거인의 나이를 물어보는 것은 실례다."

오스릭이 사과를 다시 베어 물다가 돌아보며 말했다. 그러더니 조용히 중얼거렸다.

"인간들은 너무 예의가 없어."

사과를 가득 물고 어이없는 말을 내뱉자 나는 분통이 터졌다. 닐리가 내 옆에 가방을 내려놓았다.

"작년에 백 살 생일파티를 했어."

거인들은 엘프만큼 오래 살지는 못한다. 그래도 인간과 비교할 수는 없다. 만약 인간이 백 살 생일을 맞았다면 정말 진귀한 행운일 것이다.

닐리가 내게 걸어왔다. 시선은 셔츠 밑 내 시계태엽심장에 고정됐다.

"부끄러워할 필요 없다, 시계인형. 선장이 네 시계가 제대로 작동하지 않는다고 했다. 난 네 시계태엽심장을 새것처럼 고쳐주겠다."

닐리는 눈앞에 높게 서서 참을성 있게 기다렸다. 그를 올려다보자 가벼운 현기증이 일었다. 나는 닐리가 도움이 될지도 모른다는 가느다란 기대에 팔짱을 풀고 가슴에서 손을 내렸다.

거인이 가방을 열었다. 그는 내 셔츠에 손을 대지 않았다. 하는 수 없이 나는 셔츠 앞섶을 열어 심장을 드러냈다. 그는 셔츠 주머니에서 알이 하나뿐인 안경을 꺼내어 오른쪽 눈에 끼웠다. 내 심장을 더 자세히 보려고 고개를 수그리며 가까이 다가왔다.

"이렇게 박동이 희미해진 게 언제부터지?"

"내가 있던 세계를 떠나기 전부터."

나는 돌이켜 생각해보다가 다시 말을 고쳤다.

"아니, 그전에 마크헴의 세계를 빠져나올 때부터, 무너지는 젊음의 땅을 탈출한 직후부터였어."

"킬리언 왕자가 젊음의 땅이 자신의 세계라고 말했나?"

옆에 있던 오스릭이 물었다. 나는 고개를 끄덕였다. 일등항해사가 기가 막힌다는 듯 혀를 찼다.

"얼마 전에 심장이 물에 잠겼어. 그땐 재미슨이 부품을 갈아 끼워서 겨우 고쳤고."

"재미슨? 레드몬트 선장에게 불손했던 그 인간 귀족 말이냐?"

닐리가 물었다. 나는 고개를 끄덕였다. 그러자 오스릭이 다시 끼어들었다.

"시계태엽심장을 가진 지가 얼마나 됐나? 누군지 솜씨가 대단하군."

"내 삼촌이 시계 장인이다. 거의 10년 전에 만들었고, 삼촌 말에 따르면 시간의 지배자가 도왔다."

거인이 얼굴을 찡그리자 입술 주변의 주름살이 깊어졌다. 그는 내 심장을 손가락 끝으로 살짝 눌렀다. 그가 심장 박자를 느끼는 시간이 길어질수록 텁수룩한 눈썹 사이가 더욱 좁아졌다.

오스릭이 사과를 쩝쩝거리며 나를 바라봤다. 엘프들은 시끄럽게 쩝쩝거리는 소리는 예의와 관계없다고 생각하는 건가?

"내가 지금껏 본 시계 중 가장 정교하구나. 하지만 유감스럽게도 분명 문제가 있다."

닐리가 마침내 물러나며 말했다. 나는 소름이 돋은 팔을 문질렀다.

"당신이 고칠 수 있어?"

"해보겠지만 우선 그 전에 선장과 의논부터 해야겠다."

거인이 외눈 안경을 눈에서 뺐다.

"너와 네 시계태엽심장은 정말 특별하구나."

삼촌도 같은 말을 하곤 했다. 그러나 나는 특별한 게 싫다. 그저 평범한 게 좋다. 심장 소리를 들킬까 봐 걱정하지 않아도 되고, 턱 밑까지 단추를 채울 필요 없이 마음대로 옷을 입을 수 있고, 언젠가 결혼도 하고 아이를 낳고, 말 그대로 온전한 삶을 살 수 있기를 바랐다.

"돌아오겠다, 인형."

닐리는 격려를 담은 미소를 지어 보이며 도구 가방을 집어 들고 밖으로 나갔다. 그가 함부로 건드리지 않아 일단 마음이 놓였지만 이내 내 심장에 무슨 문제가 있을까 봐 걱정됐다.

오스릭이 사과를 말끔히 먹어치우고는 트렁크 하나를 열더니 옷을 꺼내놓았다.

"레드몬트 선장께서 너를 저녁 만찬에 초대하셨다. 옷을 갈아

입어라. 바로 돌아오겠다."

그가 방을 나가자 나는 재빨리 깨끗한 셔츠와 가죽조끼, 바지로 갈아입었다. 두꺼운 울로 만든 옷은 몸속의 한기를 녹여주었다. 어머니의 빨간 장갑을 손에 끼울 때 오스릭이 돌아왔다.

"그 더러운 걸 굳이 벗지 않고 옷차림을 망칠 셈이냐?"

"상관하지 마. 어차피 인간은 네게 혐오스러운 대상이잖아."

그는 다시 혼잣말로 투덜거렸다. 그의 입버릇인 것 같았다.

"너희 선원 중에 인간은 한 명도 없어?"

"있다가 없다가 한다. 너희 종족은 파도 밑 땅에서 오랜 기간 살지 못한다. 따라와, 백작 부인."

그가 놀리듯이 말했다. 밖으로 나가니 지는 해 반대편에서 달이 해보다 더 밝게 빛났다. 일등항해사가 빠른 걸음으로 선장의 선실로 잡아끌어서 갑판 위에서 무슨 일이 벌어지는지 살필 겨를이 없었다.

선장의 선실에는 아무도 없었다. 조리실이 가까이 있는지 음식 냄새가 진동했지만 테이블 위에는 아직 아무것도 없었다. 손가락이 떨렸다. 삼촌이 거인에 대한 옛날이야기를 해주는 밤, 나는 무서운 상상을 하곤 했다. 거인이 지붕을 부수고 나를 침대에서 움켜쥐고는 다른 거인들이 기다리는 소굴로 데려간다. 그곳에서 나를 우리에 가두고 온종일 돼지기름으로 끓인 사과를 먹인다. 내가 살이 통통하게 오르면 펄펄 끓는 찌개에 나를 빠뜨린다.

"레드몬트 선장이 곧 오실 거다."

"당신도 함께하나?"

오스릭의 말에 내가 곧장 되물었다. 다행히 엘프는 인간을 먹지 않는다. 최소한 이야기 속에서는 그렇다. 일등항해사는 주머니에서 다시 윤이 나는 빨간 사과를 꺼내 들었다.

"나는 다른 약속이 있어서. 즐거운 식사 시간이 되시길, 백작 부인."

그는 희미하게 웃으며 사과를 한입 베어 물더니 한가로운 발걸음으로 돌아서 나갔다. 곧 선실 문이 닫히는 소리가 들렸다.

9

 이야기 속에서 거인의 소굴로 잡혀간 인간은 집으로 돌아가지 못한다. 나는 살아서 삼촌과 재미슨을 다시 볼 확률이 얼마나 될까. 레드몬트 선장의 선실을 자세히 살펴봤다. 우리 배의 장교 숙소와 크게 다른 점은 없었다. 침상과 테이블, 책상이 하나씩 놓여 있었다. 다만 모두 세 배나 큰 크기였다.

 침상 아래로 선장의 악어가 꼬리를 내밀었다. 나는 악어로부터 멀리 떨어져서 반대편 벽에 기대섰다. 그곳에는 카르닉스가 여러 개 세워져 있었다. 전투 나팔의 주둥이는 모두 동물 형태였다. 곰, 악어, 독사, 멧돼지가 입을 크게 벌린 모양이었다. 나팔들은 실제 전투에서 사용되었는지 여기저기 상처가 나 있었다.

 선장의 책상 위에 있는 지구본과 화려한 지도가 눈길을 끌었다. 지도에는 일곱 세계가 있었다. 중심에 생명의 땅이 자리 잡았고, 양옆으로 세 개의 세계가 각각 둘러싸고 있었다. 젊음의 땅, 약속의 땅, 낯선 자들의 땅과 은빛 구름 평원, 파도 밑 땅, 기쁨의 평원. 생명의 땅에는 익숙한 와이어트 왕국 깃발도 보였다. 일곱 세계는 마치 시계처럼 각 세계가 시계의 숫자 위치에 늘어서 있었다.

세계마다 다른 달 문양과 함께 아래에 각자의 상징이 그려져 있었다. 엘프의 세계인 약속의 땅에는 사과 주변을 담쟁이가 왕관처럼 둘러싼 상징이 있었다. 해골 해변의 배에서 본 것과 같은 모양이었다. 우리가 머물렀던 배는 엘프의 것이었을까?

나는 손을 들어 젊음의 땅을 쓰다듬었다. 사라져버린 마크햄의 세계였다. 얼마나 많은 사람이 삶과 미래를 빼앗겼는지 가늠할 수 없었다. 만약 일곱 세계가 모두 무너진다면 희생자들은 도대체 얼마나….

지구본 아래로 파도 밑 땅을 그린 또 다른 지도가 넓게 펼쳐졌다. 이 세계는 단 하나의 대륙으로 이루어졌다. 지도에 나온 축척을 따져보면 커다란 섬 정도의 크기였다. 나는 북서쪽 끝에서 해골 해변을 찾아냈다. 그리고 동쪽에 라군 항구, 투구 산호초, 사형집행인 곳이 있었다.

지도에 표기된 유일한 마을인 이브타이드라는 곳은 라군 항구 바로 오른쪽에 표시되어 있었다. 나는 도레스탄드에서 배우고 실제 도시의 지도를 그렸던 경험을 바탕으로 그 지도를 머릿속에 집어넣었다. 지도에서 바닷속에 표기된 신비로운 도시 이름 하나가 눈길을 끌었다. 도시의 이름은 에버블루였다.

고향으로 돌아온 탐험가들은 인어들의 요새에 관한 뱃노래를 불렀다. 아버지도 가끔 내 머리를 땋아주면서 그 노래를 불렀다.

어느 틈에 노래가 입술 사이로 흘러나왔다.

> 사파이어 별빛이 태양과 춤추는 아래
> 달이 흘리는 루비 같은 피를 단지에 담아
> 파도여, 진실을 위한 노래를 부르자
> 언제나 강하고, 영원히 흐르며, 항상 푸르른 곳이여

"그 노래를 다시 듣다니…. 정말 오랜만이구나."

우렁우렁한 목소리와 함께 레드몬트 선장이 선실로 들어왔다. 커다란 솥과 그릇을 든 선원들이 뒤따랐다. 거인은 검은색 단추가 달린 버건디 벨벳 재킷을 입고 콧수염에 기름을 발라 얇은 입술 위로 단정하게 정리했다. 침상 밑에서 악어가 기어 나와 주인을 맞았다.

"타틀러, 이리 와서 나의 새 시계에 인사해라."

나는 화를 억누르고 악어에게 기계라면 할 수 없는 인사를 했다.

"만나서 반갑구나, 타틀러."

"나는 저 친구를 투구 산호초에서 만났다. 그때는 작은 새끼였지. 신기하게도 고장 난 시계를 물어뜯고 있더군. 나는 우리가 친구가 될 거라는 걸 바로 알아봤지."

악어는 주인이 쓰다듬어주자 머리를 앞뒤로 까닥거리며 가만히 누워 있었다. 선원들이 저녁 만찬 준비를 마치고 선실을 나갔다. 나는 악어와 거리를 유지하기 위해 책상 앞에 서서 단도직입적으로 물었다.

"아벨린의 검을 도리언 왕에게 준 것이 사실이냐? 아니면 마크햄을 속이려고 거짓말을 한 거냐?"

거인이 즐거운 표정으로 입술을 비틀었다.

"인간은 누군가를 그렇게 쉽게 거짓말쟁이라고 부르나?"

"마크햄과 지내보면 이렇게 될 수밖에 없어."

"검은 바다 깊숙이 인어왕 도리언이 다스리는 성에 있을 것이다. 땅에 사는 이는 그 누구도 에버블루까지 헤엄쳐 갈 수 없다. 그러니 그 검을 되찾을 생각은 일찌감치 포기해라."

"하지만 당신이 인어왕과 거래를 했다면 무언가 방법이 있겠지. 당신이 직접 검을 되찾아 시간의 지배자에게 돌려주는 건 어때?"

거인은 내 당돌한 제안에 동굴이 울리도록 우렁우렁한 웃음을 터트렸다.

"글쎄…, 네가 그를 만났다는 말이냐, 시계태엽심장?"

시간의 지배자가 나를 보냈다는 말을 믿지 않는 눈치였다.

"그래. 시간의 지배자가 내게 아벨린의 검을 찾아달라고 부탁했다. 너는 내 말에 따라야 한다."

"더는 검 이야기를 하고 싶지 않다. 이 배에서 네 용감한 남편이 어떻게 지낼지는 내 손에 달려 있다는 사실을 잊지 마라. 자, 이제 즐거운 식사나 해볼까?"

레드몬트 선장이 단지 뚜껑을 열더니 피어오르는 김을 들이마셨다.

"이 요리는 센티코어 등심 스튜다. 바다에서 고기는 쉽게 먹을 수 있는 음식이 아니야. 저번에 항구에 상륙했을 때 어렵게 구했지."

나는 가시나무숲에서 센티코어와 마주친 적이 있었다. 거대한 뿔을 가진 그 짐승이 내게 돌진해서 죽을 고비를 겨우 넘겼다.

"그 스튜에 다른 건 들어가지 않았…?"

"인간 고기? 아니, 나는 다행히 인간은 먹지 않아. 자, 먹어봐라. 오스릭이 네가 아무것도 먹지 않아 분명 배가 고플 거라더군."

"배는 고프지만 나는 고기를 먹지 않는다."

레드몬트 선장이 뚜껑을 테이블에 내려놓으며 물었다.

"왜?"

"부모님이 어머니 마드로나를 숭배하셨다. 그래서 모든 생명은 창조의 힘이 주는 축복을 받은 성스러운 존재라고 믿으셨다."

선장이 스튜를 국자로 휘휘 저었다.

"너도 이른바 *마드로나의 자녀*들 중 하나인가?"

"그렇다."

"나는 거인과 엘프가 그저 전설 속의 존재라고 생각하며 컸다. 그렇지만 지금은 별세계가 있다는 사실을 인정한다."

"별세계라…."

레드몬트 선장이 코웃음을 쳤다.

"창조주는 일곱 세계 전체를 함께 만들었다. 다른 세계라는 뜻으로 별세계라고 부르는 건 잘못 붙인 이름이다. 일곱 세계는 전체로서 하나의 이름을 가지고 있다. 바로 아벨린."

심장박동이 빨라졌다. 내 검의 이름이었다.

"거인족은 어머니 마드로나의 첫째 자녀다. 우리는 아벨린의 역사를 줄곧 지켰고, 각 일곱 세계의 이름도 정했다. 생명의 땅은 원래 마드로나의 정당한 계승자인 거인족에게 주어져야 마땅했다. 하지만 인간이 가로챘지."

한 번도 들어본 적이 없는 이야기였다.

"무슨 말이냐?"

레드몬트 선장은 의자에 깊숙이 몸을 기댔다.

"인간족은 정말 배은망덕한 존재다."

"거인들은 거들먹거리지."

내가 자리를 박차고 일어나자 선장이 메마른 미소를 지었다.

"앉아라, 시계태엽심장. 너에게 세 종족의 이야기를 해주마."

그는 무언가 이야기하고 싶어서 저녁 식사에 나를 부른 것 같았다. 왜 인간이 자신들의 땅을 훔친 도둑인지 가르치고 싶은 걸까. 나는 의자 위에 무릎을 꿇고 앉았다. 높은 테이블 위를 보기 위해서였다. 다행히 내 앞에 놓인 스푼과 그릇, 컵은 보통 크기였다. 그는 국자로 스튜를 떠서 내 그릇에 부었다. 그의 팔뚝에 그려진 문양이 눈에 띄었다. 첫 번째는 모래가 아래로 모두 쏟아진 모래시계였고, 두 번째 문양은 시계 문자판이었다. 그는 국자를 마치 스푼처럼 사용해 솥에서 직접 스튜를 먹었다. 나는 물만 조금씩 홀짝였다. 그는 음식을 마구 퍼먹거나 쩝쩝 소리를 내지 않고 냅킨으로 입가를 닦아가며 식사를 했다. 내 상상 속 거인의 식사 모습보다 훨씬 점잖았다.

"고대의 엘더우드, 어머니 마드로나가 삶을 창조할 때, 나무껍질에서 거인을, 나뭇잎에서 엘프를, 그리고 인간은…."

"나무 열매. 알아. 인간도 세 종족의 기원에 관한 이야기는 알고 있어."

"인간은 정말 참을성이 없군."

선장이 투덜거리자 나는 입을 닫았다.

"한때는 세 부족이 생명의 땅에서 형제자매로 지냈다. 하지만 다툼이 발생하자 마드로나는 엘프들을 약속의 땅으로, 거인들은 은빛 구름 평원으로 보냈다. 그런 다음 그녀가 첫 번째로 만든 가장 소중한 생명의 땅을 인간족에게 하사했다."

그의 목소리가 거칠어졌다.

"거인은 인간보다 오래 산다. 그래서 이 부당한 일에 고통받는 시간도 더 길다. 인간족의 첫 번째 세대가 모두 죽은 후, 거인족은 원래 권리를 되찾기 위해 전쟁을 계획했다."

이 이야기는 깊고 아득한 기억 저편에서 익숙하게 느껴졌다. 선장이 김이 모락모락 올라오는 스튜를 입으로 후후 불었다.

"내 조상들은 40년 동안 전략을 짰다. 그리고 40번째 여름에 보름달이 뜨자 군대를 모아 관문을 통과해 생명의 땅으로 잠입했다. 인간들은 공격을 전혀 눈치채지 못했지. 학살이 시작됐다."

불편한 마음에 몸을 움직였다. 이 이야기를 들어본 것은 확실한데 여전히 어디서 들었는지 기억나지 않았다. 레드몬트 선장은 스튜 한 모금을 더 삼켰다. 나는 그릇에 손대기조차 싫었다. 고기 비린내만으로도 속이 뒤틀렸다.

"인간 군대는 거인족에게 상대가 되지 않았다. 거인족이 기세를 올리자 엘프족이 인간족과 동맹을 맺었다. 그렇게 세 부족이 싸웠다. 자매와 자매가, 형제와 형제가 서로를 죽이며 전투를 벌였다."

그는 전투 나팔을 부는 흉내를 냈다.

"거인족이 부는 전투 나팔 소리는 관문을 통과해 고향 땅까지 울려 퍼졌다. 도끼와 창으로 무장한 거인들을 막을 수 있는 자는 아무도 없었다."

선장은 전쟁이 마치 어제 일처럼 생생한 듯한 표정이었다.

"우리 승리는 당연해 보였다. 시간의 지배자가 창조주를 전장에 불러내기 전까지는."

레드몬트 선장의 턱이 굳고 시선은 싸늘해졌다.

"그는 창조주에게 거인이 승리한 아벨린의 미래를 보여줬다. 아이오차는 희생자들의 피를 슬퍼했다. 그래서 창조주는 바이올린으로 자장가를 연주해 거인족 군대를 깊은 잠에 빠트렸다. 엘프족은 잠든 거인들을 학살하려 했지만 아이오차는 더는 살인을 허락하지 않았다. 창조주는 엘프들을 그들의 땅으로 돌려보내고 생명의 땅을 감독하는 임무를 맡겼다. 그리고 바이올린을 태양 속으로 던져 넣어 불태웠다. 악기를 만든 이도 숨겼지."

아이오차의 음악 이야기는 이번에 처음 듣는 건 아니었다. 영원의 자락에서 일곱 세계를 아벨린의 검으로 베어낸 후, 창조주가 바이올린으로 노래를 연주해 하늘 높이 바느질했다는 이야기가 전해진다. 누군가는 그 노래가 진정한 생명의 소리이며 별이 태어나 처음 반짝이는 순간 잠깐 들을 수 있다고 말한다.

"시간이 흐르면서 잠든 거인 전사들 위로 나무가 자라 그들의 흔적은 땅속으로 사라졌다. 인간은 거인이 그곳에 있다는 사실을 잊었다. 형제자매였던 세 부족을 까맣게 기억에서 지웠다. 창조주의 노래와 바이올린 연주를 망각했다. 오늘날에도 너희 인간족은 거인 전사들이 묻힌 숲속을 여행한다. 조상들이 전멸할 뻔했다는 사실을 잊어버린 채."

이 이야기가 조금씩 기억나기 시작했다. 아버지는 가끔 거인들이 와이어트 북쪽에 묻혀 있다는 말을 했다. 또 무슨 이야기를 들었는지 기억해내려 애썼지만 희미했다. 선장은 시선을 들어 어딘지 모를 곳을 쳐다보며 쓸쓸한 목소리로 말했다.

"다른 세계를 공격한 벌로 아이오차는 저주를 내려 은빛 구름 평원을 봉인했다. 그래서 자신의 세계를 떠난 거인은 다시 돌아가지 못한다."

"관문이 오직 한 방향으로만 작동하는구나…, 그래서 너는 여기에 갇힌 거냐?"

"그렇다. 이븐타이드 마을에는 방랑자와 도망자로 가득하지. 모두 일곱 세계로부터 추방되거나 격리된 자들이다. 인어왕과 그 부하들은 우리 존재를 눈감아주는 대신 어마어마한 세금을 거둬간다. 그리고 육지에는 자원이 희박하지. 우리는 이 거친 세계에서 살아남기 위해 훔치고, 거래하고, 쓰레기 더미를 뒤져 몰래 숨긴다."

그는 냅킨으로 입을 깨끗하게 두드려 닦았다. 예의 바른 행동이 시무룩한 표정과 묘한 대조를 이뤘다.

"닐리가 다시 네 시계태엽심장을 살펴볼 것이다. 하지만 별 기대는 없다. 그는 지금까지 내 시계들이 멈추지 않게 만드는 데 실패했다."

나는 긴장해서 물컵을 힘주어 잡았다. 오스릭은 시계들이 습한 공기와 소금기 때문에 망가졌다고 이야기했다. 하지만 밀물과 썰물이 시간을 결정하는 이 세계는 인간이 만든 시계와 맞지 않는다는 생각이 들었다. 우리 시계는 이곳과 어울리지 않는다. 나 역시 마찬가지다. 나는 최대한 가벼운 목소리로 물었다.

"시계들이 멈추기 전까지 얼마나 작동했지?"

"일부는 며칠 정도, 가끔 몇 주 가기도 했다. 하지만 모두 얼마 안 가 멈춰버리지."

레드몬트 선장이 가벼운 한숨을 내쉬었다.

"나는 원래 시계 수집가가 될 생각이 없었다. 그저 시계 하나를 찾고 있었지. 그래서 여러 시계를 거래하기 시작했다. 아직도 원하는 시계를 찾지 못했다. 그건 은으로 만든 주머니시계인데 문자판에 구름 그림이 있어. 바로 내 할아버지가 사용했던 시계다. 고향에서 추방될 때 유일한 내 소지품이었는데."

소중한 시계를 찾지 못해 마음이 아프다는 듯 그가 손으로 심장을 문질렀다.

"네 시계태엽심장을 보여줘."

머리에 찬물을 뒤집어쓴 느낌이었다. 하지만 내가 거부해도 그는 가볍게 힘으로 제압할 것이다. 나는 하는 수 없이 셔츠 단추를 풀고 천천히 앞섶을 풀어 헤쳤다.

"아직 뛰는군. 네가 살아남는 내 유일한 시계가 될지도 모르겠군."

그가 즐거운 목소리로 말했다. 나는 바로 가슴을 가렸다. 뜨거운 것이 목으로 치밀어 올랐다.

"나는 심장을 대신하기 위해 시계가 필요한 것이지 내가 시계인 것은 아니다."

"그런가? 그래도 결국 심장에 무엇을 품고 있는지가 그 사람을 결정한다."

눈이 화끈거렸다. 내 심장은 밸런스휠, 톱니바퀴, 기어, 토션 스프링으로 이루어졌다. 나무와 금속을 깎아 만든 감정 없는 물질들이다. 아마 그게 나일지도 모른다.

선장이 침침한 방 안을 천천히 둘러보았다.

"해가 완전히 졌군. 이제 네 선실로 돌아갈 시간이다."

"나를 놓아줘. 난 돌아가야 한다."

나는 떨리는 손을 움켜쥐며 말했다. 그가 테이블을 주먹으로 쾅 내리쳤다. 그가 갑작스럽게 분노를 드러내자 나는 깜짝 놀랐다.

"이곳에 있는 모든 이들은 버려지기 전에 각자의 삶이 있었다! 무엇이 특별해서 너만 돌아간다는 것이냐?"

"나는 버려진 게 아냐. 임무를 수행하러 왔다. 여기에 가둔다면 너는 나를 죽이는 셈이다."

그의 입가에 잔인한 미소가 떠올랐다.

"그렇다면 그게 너의 운명이다."

나는 커다란 의자를 박차고 일어섰다. 아벨린의 검을 쥐고 있었다면 좋았을 텐데. 그 검이 있다면 무엇이 내 앞길을 가로막든 헤쳐갈 자신감이 생긴다. 마크햄이 소멸시킨 내 삶에서 유일하게 그 검만이 남았다. 검을 포기하고 수집품으로서의 운명을 받아들이라고? 거인의 말을 절대 용납할 수 없다.

그때 오스릭이 선실 문을 열고 들어왔다. 손에 물고기가 든 양동이를 들고 있었다. 나는 선 채로, 선장은 앉은 채로 서로를 노려보는 모습을 살피더니 그가 물었다.

"무슨 문제라도 있습니까, 선장?"

"됐다. 저 소녀를 데려가라."
레드몬트 선장이 성난 목소리로 말했다.
"내가 안 된다면 내 친구들이라도 풀어줘!"
오스릭에게 끌려나가며 선장에게 소리쳤다.
"풀어주자니 그들은 너무 가치가 높은 상품이다. 파도 밑 땅에서 사고팔 수 있는 모든 것은 진귀한 보물이지. 모든 것이."
선장이 밀랍 조각을 커다란 귀에 꽂더니 양동이에서 물고기를 퍼 올려 침상 쪽으로 던졌다. 돌아보니 침상 밑에서 타틀러가 튀어나와 재빠르게 물고기를 먹어치웠다. 일등항해사는 내 팔을 힘주어 붙잡고 시계를 모아둔 선실 쪽으로 끌었다.
"자꾸 일을 어렵게 만들지 마라, 백작 부인. 인어들이 곧 노래를 시작한다. 선실 안이 너한테 가장 안전한 공간이다."
나는 그를 노려봤다. 전해지는 이야기에 따르면 엘프들은 아름다운 용모와 긴 수명 외에도 특별한 능력이 있다. 그들은 인간보다 훨씬 좋은 시력과 청력의 소유자다. 나는 할 수 없이 선실 안으로 들어섰다. 누군가 등불을 켜고 창문을 닫았다. 아마도 인어가 부르는 노래에 대한 대비 같았다.
"선장은 저녁마다 귀에 밀랍 조각을 끼워 넣나?"
"거인족은 그래야 해. 엘프는 인어 노래에 유혹당하지 않는다. 우리는 아마도 인어와 혈통이 비슷할걸."
매일 인어의 노래와 싸워야 한다면 하루하루가 정말 끔찍할 것 같았다.
"밤마다 고문을 받는 셈이군."
오스릭이 밀랍 덩어리를 내려놓았다.

"이걸로 귀를 막아라. 아니면 최소한 귀를 가리고 있든지."

"선장이 소중히 여기는 시계가 난간 너머로 뛰어내리는 걸 원하지는 않겠지?"

내가 성난 눈초리로 쏘아붙였다.

오스릭은 주머니에서 작은 꾸러미를 꺼내 테이블 위에 올려놓았다.

"저녁 식사다, 백작 부인."

나는 문을 닫고 나가는 그의 등 뒤로 꾸러미를 휙 내던졌다. 꾸러미는 커다란 괘종시계와 부딪히더니 떨어졌다. 시계 안에서 낮은 소리가 울렸다. 마치 얻어맞은 사람이 내는 신음 같았다. 그때 배 밖 어딘가에서 그 소리가 들려왔다.

인어가 부르는 유혹의 노랫소리.

10

 인어의 노래는 몇 시간 동안 계속됐다. 아무리 귀를 막아도 아름답고 구슬픈 멜로디는 끊임없이 나를 괴롭혔다. 내가 이렇게 힘든데 재미슨은 어떻게 견디고 있을까. 감금되어 있으니 인어의 노래에 홀려 바다에 빠지지는 않겠지만 고통은 피할 수 없을 것이다. 나는 베개에 머리를 기대고 누워 그가 지금 곁에 있다면 하고 바랐다. 그의 귀를 내 손으로 막아주고 싶었다.

 마침내 노랫소리가 잠잠해지고 등불이 희미해졌다. 배가 흔들리면서 등불에 비친 시계 그림자가 벽을 타고 춤췄다. 멈춘 시계들의 침묵에 내 심장이 당장이라도 박동을 멈출 것 같아 더 불안해졌다. 도저히 잠이 오지 않았다. 오스릭이 내게 건넨 꾸러미를 열어봤다. 그 안에는 해조류가 들어 있었다. 고향에서는 먹지 않는 음식이었다.

 바닷바람이 문을 두드렸다. 무시하고 다른 생각을 할 수 없을 정도로 끈질겼다. 갑자기 돌풍이 몰아치며 문이 활짝 열렸다. 서둘러 일어나 문을 닫으려는데 갑자기 생각 하나가 떠올랐다. 오스릭은 왜 문을 잠그지 않았지? 일부러 그랬는지 실수였는지 알 수 없지만 이 기회를 날려버릴 수는 없다.

나는 바람이 부는 밖으로 살금살금 빠져나왔다. 달이 갑판에 창백한 빛을 던졌다. 위쪽에서 해적기가 펄럭였다. 깃발에 그려진 해골도 섬뜩했지만 모래시계 역시 불길했다. 모두에게 시간이 소진되고 있다고 경고하는 듯했다.

돛대 위 망루에 엘프 한 명이 서 있었다. 나는 기척을 내지 않으려고 신경을 곤두세웠다. 가까운 곳에 해치가 열려 있었다. 사다리를 타고 내려와 주변을 살폈다. 아래 갑판의 천장이 다른 배들보다 훨씬 높았다. 거인들이 탄 배니 당연했다. 가운데 복도가 마치 배의 등뼈처럼 선미까지 곧게 뚫려 있었다. 반대쪽 끝부분에는 또 다른 해치로 올라가는 사다리가 걸려 있었다.

너무 긴장한 바람에 시계태엽심장이 힘겹게 속도를 올렸다. 머리가 살짝 어지러웠다. 나는 출발하기 전 심호흡하며 조심스럽게 발을 내디뎠다. 복도를 절반쯤 지났을 때 마크햄의 목소리가 들려왔다.

"너희들은 나를 가둬둘 수 없다. 난 불사신이야."

"그렇게 오래 가둬두진 않아."

대답하는 건 오스릭의 목소리였다.

"이제 나를 내려놓을 곳도 없을걸. 이번에는 어디냐? 투구 산호초의 모래톱이냐 아니면 사형집행인 곳의 외딴 동굴이냐?"

앞쪽으로 열린 문 안에서 목소리가 흘러나왔다. 나는 조심스레 다가가 안을 살폈다. 마크햄은 의자에 묶여 있었고, 오스릭이 그 앞에 서 있었다.

"너는 핏줄을 숨겼다. 내 누이가 너를 부끄러워할 거야."

"네 누이는 자신과 나의 백성을 위해 가장 편한 길을 선택한 거야."

오스릭이 마크햄의 얼굴을 손등으로 강하게 때렸다.

"이제 너의 백성은 없어!"

"근위병들에게 경고해라. 그들을 불러라."

근위병이라니? 해적 경비병들을 말하는 건가?

"그들이 시간을 낭비할 거라고 생각하느냐? 너를 위해 그 누구도 오지 않는다, 킬리언. 누구도 너 따위에 신경 쓰지 않는다. 아직도 모르겠나? 400년이 흘렀다. 네가 한 짓은 아무리 세월이 흘러도 치유되지 않는다."

나는 귀를 기울였다. 한마디 한마디 놓치지 않고 기억했다.

"예전으로 돌아갈 수 없다는 건 잘 알지. 그렇다고 내가 후회하지 않는다는 건 아냐. 나는 여전히 네 누이를 안타까워하고 있다."

오스릭이 그의 멱살을 잡았다.

"다시는 브레아를 입에 담지 마!"

"나는 그녀를 사랑했다."

"길 잃은 개처럼 네 뒤를 쫓아다니는 그 인간 여자를 사랑하는 것처럼 말이냐? 그녀가 네 진짜 정체를 알고 있기는 한 거냐?"

"할로우는 나를 사랑한다. 지난 몇백 년이 내 생각대로 잘 흘러가지 않았다는 건 인정하지. 하지만 우리는 이제 추방 생활을 끝낼 수 있는 막바지에 와 있어, 오스릭. 나는 집으로 돌아갈 길을 찾았다."

일등항해사가 너무 세게 떠밀어서 마크햄은 의자와 함께 뒤로 넘어가며 신음했다.

"너에겐 아무것도 남지 않았어. 이름도, 왕좌도, 미래도!"

"그런 건 네게도 없어, 친구. 넌 왜 여왕에게 가서 용서를 빌지 않았지? 왜 아직 부모에게 돌아가지 않았지? 너도 여전히 도망치는 중이잖아."

오스릭이 그의 옆구리를 발로 걷어찼다. 그러더니 머리카락을 움켜잡아 마크햄의 머리를 치켜들었다.

"먼디는 이제껏 너를 너무 친절하게 대했다. 내가 대신 너에게 심판을 내릴 테다. 내 목숨을 걸고 맹세컨대 넌 대가를 치를 것이다."

그는 마크햄을 놓더니 문을 향해 돌아섰다. 나는 문 뒤쪽 그림자 속에 숨었다. 심장이 빠르게 두근거렸다.

"간수!"

그가 나를 지나치며 소리쳤다. 남자 둘이 복도 아래쪽에서 나타났다.

"내일 킬리언 왕자는 발목에 맷돌을 달고 널빤지 위를 걸을 것이다. 준비해둬라."

"예, 알겠습니다."

간수들은 소리쳐 대답하고 뛰쳐나왔던 선실로 다시 돌아가려 했다.

"어딜 가느냐?"

"근무 위치로 돌아가겠습니다."

"너희들은 당장 내일 근무조와 내 명령을 차질 없이 수행할 수 있도록 미리 상의해둬라."

"그럼 죄수들은?"

"너희들이 다녀올 때까지 내가 이곳을 지키겠다."

두 명은 사다리를 타고 아래로 내려갔다. 아마도 선원들의 숙소는 아래쪽에 있는 것 같았다. 오스릭은 간수들이 근무 서던 선실을 향해 걸어갔다.

마크햄은 내게 자신의 과거를 솔직하게 말하지 않았다. 나는 복도를 가로질러 그가 있는 선실로 들어갔다. 그는 여전히 의자에 묶인 채 넘어진 채였다.

"에벌리, 정말 좋은 타이밍에 나타났군. 나를 똑바로 일으켜줄 수 있겠나?"

"네 갈비뼈를 발로 차줄까?"

"거긴 오스릭이 이미 찼다. 다른 데를 차는 건 어떨까?"

"내가 언젠가 너를 끝장내는 날엔 네 몸은 남아나는 곳이 없을 것이다."

"오, 에벌리, 네 성질머리는 한결같구나. 너무 뻔해서 지루할 정도로."

나는 이를 악물고 화를 억눌렀다. 그리고 일단 마크햄을 똑바로 세웠다. 그는 부드러운 미소를 머금고 말했다.

"훨씬 낫군."

"네가 내 인생에서 사라지지 않는 한 나아지는 건 없어."

"너는 따뜻한 아이였는데, 시계태엽심장이 너를 잔인한 성격으로 버려놨구나."

"그렇다면 나를 적으로 삼는 게 현명한 일일까?"

나는 그의 머리카락을 한 움큼 잡아채 힘주어 잡아당겼다. 그의 눈동자에 분노가 서릴 때까지 사정을 두지 않았다.

"네가 말한 근위병이 누구냐? 어떻게 집으로 돌아간다는 거지? 이미 너의 세계는 네 손으로 파괴했잖아."

"그걸 아직도 모르겠나? 머리는 어디다 쓰는지 모르겠군."

"내게 허튼소리 하지 마."

나는 그의 머리카락을 놓고 노려보며 말을 이었다.

"바닷속에서 끝없는 세월을 방황하기 전에 너에게 기회를 주마. 솔직히 말해라."

생각해보니 그에게 그보다 더 알맞은 운명은 없을 것 같았다. 마크햄은 죽지 않는 불사의 몸이다. 돌덩이를 매달아 그를 가라앉히면 그는 바다 밑바닥에서 영원히 숨을 쉬지 못하고 고통받을 것이다.

"내가 바다 밑바닥에 가라앉는다면 네가 찾는 모든 해답도 같은 운명이 된다. 먼저 나를 풀어줘. 그러면 함께 이 배에서 탈출해 네가 검을 찾을 수 있도록 도와주마."

그는 내게 미끼를 흔들었다. 나는 미끼를 향해 뛰어들고 싶었다. 그러나 마크햄은 지금껏 솔직했던 적이 단 한 번도 없었다.

"그냥 바다 밑바닥으로 꺼져."

내가 몸을 돌리자 마크햄이 묶인 상태에서 최대한 앞으로 고개를 내밀며 말했다.

"에벌리, 나는 에버블루로 가는 길을 안다. 나를 풀어줘. 함께 도리언 왕에게 가서 검을 되찾자."

"에버블루는 너무 멀어 어떤 인간도 그곳에 다다를 수 없다."

"방법이 있어."

나는 이 방을 나가야 한다. 뒤돌아보지 말고 걸어 나가서 그를 고통 속에 남겨둬야 한다. 하지만 검을 되찾을 다른 방법이 없었다.

"내가 너와 함께해야 하는 이유가 무엇이냐? 우리가 해적에게 붙잡힌 것도 다 너 때문이다."

"그건 잘못된 판단이었다. 인정하지."

"나는 검을 되찾아 시간의 지배자에게 돌려줘야 한다. 네가 날 진심으로 도울 이유가 없다. 또 거짓말하는 거잖아."

"난 검에는 아무런 관심이 없어, 에벌리. 도리언 왕은 내가 원하는 다른 보물을 가지고 있다."

분명 거짓말이다. 마크햄은 아벨린의 검을 원한다. 그는 이미 나를 속여 자신을 돕게 만든 적도 있다. 그 실수를 되풀이할 수는 없다.

"알아서 네 살길을 찾아라."

"땅에 사는 인간들을 위한 관문이 있다. 하지만 나 없이는 절대 찾지 못해."

조급한지 그의 목소리가 높아졌다.

"땅으로 가는 관문이 있다고? 그곳이 어디냐?"

"관문으로 데려가면 바로 고향으로 돌아갈 테냐, 아니면 먼저 아벨린의 검을 찾으러 갈 테냐? 뭐, 물론 남편에게 먼저 물어봐야겠지."

"묻는 말에 대답이나 해. 끔찍하게 긴 네 인생에서 제발 단 한 번만이라도 진실을 말해봐."

"그 관문은 검과 가까운 곳에 있지 않아."

고향으로 돌아갈 수 있다는 건 엄청난 유혹이었다. 그 기대만으로도 가슴이 부풀어 올랐다. 그러나 나는 에벌린의 검을 인어왕에게 남겨둔 채 도레스탄드로 돌아갈 수는 없었다.

복도 아래쪽에서 발소리가 쿵쿵 울렸다. 숨죽여 밖을 내다보니 오스릭이 사다리를 타고 해치로 올라가는 모습이 보였다. 아직 간수들이 돌아오지 않았는데 어디로 가는 거지? 뭔가 이상했다.

"이제 난 가야 해."

"에벌리, 떠나기 전에 작은 부탁이 하나 있다. 내 재킷 호주머니를 보면 진주 하나가 있다. 가져가서 창문으로 바다에 던져라. 인어들은 반짝이는 것을 좋아한다. 유혹하지 않는 대가로 생각하고 더는 괴롭히지 않을 것이다."

"귀에 문제라도 생겼나? 인어들은 벌써 사라졌어."

"인어들은 먹잇감이 유혹받지 않으면 몇 배의 숫자로 다시 돌아온다. 나는 바닷속에 가라앉기 전 마지막 밤을 평화롭게 보내고 싶을 뿐이야."

나는 그의 호주머니에 손가락을 집어넣어 잡히는 것을 꺼냈다. 진주 모양은 특별하지 않았다. 다만 색깔이 엷은 푸른빛을 띠었다. 아버지가 탐험을 마치고 선물로 가져왔던 진주들은 대개 아이보리나 핑크빛이었다.

"가져가라. 바다에 던져 캘러한 대위를 지켜라. 그는 매일 밤

괴로움에 몸부림칠 것이다."

마크햄이 도대체 무슨 생각인지 의심스러웠다. 전에도 그의 속임수에 넘어간 적이 있는 나는 그의 부탁에 나쁜 계략이 숨어 있다는 것을 알았다. 나는 일단 진주를 내 호주머니에 집어넣었다. 줄을 풀어달라는 마크햄의 애원을 무시한 채 조심스럽게 복도로 걸어 나갔다.

간수들이 있던 선실 쪽에 감옥이 있을 것이다. 실제로 감옥은 복도 끝 마지막 선실이었다. 라델라가 든 새장이 감옥 바깥벽에 걸려 있었다. 재미슨은 쇠창살 뒤쪽에서 손으로 귀를 가린 채 몸을 웅크리고 있었다. 할로우와 라베릭은 마룻바닥에 누워 잠이 들었다.

감옥 문을 잡아당겼지만 잠겨 있었다. 라델라가 부루퉁한 표정으로 일어나 앉더니 재미슨을 가리켰다. 그가 서서히 귀에서 손을 내리더니 고개를 들었다.

"에벌리? 인어들은 떠났어요?"

"네, 떠났어요. 여기 열쇠는 어디 있죠?"

"경비병들이 가지고 있어요. 어떻게 빠져나왔어요?"

"그냥 운이 좋았어요. 몸은 좀 어때요?"

"인어 노랫소리가 그치니 견딜 만합니다. 마크햄은 인어의 유혹을 견디는 게 생니를 뽑는 것 같다고 말했지만 그것보다 더하군요. 구더기에게 살을 파먹히는 것만 같아요. 쇠창살에 갇힌 것이 다행이라는 생각이 들 정도로."

그의 고통이 그대로 전해져 자연스럽게 내 얼굴이 찡그러졌다.

"에비, 여긴 어떻게 온 거죠? 잡히면 어떡하려고요?"

"당신을 보러 왔어요. 이곳에 오다가 마크햄을 만났어요. 그가 인어왕에게서 아벨린의 검을 찾을 방법이 있다고 했어요. 땅으로 돌아가는 관문도 안다고 하더군요. 그리고 우리와 함께 움직이고 싶대요."

"그냥 혼자 바다에나 뛰어들라고 말해주지 그랬어요."

"비슷하게 말해줬어요."

"잘했어요."

재미슨이 창살 사이로 손을 내밀었다. 나는 그의 손을 잡아 깍지를 끼웠다. 그가 걱정스러운 표정을 지으며 물었다.

"선장의 말이 사실인가요? 당신의 시계태엽심장에 문제가 생겼나요?"

"아직 확실히 모르겠어요. 여전히 내 심장은 뛰고 있고 당신이 부품을 교체한 뒤로 아무런 문제가 없었어요."

내 시계태엽심장이 한동안 이상하게 작동했다고 이야기하면 괜한 걱정을 할까 봐 둘러댔다.

"그렇다면 선장은 왜 그런 말을 한 거죠?"

"내 심장은 기계예요. 기계는 가끔 고장을 일으키기도 하죠."

"당신은 내가 아는 누구보다 마음이 따뜻해요."

재미슨의 손가락이 내 손가락 마디마디를 쓰다듬었다.

"그런데 킬리언의 제안을 한번 고민해봐야 해요."

"미쳤어요?" 내가 말했다.

"킬리언을 믿으라는 얘기가 아니에요. 절대, 다시는, 그가 무슨 말을 하더라도 믿어서는 안 돼요. 하지만 이 세계는 우리보다 그가 더 잘 알아요. 이곳을 탈출하고 검을 되찾는 데 그를 이용해야 해요."

나는 그의 말에 놀라 눈을 빠르게 깜박였다.

"함께 움직이겠다고 그에게 확신을 준 다음 그를 체포해서 고향으로 돌아가 여왕에게 넘기면 됩니다. 일단 아이슬린 여왕에게 킬리언을 넘기기만 한다면 그 대가로 내가 당신의 사면을 요청할 수 있어요."

"마크햄은 우리 생각을 금방 눈치챌 거예요."

"그가 먼저 제안했습니다. 우리 의도를 알더라도 위험을 감수할 거예요."

왕자는 교만에 넘쳐 우리가 감히 자신을 속일 거라고는 생각하지 못할지도 모른다. 나는 재미슨의 제안에 허점은 없는지 곰곰이 따져봤다. 그때 배 바깥에서 인어의 노래가 들려왔다. 즉시 다른 인어가 목소리를 보탰다. 그리고 다른 인어가, 또 다른 인어가 노랫소리를 더해 합창이 되었다. 인어들이 돌아왔다. 그리고 노랫소리는 훨씬 더 커졌다.

재미슨이 몸부림치며 손으로 귀를 막았다. 고통이 얼마나 심한지 허옇게 흰자위가 드러났다. 어서 이 배에서 탈출해야 한다. 이런 밤을 또다시 견딜 수는 없었다.

복도 위쪽에서 누군가 사다리를 타고 내려오는 소리가 들려왔다. 경비병들이 돌아오는 것이 분명했다. 나는 떠나기 위해 재미슨에게 눈인사를 전하다가 나를 노려보는 할로우와 눈이 마주쳤다. 그녀는 자신의 물병 목걸이를 손에 꼭 쥐고 있었다. 언제부터 깨어 있었던 걸까? 어디서부터 우리 대화를 엿들은 걸까?

경비병이 다가오는 발소리가 점점 가까워졌다. 나는 빠르게 복도를 내려가 들키기 전에 마크햄의 선실로 다시 들어갔다. 왕자가 눈을 빠르게 깜박였다.

"에벌리, 마음을 바꿨느냐?"

"아니…"

선체 바로 바깥에서 들려오는 인어의 노랫소리에 숨이 막혔다. 영혼의 한 조각이 떨어져 나가는 듯한 느낌에 손가락이 떨렸다. 손끝에서 시작된 진동이 머릿속으로 이어졌다.

"너는 머릿속도 시계태엽이냐? 진주를 바다로 던지라고 했을 텐데."

"이번엔 네가 이겼다."

나는 재미슨의 계획을 떠올리며 말을 이었다.

"하지만 클라렛과 검을 찾는 것을 돕지 않는다면 너와 협정을 맺을 수 없다."

나는 몸을 숙여 얼굴을 그에게 바짝 들이댔다.

"내 조건을 알아들었냐?"

"네 친구들에게 자유를 선물하고 소중한 네 검 역시 찾아주마. 네 요구 조건은 명확하게 이해했다. 이제 내 조건을 제시하지. 그 진주를 오늘 밤 바다에 던져라. 그러면 내일 우리는 검을 찾아 떠날 수 있다."

"어떻게 이 배에서 탈출할 생각이냐?"

"나는 이 세계를 잘 안다. 그리고 아직 내 편은 많다."

이 배에 타고 있는 자기편이 있단 말인가? 나는 그의 말을 기다렸지만 그는 입을 다물었다. 여전히 인어 노랫소리가 머릿속을 짓눌렀다.

"내일까지 기다리겠다. 하지만 더는 안 돼. 나는 지금 가야 한다. 선실을 너무 오래 비웠다."

"나를 지금 풀어주는 것도 우리 협정의 일부일 텐데."

"글쎄, 탈출할 방법을 확인하기 전까진 네가 아래 갑판에 묶여 있는 게 안전할 것 같은데."

마크햄은 알 수 없는 표정으로 나를 바라봤다.

"어린 시절 너는 호기심이 많은 아이였지. 나는 너의 모험가적 기질을 진작부터 알아봤다."

"시끄럽다!"

"너는 소중한 추억을 너무 함부로 대하는구나. 나만큼 너를 오랫동안 지켜본 사람이 또 있느냐?"

"내일까지다, 마크햄."

"좋은 꿈 꾸려무나, 에비."

나는 쏜살같이 복도로 뛰쳐나가 사다리를 올랐다. 갑판으로 올라가니 인어의 노랫소리가 더욱 크게 울렸다. 모두가 노래 때문에 숙소로 숨어든 것 같았다. 나는 뱃전으로 다가갔다. 굉음을 내는 피아노 옆에 서 있는 것처럼 핏줄이 웅웅거렸다. 귓속이 울리기 시작하더니 머리 전체가 울려서 난간을 움켜쥐고 간신히 중심을 잡았다.

수면 아래 떠 있는 인어 몇 마리가 보였다. 녹색 피부와 머리칼이 달빛에 반짝였다. 진주를 꼭 쥐고서 난간 위에 올라앉았다. 그때 머릿속에서 울리는 벌 떼의 날갯짓 사이로 속삭이는 소리가 들려왔다.

포근한 파도 속으로 뛰어내리렴, 아가. 바다 밑에 숨겨진 아름다운 세계를 보여줄게.

내 몸이 점점 바다를 향해 기울었다. 점점 더, 점점 더, 더….

"에벌리!"

누군가가 소리를 질렀다. 내 뒤쪽 갑판에서 들려왔다. 나는 눈을 빠르게 깜빡이며 몸을 뒤로 젖혔다. 머릿속이 조금 조용해졌다. 왜 내가 난간 위에 올라간 거지?

나는 갑판으로 뛰어내렸다. 시계태엽심장이 덜컹거렸다. 주위를 둘러봐도 나를 부른 사람은 보이지 않았다. 나는 진주를 난간 너머로 던진 후 선실로 재빨리 되돌아갔다.

손과 무릎이 떨렸다. 머릿속은 여전히 소란스럽고 관자놀이가 지끈거렸다. 나는 침상에 누워 베개로 귀를 틀어막았다. 갑자기 모든 것이 조용해졌다. 나는 심호흡을 하고 베개 한 귀퉁이를 살짝 쳐들었다. 아무런 소리도 들리지 않았다.

인어들이 노래를 그쳤다. 지끈거리던 관자놀이 통증이 사라졌다. 마크햄의 말은 거짓이 아니었다. 진주에 그런 힘이 있다는 사실이 놀라웠다.

몹시 지친 나는 천장을 보고 똑바로 누웠다. 알 수 없는 감정이 몰려왔다. 아까 누군가가 내 이름을 부르지 않았다면 무슨 일이 벌어졌을까…?

그때 문 열쇠 구멍으로 누군가의 그림자가 스쳤다. 그러더니 밖에서 문이 잠겼다. 오스릭이 문을 잠그지 않은 것을 기억해내고 다시 돌아와 잠근 걸까? 그가 일부러 문을 잠그지 않고 내가 선실을 빠져나가도록 유도한 것인지도 모른다. 혹시 선원 중에 마크햄의 조력자가 누군지 찾아내기 위한 걸까? 도무지 짐작할 수 없었다. 어찌 됐든 마크햄과 오스릭의 과거를 알지 못한 상태에서 내릴 수 있는 결론은 하나였다.

    오스릭이 덫을 놓았다. 그것이 마크햄을 향한 함정인지, 나를 향한 함정인지 알 수 없을 뿐이었다.

11

 나는 일단 배를 채우기 위해 말린 해초를 먹어치우며 마크햄의 탈출 계획을 기다렸다. 정오쯤 조수가 가장 높아졌을 때, 문이 열리더니 거대한 덩치가 고개를 숙이며 들어왔다.
 "안녕, 예쁜 인형. 아침 식사를 방해해서 미안해."
 닐리가 도구 가방을 두드리며 말했다. 나는 컵에 남은 마지막 물로 입안에 남은 바다 비린내를 씻어내고 거인과 눈을 마주쳤다. 혹시 마크햄이 보낸 걸까?
 닐리는 작업대 쪽으로 어슬렁거리며 걸어가더니 도구 가방을 풀고 종류별로 도구들을 늘어놓았다.
 "선장이 네 시계태엽심장을 더 자세히 살펴보라고 명령했단다. 저쪽에 누워라."
 "부품을 건드렸다가 상태가 더 안 좋아지면 어떡하지?"
 "조심스럽게 살펴볼게. 나는 고향에서 알아주는 시계수리공이었다."

나는 정말 시계태엽심장이 제대로 고쳐지기를 바랐기에 침상 쪽으로 발걸음을 옮겼다.

"너는 어쩌다가 이 세계로 왔어?"

"거인은 혈통에 따라 직업이 주어진다. 백정 집안에 태어난 아이는 백정이 되고, 양초 제작자는 양초 제작자를…."

"시계수리공은 시계수리공으로 키우겠네."

"그럼 그럼, 가업을 잘 이어받는 것은 우리에게 삶을 주신 창조주에 대한 헌신이지. 내 아버지는 숙련된 시계수리공이셨다. 하지만 장사가 잘되지는 않았어. 내가 농부에게서 곡식을 훔친 죄로 붙잡혔을 때 아버지는 나를 수치스러워하셨다. 다음날 나는 우리 세계에서 추방당했다."

"그게 얼마나 오래전 이야기지?"

"네가 살았던 세월보다 훨씬 오래됐지."

닐리가 다시 침상을 두드리며 얼른 오라는 손짓을 했다. 나는 침상 위에 말없이 누웠다. 거인의 손가락은 너무 두꺼워서 내 셔츠 단추를 풀지 못했다. 내가 직접 단추를 풀었다. 닐리가 외눈안경을 꺼내더니 스툴을 당겨 침상에 가까이 붙어 앉았다. 그 끝을 이용해 시계태엽심장의 전면 유리를 떼어냈다.

"눈을 감고 긴장을 풀어라."

"지금 뭘 찾는 거야?"

"네 심장을 뛰게 하는 근원적인 힘. 그걸 이해하면 해결책을 찾을 수 있을 거야."

닐리가 집중하자 눈가에 잡힌 주름이 두 배로 늘었다. 가까이 내뿜는 그의 숨결에서 달콤한 민트차 향이 났다. 그는 콧노래를 부르기 시작했다.

"미안, 아버지 곁에서 일을 배울 때 생긴 습관이야."

편안한 그의 콧노래에 근육의 긴장이 풀리는 느낌이었다. 그때 뭔가 부딪히듯 팅 소리가 들리더니 심장박동이 빨라졌다. 나는 숨을 깊숙이 들이마신 후 편안한 자세로 몸에 힘을 뺐다. 하지만 심장은 점점 더 빨라졌다. 살짝 어지럼증이 느껴지더니 주변이 소용돌이치며 나를 집어삼켰다. 그가 무엇을 만지는지 모르겠지만 자꾸 구렁텅이로 빠져드는 느낌이었다. 경주하듯이 빨라지는 똑딱 소리 속으로, 시계태엽심장에 생긴 틈새로 정신이 곤두박질쳤다.

* * *

나는 땅에 발을 디뎠다. 추락하는 느낌이 서서히 사라지더니 흐릿하던 시야에 다시 초점이 잡혔다.

나는 집으로 돌아와 삼촌 작업실에 있었다. 그는 자신의 작업대 앞에 앉아 있었다. 행사가 있을 때나 꺼내는 제일 좋은 옷을 차려입은 그는 양손에 피와 재로 범벅이 된 얼굴을 묻고 어깨를 떨며 흐느꼈다.

"홀덴 삼촌?"

내가 가까이 다가가자 작업대 위가 보였다. 한 쌍의 발이 눈에 들어왔다. 한쪽 발에는 신발이 벗겨졌다. 한 소녀가 의식을 잃은 채 위를 보고 누워 있었다. 머리카락은 불에 탔고 눈썹도 그을렸다. 팔과 다리가 온통 검댕이로 뒤덮였다. 그리고 가슴은….

나는 무릎이 휘청이며 삼촌의 어깨를 짚었다. 하지만 내 손은 삼촌의 몸을 통과해 허공을 짚을 뿐이었다. 뒤로 물러서며 문을 향해 달렸다. 그런데 그곳 문지방 위에, 시간의 지배자가 서 있었다.

그의 균형 잡힌 자세는 자정을 알리는 시계추의 흔들림처럼 친숙했다. 그는 검은색 정장을 갖춰 입었다. 영원히 젊음을 잃지 않는 그는 단정한 재킷의 옷깃에 데이지 꽃을 꽂았다. 어두운 옷차림과 생생한 꽃이 묘한 대비를 이뤘다. 그는 내게 눈을 맞추며 손가락을 입술에 얹어 조용히 하라는 신호를 보냈다.

"홀덴."

시간의 지배자가 미끄러지듯이 삼촌에게 다가가며 이름을 불렀다. 삼촌은 바닥에 무릎을 꿇고 그의 옷자락을 붙들고 애원했다.

"구해주세요, 제발. 이 아이를 살려주세요."

"삶을 되돌릴 힘은 우리에게 없다."

"이 어린 소녀에게 시간을 더 줄 수는 있지 않습니까?"

삼촌이 시간의 지배자 다리에 얼굴을 문지르며 눈물을 흘렸다. 시간의 지배자의 눈길이 내 시선과 마주쳤다.

"이 아이는 내게 남은 전부입니다. 다른 가족들은…, 도저히 다른 가족들은 구해낼 수 없었습니다. 제발 이 아이만이라도 구해주십시오."

"그렇다면 너의 10년 시간이 희생되어야 한다."

삼촌이 시간의 지배자를 올려다봤다. 눈물이 반짝였다.

"무엇을 요구하시든 저는 괜찮습니다. 필요한 건 모두 이 아이에게 주겠습니다."

시간의 지배자가 작업대에 누운 소녀 곁으로 걸어갔다. 나는 가게 쪽으로 고개를 돌렸다. 문 건너편에 전시된 시계들에서 똑딱거리는 소리가 들려왔다.

"이게 무엇인지 알고 있느냐?"

시간의 지배자가 물었다. 중얼거리는 것 같았지만 내 귓속을 파고들었다. 시간의 지배자는 자신의 질문에 스스로 답했다.

"이것은 엘더우드 나무에서 나온 하트우드다."

나는 뒤를 돌아보았다. 시간의 지배자가 내민 손바닥 안에 하트우드 한 조각이 들려 있었다. 마크햄은 하트우드가 모든 세계를 통틀어 가장 소중한 보물이라고 이야기했다.

"이걸로 뭘 어떻게 해야 하죠?"

홀덴 삼촌이 물었다.

"검을 가져와라, 그러면 보여주겠다."

삼촌이 검을 숨겨둔 다락으로 올라가는 동안 시간의 지배자는 소녀의 몸 위로 하트우드를 가져갔다.

"우리는 너의 모든 인생을 지켜봤다. 출생부터 죽음까지. 과거의 너와 미래의 너에 대한 두려움을 버려라."

분명 내게 이야기하는 듯했다. 나는 용기를 끌어모아 작업대 위를 바라봤다. 일곱 살의 나는 너무 작았다. 그 당시 나는 젖니가 하나도 빠지지 않은 어린아이였다. 말 등에 혼자 올라탄 적도 없었다. 바다에 수영을 혼자 나간 적도 없었고, 제일 친한 친구를 사귄 적도 없던 시절이었다. 이제 겨우 삶을 시작할 나이에

심장에 구멍이 뚫린 채 꿈틀거리지도 못하고 누워 있었다. 엄마 생일파티를 위해 입은 아이보리색 드레스는 피투성이였다.

삼촌이 아벨린의 검을 들고 돌아왔다. 시간의 지배자가 피에 젖은 소녀의 드레스를 벗겼다. 처참한 가슴의 상처가 그대로 드러났다.

"제가 깨끗하게 닦겠습니다."

"시간이 없다. 손을 내밀어라."

시간의 지배자가 검을 집어 들었다. 그는 정당한 검의 주인이었다.

"진정 후회하지 않겠느냐, 홀덴? 네게 어김없이 시간의 끝이 달려올 것이다."

"후회하지 않습니다."

시간의 지배자가 삼촌의 손바닥을 베었다. 그리고 피가 흘러나오는 손바닥 상처에 하트우드를 눌렀다. 그는 다음으로 아벨린의 검을 소녀의 가슴에 댔다. 나는 눈을 질끈 감았다. 곧이어 정육점에서 고기를 잘라내는 듯한 소리가 들렸다. 이윽고 소리가 그치자 나는 눈을 떴다.

시간의 지배자가 삼촌에게서 하트우드를 받아 들었다. 그는 삼촌의 피에 젖은 하트우드를 소녀의 가슴에 생긴 구멍에 밀어 넣었다. 그러자 가슴에서 광채가 물결치듯이 뻗어 나오더니 온몸 구석구석으로 밝게 번졌다. 곧 빛이 희미하게 사그라지면서 소녀의 가슴이 오르내리기 시작했다.

"그녀는 시간과 함께 다시 생기를 되찾았다."

시간의 지배자가 선언하듯 말했다. 그는 검을 소녀 옆에 내려놓고 창백한 뺨을 두드렸다. 그 동작이 매우 친밀해서 얼굴이 달아올랐다.

"하트우드를 시계로 조각해서 그녀의 심장 역할을 하게 해라. 심장은 시간의 힘으로 움직이고, 네가 흘린 피의 희생과 하트우드의 힘으로 생명이 유지될 것이다. 그녀와 이 보물을 너의 보호 아래 두겠다."

"감사합니다."

삼촌이 그의 팔을 붙잡고 흐느꼈다.

"소녀가 깨어나기 전에 일을 시작해라."

홀덴 삼촌은 도구를 붙잡고 하트우드로 시계 틀을 조각하기 시작했다. 나는 테이블 건너편에서 그가 얼마나 빠르고 능숙한 손놀림으로 아름다운 시계를 만들어내는지 감탄하며 바라봤다. 그때 시간의 지배자가 작업실에서 시계점 쪽으로 발걸음을 옮겼다.

"기다려요."

내가 서둘러 그를 쫓으며 불렀다.

"내 시계태엽심장은 영구적인가요? 아니면 원래의 몸으로 돌아갈 수 있나요?"

"시계태엽심장 없이 살고 싶겠지만 그건 불가능하다."

심장이 덜컹 떨어지면서 정신이 아득해지는 것 같았다.

"당신은 시간의 지배자입니다. 내게 심장을 선물했다면, 다시 완전한 몸으로 만들어줄 수도 있지 않나요?"

그는 씁쓸한 미소를 지었다.

"하트우드는 너를 예전 몸보다 더 나은 존재로 만들었다."

"아니에요."

내가 머리를 흔들고 또 흔들었다. 이런 몸이 더 낫다는 생각은 한 번도 해본 적이 없었다.

"네 심장은 엘더우드 나무의 하트우드로 만들어졌다. 창조의 힘을 선물 받은 것을 당연하게 여기지 마라."

"해적선 선장이 내 심장이 망가졌다고 했어요."

"네 시계태엽심장은 해적선 선장으로 가득 찬 세상보다도 더 강하다. 홀덴은 너에게 가치를 측정할 수 없이 소중한 선물을 줬다. 자신의 생명을 떼어 네 생명을 연장했다."

우리 주변에 놓인 시계들에서 초침 소리가 울렸다. 나는 열린 문을 통해 작업실에서 소녀의 몸 위로 고개를 수그리고 열심히 작업 중인 삼촌을 바라봤다.

"삼촌의 시간을 내가 빼앗은 건가요?"

"하트우드 속에 숨겨진 창조의 힘을 깨워내기 위해서는 시간이 필요하다. 시간은 사랑이다. 그렇기에 남에게 강제로 빼앗을 수는 없다."

눈이 뜨거워지며 눈물이 차올랐다. 삼촌의 시계수리점에 진열된 시계들은 그가 내게 건넨 희생을 일정한 박자로 토해냈다. 나는 과거의 나를 바꿀 수는 없다. 그러나 미래의 나는 선택할 수 있다.

"당신은 검을 찾으라고 나를 보냈어요. 하지만 검은 바다 밑바닥에 있고, 나는 지금 찾을 수가 없어요."

"정말 그럴까?"

시간의 지배자가 옷깃에서 데이지 꽃을 뽑아 들더니 장갑을 긴 내 손에 쥐여주었다.

"아벨린의 검은 항상 네게 큰 의미였다. 홀덴은 네가 검술을 배우는 것을 막고 방 안에 가둘 수도 있었다. 그리고 너를 세상과 단절시킬 수도 있었다. 그러나 그는 네 꿈을 잘 알고 있었다. 아벨린의 검을 찾아라. 그러면 킬리언에게 심판을 내릴 수 있을 것이다."

"전 그 검으로 마크햄을 찔렀어요. 하지만 아무런 일도 생기지 않았어요."

시간의 지배자가 머리에 쓴 모자를 바로잡았다. 놀라울 정도로 젊어 보이는 얼굴이 드러났다.

"할 수 없다는 말을 성급하게 반복하지 마라, 에벌리. 너는 시간의 운반자다. 세계를 지켜야 하는 *에버모어의 기사*다. 무한대의 눈으로 세상을 응시해야 한다."

무릎에 힘이 풀리며 점점 서 있기가 힘들어졌다. 앉고 싶었지만 그럴 수도 없었다. 내 영혼마저 의자 아래로 무너져내릴 것 같았다.

"에버모어가 뭐죠?"

"에버모어는 어제, 오늘, 그리고 영원이다."

"무슨 말인지 모르겠어요."

설명을 기다렸지만 그는 말없이 쳐다보기만 했다.

"아, 어쨌든 상관없어요. 나는 기사가 되고 싶지 않아요. 시간의 운반자가 되고 싶지도 않아요. 그냥 집으로 돌아가고 싶어요!"

시간의 지배자가 손가락을 튕겨 딱 소리를 냈다. 가게에 진열된 시계들이 일제히 멈췄다. 침묵이 고막을 파고들었다. 그가 손을 내리자 시계들이 다시 행진을 시작했다. 모두 완벽한 박자로 똑딱똑딱 합창했다.

"너의 목적, 그리고 그 목적을 이루기 위해 주어진 능력은 네가 마음을 여는 순간 네 것이 될 것이다. 너는 과거의 모습을 바꾸기 위해 끊임없이 노력해야 한다. 그리고 미래의 모습에 집중할 때, 과거의 굴레에서 벗어날 수 있다. 심장을 시계태엽으로 바꿨지만 네 존재의 본질은 변하지 않는다. 시간의 운반자라는 운명을 받아들일 때 너는 온전한 자신을 느낄 수 있을 것이다. 그저 살아남으려고만 하지 마라, 에벌리 도노번. 활짝 피어나라."

그는 내 손에 들린 데이지 꽃 위로 손을 흔들었다. 그러자 노란 꽃잎이 기지개를 켜며 화려하게 피어났다.

시간의 지배자는 내게 모자를 살짝 기울이더니 시계가 울리는 똑-딱 초침 소리 사이로 사라졌다. 그가 사라지는 순간, 진열된 시계들은 서로 경쟁하듯이 어지럽게 울렸다. 익숙한 고향의 소리였다. 하지만 더는 머물 수가 없었다. 내 영혼이 점점 허공으로 떠올랐기 때문이다. 나는 작업실에 있는 삼촌을 한 번 더 바라봤다. 그리고 천장을 지나 지붕을 뚫고 떠올랐다.

도시 상공에서 나는 별이 이불처럼 뒤덮인 하늘을 쏜살같이 가로질렀다. 내 영혼은 마치 지도를 보는 것처럼 익숙하게 날아가 내 몸으로 되돌아왔다.

* * *

여전히 닐리가 스툴에 앉아 나를 내려다보고 있었다. 나는 팔꿈치를 짚고 일어나 앉았다. 실제로 높은 곳에서 떨어진 것처럼 속이 울렁거렸다. 내 시계태엽심장은 원래대로 조립되어 있었다.

"끝났어?"

"시간이 좀 걸렸어. 너는 잠들어 있었고."

"뭘 좀 알아냈어?"

내가 셔츠 단추를 잠그며 물었다.

"기어나 톱니바퀴 같은 부품들은 아무 이상이 없어. 모든 것이 정상으로 보이긴 하는데."

닐리가 걱정스러운 표정으로 고개를 흔들었다. 그가 일어서는 사이에 나는 테이블 위에 놓인 끌을 몸 밑으로 감췄다.

"좋은 소식을 전하지 못해 미안해, 인형. 난 이제 선장에게 보고하러 가야겠어."

거인이 가방을 챙겨 방을 나섰다. 나는 문이 닫히고 걸쇠가 걸리는 소리가 들릴 때까지 기다렸다가 숨겨놓은 끌을 뒷주머니에 쑤셔 넣었다. 일어서려는데 무언가가 손에 잡혔다. 데이지 꽃이었다. 나는 꽃을 들어 올려 향기를 맡았다. 시간의 지배자는 마크햄을 막기 위해 아벨린의 검이 필요하다고 했다. 하지만 그 검으로 불사신인 마크햄을 죽일 수 없었다. 혹시 검에 다른 힘이 숨겨져 있는 걸까?

나는 삼촌이 간절히 보고 싶었다. 그는 나를 건강하게 치료하고 그의 시계점을 제2의 고향으로 만들어줬다. 첫 이가 빠졌을 때 그의 품으로 달려갔고, 아버지의 자두 푸딩 레시피를 배웠다. 홀덴 삼촌은 내 최고의 친구이자 남아 있는 유일한 가족이었다.

순간 공포가 밀려들었다. 가족이 죽은 지, 그리고 내가 시계태엽심장에 의지한 지, 곧 10주년이었다. 이곳 바다 밑 땅은 원래 내 세계와 다르게 시간이 흐른다. 그래서 정확하진 않지만 10년이 되기까지 남은 기간이 그리 길지 않았다. 삼촌이 내게 준 10년이 모두 지나가면 나에게 무슨 일이 벌어질까?

배가 속도를 줄였다. 나는 데이지 꽃을 들고 일어섰다. 그때 오스릭이 문을 열고 들어왔다.

"선장이 갑판으로 부른다."

"왜?"

나는 되물으며 몰래 데이지 꽃을 베개 밑에 찔러 넣었다.

"어서 나와, 백작 부인."

그의 손이 다시 내 몸에 닿는 것이 싫어 나는 서둘러 빨간 장갑을 손에 끼우고 그를 따라 나갔다.

선원들이 모두 갑판에 모여 있었다. 재미슨과 라베릭, 할로우도 보였다. 여전히 손이 묶인 채였다. 새장에 갇힌 라델라도 눈에 들어왔다.

널빤지 하나가 뱃전 너머로 걸쳐 있었다. 그 옆에는 손이 묶인 마크햄이 서 있었다. 닐리가 내 심장을 살펴보는 사이 시간이 꽤 흐른 듯했다. 나는 마크햄에게 눈짓을 했다. 이게 당신 계획이야?

그는 무심한 표정으로 묶인 손바닥을 위로 뒤집더니 들어 올려 보였다. 오스릭이 나를 다른 죄수들 사이로 이끌었다. 할로우와 재미슨 사이였다. 재미슨이 마크햄과 동맹을 맺었는지 물어보는 듯한 눈빛을 보냈다. 나는 그저 고개를 살짝 흔들었다. 솔직히 왕자가 무슨 계획인지 알 수가 없었다.

레드몬트 선장이 숙소에서 느긋하게 걸어 나왔다. 벨벳과 새틴으로 만든 우아한 옷을 입고 있었다. 그의 악어는 상갑판에서 햇볕을 즐겼다. 날카로운 이빨이 촘촘히 박힌 입을 떡 벌리고 눈은 거울처럼 번뜩거렸다.

선장은 마크햄 앞에 멈춰 섰다. 거인은 한 손으로도 왕자의 목을 부러뜨릴 수 있을 것 같았다. 아마도 이미 시도했을지도 모른다. 만약 그랬다면 나는 선장이 겪었을 좌절감을 충분히 공감할 수 있었다.

"킬리언 마크햄, 약속의 땅을 지배했던 왕자여."

나는 눈썹을 치켜세웠다. 재미슨이 놀라 헉하며 신음을 내뱉는 소리가 들려왔다. 선장은 분명 무언가를 착각했을 것이다. 마크햄은 이미 파괴된 젊음의 땅의 지배자였다. 그런데 엘프의 세계인 약속의 땅을 지배했다고?

"너는 전투 나팔을 함부로 사용한 죄와 고장 난 시계를 거래하려 한 죄로 바다 밑바닥으로 추방될 것이다. 또한 항상 나를 성가시게 만든 죄까지 포함해서."

오스릭이 목청을 가다듬었다.

"물론 내 일등항해사를 괴롭힌 죄 역시 포함됐다."

선장이 덧붙이면서 소리쳤다.

"매달아라!"

해적 둘이 그의 발목에 맷돌을 매달았다. 오스릭과 두 명의 엘프가 나서서 마크햄을 뱃전 위로 들어 올렸다. 마크햄에게 무슨 계획이 있는지 모르겠지만 지금이 바로 그 계획을 실행할 마지막 기회였다.

오스릭이 그를 바깥쪽으로 밀었다. 마크햄이 판자 중간쯤으로 나섰다. 맷돌이 매달린 발 때문에 비틀거렸다. 할로우는 머리를 푹 수그리고 있었다. 레드몬트 선장의 목소리가 갑판을 울렸다.

"킬리언, 용감하게 뛰어내려 왕자의 위엄을 보여줄 수 있겠나? 아니면 우리가 판자를 잡아 당겨줄까?"

"도움은 사절이다."

마크햄이 나를 향해 고개를 살짝 기울이며 말했다.

"진주를 던져줘서 고맙군, 에비. 검을 꼭 되찾아라."

내가 머뭇거리는 사이 그는 그대로 판자에서 뛰어내렸다.

12

 왕자가 물에 첨벙 빠지는 소리가 들려오기도 전에 누군가가 내 목을 졸랐다. 할로우가 묶인 손을 내 목에 걸어 잡아당겼다. 어디서 구했는지 모를 날카로운 못으로 내 턱밑을 겨냥했다. 주변에 있던 선원들이 단도를 빼 들었다.
 "물러나라. 아니면 너희 선장이 아끼는 시계가 생명을 잃게 될 것이다."
 레드몬트 선장이 해적들에게 물러나라는 손짓을 했다. 할로우가 천천히 나를 끌고 뱃전으로 가더니 난간 너머 바다를 내려다봤다.
 "에벌리를 놓아줘!"
 재미슨이 손이 묶인 채로 날카롭게 외쳤다.
 "끼어들지 마라, 캘러한."
 할로우가 못으로 내 목을 힘주어 누르며 경고했다. 못에 찔린 목에서 따끔한 통증이 느껴졌다. 할로우가 내 귓가에 입술을 갖다 대며 속삭였다.

"바다 밑까지 따라와라."

할로우는 내 머리 위로 팔을 들어 올리더니 그대로 난간 위로 몸을 던져 바다로 뛰어내렸다. 해적들이 난간으로 몰려들면서 십여 개의 칼날이 내 얼굴을 스쳐 지나갔다.

나는 할로우가 물에 빠지는 소리를 들으며 몸을 일으켰다. 재미슨과 라베릭이 나에게 다가왔다. 모두가 난간에 기대어 그녀가 사라진 바닷속을 내려다봤다.

할로우가 떠올랐다. 그녀는 혼자가 아니었다. 마크햄이 그녀 옆에서 물장구를 치고 있었다. 발을 묶었던 사슬은 사라지고 없었다. 그가 그녀를 묶은 줄을 풀어주고 헤엄을 쳐 멀어지기 시작했다. 물살을 가르는 속도가 유난히 빨랐다. 그들이 멀어질수록 그들 아래 물속의 그림자가 짙어졌다. 마치 무언가가 떠받들어 실어 나르는 듯한 모습이었다.

선장이 한 선원에게 대포알을 받아 들었다. 그는 대포알을 귀 밑 어깨 위에 끼워 넣고는 커다랗게 원을 그리며 빙빙 돌더니 난간 너머로 대포알을 던졌다. 대포알은 무시무시한 속도로 날아가 목표물 바로 옆에 떨어졌다. 커다란 물보라가 일며 마크햄과 할로우의 속도가 확연히 줄어들었다가 다시 빨라졌다. 오스릭이 선장과 눈길을 교환했다.

"한 번 더 해볼까요, 선장?"

"두 개 가져와라. 이번에는 확실하게 하자."

레드몬트 선장과 닐리가 각각 대포알을 집어 들어 날렸다. 해적선에 왜 대포가 보이지 않았는지 알 것 같았다. 마크햄과 할로우는 거센 물보라에 잠겼다가 다시 떠올랐다. 그때 사람 크기의 물고기 몇 마리가 함께 나타나더니 둘을 에워쌌다. 온몸이 푸른 비늘에 덮인 생명체는 머리 위부터 등을 따라 지느러미가 솟았다. 상반신은 물고기 모습에 하반신에는 우리처럼 다리가 달렸다. 지느러미 인간들은 갑옷을 두른 거북이의 등을 밟고 서 있었다. 거북이들은 마차 바퀴만큼 넓은 등판에 고삐가 달려 있었다. 지느러미 인간들은 팔처럼 생긴 한쪽 지느러미로 고삐를 잡고 다른 쪽으로는 삼지창을 휘둘렀다.

가장 덩치가 큰 지느러미 인간이 환호성을 지르며 황금 삼지창을 머리 위로 들어 올렸다. 환영의 인사인지 전투를 위한 외침인지 알 수 없었다. 오스릭이 외침에 맞서 맞고함을 쳤.

"썩은 눈깔을 뽑아버리겠다, 지느러미 인간들아!"

나는 옛이야기 속에 인어와 지느러미 인간이 바다를 나눠 차지하고 있다는 파도 밑 땅에 대한 전설이 떠올랐다. 이야기 속에서 두 종족은 각각의 지도자와 영토를 두고 오랜 세월 싸웠다고 나온다.

할로우와 마크햄의 몸 밑으로 거북이가 떠올랐다. 둘은 거대한 등판을 밟고 섰다. 그러더니 지느러미 인간들과 함께 수평선을 향해 나아갔다.

"놔둬라. 연극은 이걸로 충분하다."

연극이라니? 레드몬트 선장의 말에 오스릭이 나를 흘겨보며 물었다.

"네가 푸른 진주를 바다에 던졌나?"

"인어가 밤새도록 노래를 부르지 못하게 하려고 던졌다."

"킬리언 왕자가 그렇게 말하면서 자신을 도와달라고 너를 설득했겠지."

일등항해사가 한심하다는 투로 투덜댔다. 얼굴이 화끈거렸다. 당연하게도 마크햄의 말은 거짓이었다. 레드몬트 선장은 옷매무새를 단정하게 바로잡더니 우리 쪽을 바라봤다.

"그래도 왕자가 인간 동료들을 데려가지는 않았다. 너희들은 커다란 금덩이와 바꿀 정도로 가치가 높다. 그리고 너, 시계태엽 심장은 내 수집품 중에 두기에는 너무 아깝다. 바깥 바다로 나가면 진기한 물건들이 높은 관심을 받지. 오스릭, 저들을 주갑판 선실에 가둬라."

"아래 갑판 감옥이 아니라 주갑판에 가둡니까?"

선장이 오스릭에게 냉랭한 시선을 보냈다.

"내 명령에 질문하는 건가?"

"아닙니다, 선장."

선원들이 판자를 치우고 모래주머니를 정리하는 동안 오스릭이 우리를 한군데로 모았다. 나는 라델라가 갇힌 새장을 들고 일행과 함께 선실로 향했다. 안쪽에 들어서자 오스릭이 재미슨과 라베릭을 묶은 밧줄을 풀었다. 재미슨이 내 목에 생긴 상처를 걱정스러운 눈빛으로 바라봤다.

"괜찮아요? 일단 이걸로 눌러요."

그가 작업대 위의 천 조각을 건네며 말했다.

"상처가 깊지는 않지만 흉터가 남을 것 같군요."

오스릭이 꽤 많은 양의 마른 해초를 테이블 위에 던져놓았다.

다른 선원이 물이 가득 든 주전자와 컵을 가져왔다. 오스릭이 무뚝뚝한 표정으로 컵에 물을 따랐다.

"도대체 무슨 일이 일어난 건지 알려줄 수 있나요?"

라베릭이 일등항해사에게 물었다.

"아직도 모르겠나? 킬리언은 주변에 있는 모든 것을 위험에 빠트리는 존재야. 그는 어디를 가든지 문제를 일으킨다. 우리는 왕자를 가두긴 했지만 그가 자신의 힘으로 탈출했다는 생각을 하게 만들 필요가 있었다. 에벌리가 어젯밤 바다에 진주를 던져 넣었을 때 나는 그를 쫓아낼 기회가 찾아왔다는 걸 알았다."

"일부러 선실 문을 잠그지 않은 거였군."

자존심이 상했다. 마크햄과 오스릭 모두 나를 속이고 조종한 것이었다.

"난 아직도 이해가 안 돼요. 진주와 왕자가 탈출한 것이 무슨 관련이 있죠?"

라베릭이 끼어들었다.

"바다에 푸른 진주를 던지면 지느러미 인간들은 킬리언이 도움을 원한다는 사실을 알게 된다. 마크햄은 오래전에 그들과 동맹을 맺었지. 인어들은 그저 지느러미 족속과 다투기 싫어서 사라진 것뿐이다. 최근 그들은 국경 문제로 서로 다투고 있다."

재미슨이 나서며 오스릭에게 물었다.

"선장은 왜 킬리언이 약속의 땅 출신이라고 말한 것이냐?"

"킬리언은 보이는 모습이 전부가 아니다."

오스릭이 주머니에서 사과를 꺼내더니 가슴에 문질러 닦았다.

"몇백 년 전 강력한 마법사가 그에게 내린 마법 때문에 그는 은밀하게 다른 세계 사이를 오갈 수 있었다. 젊음의 땅에서 아마다라 공주와 결혼하기 전에 그는 약속의 땅의 킬리언 왕자였다. 11개 왕좌 중 두 번째 위치였지."

"마크햄이 엘프라고?"

라베릭이 되물었다.

"마법이 엘프를 인간의 모습으로 바꿨지"

충격적인 이야기였다. 아마다라 공주와 결혼해 젊음의 땅을 지배했던 마크햄이 약속의 땅 출신 엘프라니. 오스릭이 우리를 위해 따라준 물컵 하나를 들어 벌컥벌컥 들이켰다.

"그는 아주 오래전 가족과 사이가 멀어진 후 우리 세계를 떠났다. 그때 이후로 돌아갈 수 있는 길을 계속 찾는 중이다."

"그냥 돌아가면 되는 것 아니었나? 너희 세계와 나머지 세계를 연결하는 관문은 열려 있는 것 아닌가?"

"그렇게 간단치가 않다. 킬리언은 자신의 부하와 사랑에 빠졌다는 이유로 추방됐다. 자기 누나인 엘프 여왕에게 들켰지. 그는 부하와 함께 도망을 쳤고 배신자로 낙인찍혔다."

"너도 그와 함께 추방된 건가?"

재미슨이 묻자 오스릭이 빈 컵의 바닥을 들여다봤다.

"사실 킬리언은…, 내 여동생 브레아와 사랑에 빠졌다. 나는 그가 여동생 때문에 왕좌까지 포기할 줄은 몰랐다. 부모님은 브레아를 왕자에게 소개한 나를 꾸짖었다. 어머니는 내게 누이를 찾아 다시 데려오라고 하셨고, 아버지는 누이를 찾지 못하면 고향에 돌아올 생각을 하지 말라고 하셨다. 나는 전 세계를 뒤지고 다니다가 마침내 여동생을 찾았다. 그녀와 킬리언은 해골 해변의 난파선에 숨어 있었지."

우리가 숨어들었던 배가, 마크햄이 우리를 끌어들였던 그 배가 바로 엘프의 배였다.

"라델라, 그 배에서 우리가 봤던 가족의 초상화, 그의 가족이 맞아?"

픽시가 고개를 끄덕였다. 갑자기 이 모든 이야기가 오래전 까마득한 전설처럼 느껴졌다. 나는 비틀거리며 테이블로 다가가서 의자에 앉았다. 심장이 빠르게 뛰었다. 말을 잇는 오스릭의 목소리에는 힘이 없었다.

"브레아는 아이를 가져 몸이 무거웠다. 출산까지 몇 주 남지 않았지. 하지만 갑자기 양수가 터지면서 아기가 일찍 나왔어. 킬리언은 도움을 찾아 밖으로 나갔고, 나는 브레아와 남았다. 하지만 그가 돌아오기 전에 배 속의 아이와 내 여동생은 죽고 말았다."

아무도 입을 열지 않았다. 오스릭이 손에 든 사과를 노려봤다. 먹다 남은 사과를 어찌해야 할지 모르는 표정이었다.

"킬리언과 나는 함께 브레아를 땅에 묻고 그녀를 애도하기 위해 해변에 머물렀다. 시간이 한참 흐른 후, 배 한 척이 해골 해변으로 밀려왔다. 황혼이 되자 인어들도 몰려왔고, 역시나 선원들이 유혹을 이기지 못하고 한 명씩 바다로 뛰어들었다. 킬리언과 나는 겨우 두 명만을 구할 수 있었지. 바로 레드몬트와 닐리였다. 그들의 배, **언더토우호**는 피해를 입었지만 수리가 가능했다. 우리 넷은 힘을 합쳐 배를 고치고, 배에 살면서 추방자들을 선원으로 받아들였다. 하지만 곧 갈등이 생겼어. 마크햄은 자신이 당연히 선장을 맡아야 한다고 생각했고, 계속 레드몬트의 권위를 무시했다. 마지막에는 우리의 럼주를 훔쳐 상인들에게 팔아버렸지. 그 돈으로 이 세계를 나갈 수 있는 통행권을 사고는 사라져버렸다. 우리는 한참 후에 그가 젊음의 땅의 공주와 결혼했다는 소문을 전해 들었다. 그리고 도르카가 문제의 검과 함께 그를 데려오기 전까지는 그를 잊고 지냈지."

"마크햄은 그 검으로 무슨 일을 벌이려는 거지?"

재미슨이 물었다.

"나도 몰라. 하지만 킬리언 왕자는 자기 자신을 위해서가 아니라면 피 한 방울도 흘리지 않는 엘프다."

나는 지끈거리는 두통 때문에 관자놀이를 문질렀다. 오스릭이 마침내 사과를 한입 베어 물더니 우물거리면서 말했다.

"너희들 누구도 수치스러워할 필요는 없어. 왕자는 이미 많은 이들을 속여왔다. 너희들이 첫 번째도 아니고, 당연히 마지막도 아닐 것이다."

그는 선반에 놓인 모래시계를 들고 뒤집어서 다시 모래가 흘러내리는 모습을 지켜봤다.

"선장이 너희들을 바깥 바다의 상인들에게 팔 때까지 시간이 얼마 남지 않았다. 남은 시간 동안이라도 즐겨라. 누가 너희들을 사든 그렇게 친절하지는 않을 테니까."

일등항해사는 테이블 위에 모래시계를 놓더니 선실을 나갔다.

* * *

재미슨은 의자에서 일어나지 않았다. 그는 모래시계 안에서 모래가 좁은 터널을 통과해서 흘러내리는 광경을 묵묵히 지켜봤다. 모래가 다 흘러내리자 그는 모래시계를 다시 뒤집었다. 시계를 지켜보면서 무슨 일인가가 일어나기를 기다리는 것처럼 보였다.

나는 오스릭이 떠나자 바로 라델라를 새장에서 풀어주었다. 픽시는 재미슨의 어깨 위에 날아가 앉더니 숨을 죽였다. 둘은 함께 깊은 생각에 잠겼다.

나는 마크햄에게 다시 속았다는 생각에 화가 나서 견딜 수가 없었다. 태양이 황금빛을 뿜으며 하늘을 오렌지빛으로 물들였다. 라베릭이 창가로 와 내 옆에 앉았다.

"감옥이 더 나은 것 같아. 이 시계들은 너무 조용해서 소름 끼쳐."

"그래. 죽어 있는 시체 같아."

나는 약간 떨떠름한 목소리로 말했다.

"감옥에 있을 때 재미슨에게 네 심장에 관해 물어봤어. 그는 킬리언 왕자가 너에게 한 짓을 이야기해줬어. 난 네가 시계태엽 심장이라도 아무렇지 않아. 그래도 네가 먼저 이야기해줬더라면 좋았을 텐데."

"미안해. 그리고 클라렛에 대해서도."

"우리가 각자의 별명을 어떻게 얻게 됐는지 알아?"

라베릭이 살짝 미소를 지으며 말했다.

"사람들은 내가 빨간 머리와 여우를 닮은 긴 코 때문에, 또 클라렛은 가느다란 눈매와 머리를 쓰다듬는 버릇 때문에 그런 별명이 붙었다고 생각하지. 하지만 사실이 아니야. 내가 닭장에 숨어들어 닭이 품고 있는 달걀을 아무 소란 없이 훔쳐 오는 것을 보고 베비나가 붙여준 별명이야. 클라렛은 목숨을 잃을 뻔한 위기마다 높은 곳에서 다치지 않고 뛰어내려서 고양이처럼 9개의 목숨을 가졌다고 그런 별명이 붙었지. 그녀는 어떤 상황에서도 안전하게 빠져나왔어. 만약 이곳에서 마지막까지 살아남는 이가 있다면 그건 클라렛일 거야."

라베릭은 목소리를 낮춰 속삭이듯 물었다.

"비밀 지킬 수 있어?"

"물론이지."

"도레스탄드를 떠난 뒤 우리는 더 가까워졌어. 이미 둘도 없는 친구이긴 했지만 나에겐 그 이상이야."

"오, 라베릭."

마드로나의 자녀들은 모든 사랑이 창조의 힘이 주는 아름다움이 합쳐져서 생겨난다고 믿는다. 그 누구도 우정과 사랑 없이는 완전할 수 없다. 클라렛과 사랑에 빠진 라베릭은 남자와 사랑에 빠진 것만큼이나 축복받아야 한다.

"왜 진작 말하지 않았어? 어떻게든 널 도왔을 텐데."

"자신의 비밀을 털어놓지 않는 이에게 마음을 여는 사람은 없어. 사실 배 위에서 클라렛과 나는 너와 시간을 함께 보내려고 노력했어. 네 선실 근처에서 어슬렁거렸던 것도 라델라를 훔치려던 게 아냐. 네가 우리를 안으로 초대해서 라델라를 소개해주기를 바랐어."

나는 시간을 거슬러 여우와 고양이를 내 선실로 초대해 더 친근하게 지냈더라면 하는 후회가 들었다.

"클라렛도 너와 더 가까워지기를 바란다고 생각해?"

"아마 그녀도 나와 같은 마음일 거야. 클라렛이 없는 내 삶은 상상하기도 싫어. 나는 그녀와 함께할 수 있다면 목숨까지도 걸 수 있어."

나는 재미슨을 바라봤다. 그는 나에 대해 어떤 마음일까? 그 순간 재미슨이 방 안을 둘러보며 큰 소리로 말했다.

"자, 이제 충분히 한숨 돌렸어요. 함께 탈출 계획을 짜기 전에, 이곳에서 벗어난 다음 먼저 무엇을 해야 할지 우선순위를 정해야 합니다. 당연히 검부터 찾아야겠지만 클라렛을 빠트릴 수는 없습니다."

라베릭이 입을 불쑥 내밀었다.

"당연히 검부터라니?"

라델라도 총알처럼 날아오르더니 화를 내며 재미슨에게 손가락을 흔들었다.

"라베릭 말이 맞아요. 마크햄은 우리가 자신을 쫓아오기를 원해요. 그의 뜻대로 하는 건 전혀 좋지 않아요."

재미슨이 제발 조용히 해달라는 듯이 픽시를 향해 두 손을 모았다. 그녀가 화난 날갯짓을 그치지 않자 재미슨은 작업대에서 양피지와 잉크를 찾아 테이블로 가져왔다.

"라델라, 어떻게 하길 바라는지 여기에다 적어줄래?"

그가 깃펜을 내밀자 픽시는 깃펜을 잉크에 적셔 양피지에 무언가를 적어 내려갔다. 라베릭은 팔짱을 끼더니 곰곰이 생각에 잠겼다.

재미슨은 라델라가 쓴 글을 조용히 읽고는 부드러운 속삭임으로 픽시를 달랬다. 목소리가 너무 작아 내 자리에서는 알아들을 수가 없었다. 라델라는 발을 구르며 맹렬하게 날개를 떨었다. 재미슨의 목소리가 높아졌다.

"여기 있는 그 누구도 네가 이곳에 머물러야 한다고 강요하는 사람은 없어. 원한다면 넌 언제든지 하늘을 날아서 떠날 수 있어. 그리고 네가 없더라도 우리는 할 일을 할 거야."

라델라가 무서운 속도로 날아오르더니 재미슨의 코끝을 발로 걷어찼다. 손가락으로 튕기는 정도의 아픔이었겠지만 재미슨은 움찔했다. 픽시는 그대로 거대한 괘종시계 쪽으로 날아가더니 시야에서 사라졌다.

나는 라베릭 옆을 떠나 재미슨이 앉아 있는 테이블로 다가갔다. 그는 잠시 머뭇거리다가 내가 앉을 수 있도록 의자를 끌어당겼다. 우리는 나란히 앉아 모래시계에서 모래가 흘러내리는 모습을 바라봤다. 잠시 침묵이 흐른 후 재미슨이 먼저 입을 열었다.

"제 아버지는 시계에 푹 빠져 있었어요. 당신 삼촌의 작품에 대해 칭찬을 아끼지 않으셨습니다. 모래시계도 몇 개 가지고 있었죠. 그리고 가장 좋아하는 이야기도 영원한 모래시계 이야기였습니다."

나는 오랫동안 그 이야기를 듣지 못했다. 테이블에 팔꿈치를 괴고 몸을 숙여 그의 이야기에 귀를 기울였다.

"이야기에 따르면 영원한 모래시계는 모든 세계가 만들어지기 전부터 존재했다고 합니다. 몸체의 유리는 태양의 재와 달의 모래로 만들어졌고, 나무틀은 첫 번째 엘더우드에서 가져왔습니다. 그 모래시계를 뒤집으면 시간이 시작되고, 일곱 세계에서 흐르는 시간을 지킵니다. 매우 중요한 일이죠. 그 일을 맡은 것이 시간의 지배자입니다. 그는 모든 세계의 시간을 관리합니다."

"정말 큰 책임이네요."

"짐작조차 하기 어려울 만큼 큰 책임이죠. 아버지는 모래시계를 볼 때마다 영원의 모래시계가 아닐까 하는 희망으로 유심히 살폈습니다. 저는 언제나 시간의 맥박을 손아귀에 쥐어보면 어떤 느낌일지 궁금했습니다."

그는 손을 쫙 벌려 테이블 위의 모래시계를 쥐었다.

"저는 킬리언을 과소평가했습니다. 이제는 그가 사랑하는 사람을 잃고 가족에게 추방되었다는 것을 알았습니다. 모든 일을 되돌리려는 그의 간절함을 이제는 이해할 수 있습니다. 그는 자신이 저지른 실수를 만회하기 위해 더 무모한 짓도 서슴지 않을 겁니다."

"아벨린의 검으로 그를 막을 수 있어요. 시간의 지배자가 그 검으로 마크햄을 되돌릴 수 있다고 말해줬어요."

"그렇다면 그 검이 있어야만 우리가 이 세계를 벗어날 수 있겠네요."

건너편의 라베릭도 고개를 끄덕였다. 나는 모래시계의 받침대에 손바닥을 대고 시간의 힘을 빌었다.

"내가 마크햄을 쫓을 테니 당신과 라베릭, 라델라는 함께 클라렛을 찾는 건 어떨까요?"

"당신의 검에 대해 오랫동안 고민했어요."

재미슨이 모래시계를 붙잡아 가깝게 끌어당겼다.

"아벨린의 검은 칼날이 되기 전에 별이었죠. 별이 부서지면서 새로운 사명을 띠고 가장 위대한 검이 되었어요. 시간의 지배자가 당신에게 검을 되찾으라고 하는 이유는 아마도 그 검이 당신을 바꾸고, 우리를 바꾸고, 세상을 바꿀 수 있기 때문이라고 생각해요. 그리고 당신은 혼자가 아닙니다, 에벌리. 우리는 여전히 킬리언을 여왕에게 넘겨주고 자유를 얻을 수 있어요. 나는 절대 포기하지 않을 겁니다."

"저도 함께해요. 혹시 마크햄을 쫓다 보면 클라렛을 만날지도 모르죠."

라베릭이 미소를 지으며 작은 목소리로 말했다.

"게다가 왕자를 잡아서 여왕에게 넘기는 일을 도우면 여왕이 저와 클라렛을 사면해줄지도요."

나는 라베릭에게 뛰어가 끌어안고 싶은 충동이 일었다.

"고마워. 절대 실망시키지 않을게."

"다만 신경이 쓰이는 문제는 이 일을 계속할 수 있을 정도로 당신 심장에 문제가 없을까예요."

"내 시계태엽심장은 언제나 문제였죠. 상관없어요."

나는 뒷주머니에서 찔러둔 끝을 꺼냈다.

"자, 소란을 부려볼까요?"

라베릭이 자리에서 벌떡 일어섰다.

"이 배에 폭발시킬 만한 무언가가 있을 거야."

우리가 이 세계에 도착했을 때부터 마크햄은 계획에 따라 움직이고 있었다. 그는 우리가 해적에게 감금당해 꼼짝 못 할 거로 생각할 것이다. 하지만 이제부터는 아니다. 우리는 원하는 것을 찾아 반드시 고향으로 돌아가리라.

13

 우리는 해적에 맞설 준비를 했다. 선원들은 음식을 가져다주는 것 외에는 우리를 선실에 이틀 동안 완전히 격리했다. 인어들의 노래도 더 이상 들리지 않았다. 침묵은 오히려 우리를 불안하게 했다. 뭔가 수상쩍은 일이 일어날 것 같았다. 우리는 기다림에 지쳐갔다.

 라베릭은 창문 아래 의자 위에서 우리에게 등을 돌린 채 바다를 살폈다. 라델라가 날아오르더니 우리 컵들을 사라지게 했다. 재미슨이 심술궂은 픽시를 부르니 라델라는 혀를 쏙 내밀고는 커다란 괘종시계 뒤로 쏜살같이 날아가 숨었다. 탈출할 순간에 라델라가 계획대로 따라주지 않는다면 우리는 곤란한 상황에 빠질 것이다.

 재미슨과 나는 침상에 나란히 앉았다. 그가 내 손금을 봐주었다.

"이게 당신의 두뇌선이네요. 두뇌선은 삶을 대하는 자세, 자제력을 말해주죠. 당신 선은 곧게 뻗어 있고 끊어진 곳이 없네요. 강한 정의감으로 잘못된 일을 보면 참지 못하는 성격입니다."

손금을 보는 것은 귀족들의 응접실 놀이 중 하나였다. 파티장에 주름살이 가득한 손금쟁이 노파를 데려와 손님들의 운명에 관해 신비로운 예언을 하면서 즐긴다. 우스꽝스러운 장난인 줄 알면서도 자꾸 호기심이 일었다.

"운명선이 예사롭지 않네요. 너무 뚜렷해서 부정할 수 없는 선입니다. 당신은 운명을 부정하려면 엄청난 의지가 필요하겠네요."

"그게 무슨 말이에요?"

"그러니까 운명이 당신을 강하게 조종한다는 뜻입니다."

"제 운명이 어떤지도 나오나요? 에버모어와 관련되어 있나요?"

"거기까지는 모르겠습니다."

"그렇군요. 계속해요."

재미슨이 내 손바닥을 얼굴 가까이 끌어올려 자세히 살폈다.

"여기, 이곳이 감정선입니다."

"그 선은 읽을 필요 없어요."

나는 손을 잡아챘지만 재미슨은 단단히 붙들고 놓아주지 않았다.

"손금에선 감정선이 가장 중요합니다. 마음이 얼마나 안정되어 있는지, 사랑할 때는 얼마나 강한 감정을 느끼는지를 알려줍니다."

그는 내 손바닥의 한쪽 끝에서 다른 쪽 끝으로 이어진 두꺼운

선을 자신의 손가락 끝으로 더듬어가며 살폈다.

"얼마나 강렬한 선이지 직접 봐봐요. 가장 길고 확연히 드러난 선이네요."

"그래서요?"

"온몸을 다 바쳐 사랑한다는 의미입니다. 어떤 어려움에도 절대 굴복하지 않는다는 뜻도 숨어 있어요."

나는 매섭게 그를 홀겨봤다.

"그 선이 정말 그렇게 해석되는 거예요?"

그는 내 손바닥에 키스하더니 입가에 미소를 띠었다.

"나를 의심하는 건가요, 사랑스러운 아가씨?"

"그럴 리가요, 백작 나리."

나는 그의 왼손을 잡아당겨 뒤집었다.

"이제 내가 당신의 손금을 봐줄게요."

"아? 네, 캘러한 부인. 제 감정선이 뭐라고 하나요?"

내가 손금에 대해 아는 건 방금 그에게서 들은 게 전부였다. 하지만 나는 그가 평소에 보여주는 마음을 떠올렸다. 아버지에게 돌아가서 화해하고 싶어 하고, 삶을 되찾으려는 간절함. 나는 그의 손바닥을 실눈을 뜨고 바라봤다.

"손금이 중지를 향해 굽이쳐 오르네요. 일생을 거쳐 마음이 여러 번 바뀐다는 뜻이죠. 하지만 선이 짙고 강해요. 어떤 상처를 받더라도 잘 견뎌낼 수 있을 거예요."

"손금 읽는 데 소질이 있네요."

"앞으로 귀족들의 응접실에서 손금 보는 일이나 할까요?"

그가 웃음을 터뜨렸다. 그때 라베릭이 몸을 세우더니 창가에 바짝 다가섰다. 라델라 역시 창가로 날아오르더니 바깥을 주시했다. 픽시의 날개가 격렬하게 떨렸다. 우리도 창가로 다가갔다. 배가 암초 사이를 항해하고 있었다. 바다 가운데로 여기저기 바위들이 수면 위로 삐죽삐죽 솟아 있었다. 꼬리뼈처럼 이어진 바위 해변에는 멀리 나무 한 그루가 보였다. 이파리 하나 없는 비틀린 나무에 누군가가 가지에 매달려 있었다. 머리는 자루를 뒤집어써 보이지 않았지만 가슴은 비늘로 덮여 있었다.

"지느러미 인간이네요."

재미슨의 말에 라베릭이 물었다.

"누가 그를 매달았을까요?"

고향 도레스탄드에서도 감옥과 법정 사이 공터에 처형장이 있었다. 삼촌과 나는 목재소로 가려면 처형장을 지나쳐야 했다. 교수형이나 화형이 예정된 날에는 그곳을 피해서 가려고 길을 멀리 돌아갔다. 대개 어머니 마드로나를 숭배했다는 죄로 잡혀 온 사람들이 처형당했다. 여왕이 만든 프로그레시브 수도회 소속 수도승들이 모여들어 저주를 퍼부었다. 이곳에서는 무슨 죄를 지으면 저렇게 교수형을 당하는 걸까?

배는 지느러미 인간이 처형된 나무를 지나쳐 항해했다. 송곳니 같은 날카로운 바위가 늘어선 해변을 스쳐 지나갔다. 깎아지른 듯 치솟은 석회암 절벽 아래로 약간의 모래사장이 있었다. 드문드문 낮게 깔린 잡초뿐 다른 식물은 찾아볼 수 없는 황량한 풍경이었다.

선장의 선실에서 봤던 세계지도에 따르면 우리는 사형집행인 곳을 지나쳐 라군 항구를 향하는 중이었다. 항구의 동쪽은 해골 암초였다. 그리고 그 아래 바닷속 깊숙한 곳에 바로 에버블루가 있었다.

우리는 창가에 머물러 해초와 진흙이 뒤섞인 경사진 언덕으로 풍경이 바뀌는 것을 취한 듯 지켜봤다. 배는 봉화대가 있는 거대한 석조 구조물로 접근했다가 다시 멀어졌다. 얼마 지나지 않아 말로만 들었던 라군 항구와 대륙의 유일한 마을인 이븐타이드가 눈에 들어왔다. 이븐타이드는 잿빛 산기슭의 절벽과 언덕 사이에 자리 잡은 마을이었다. 길 하나가 산 옆구리를 돌아 전망대처럼 생긴 구조물로 이어졌다. 그릇처럼 생긴 만 안쪽을 따라 타일로 만든 기와를 덮은 지붕 아래 점토로 만든 집들이 이어졌다. 바위 표면이 진주처럼 하얗게 반짝였다. 항구의 수면은 푸른빛으로 넘실거렸다. 부두로 이어진 수로에는 작은 배들이 정박해 있었다.

배가 닻을 내리는 동안 바깥에서 선원들의 외침이 들려왔다. 우리 넷은 긴장하며 기다렸지만 석양이 물들기 시작할 때까지 아무도 찾아오지 않았다.

결국 재미슨이 문가 자리에서 일어나 저녁으로 해초를 나눠줬다. 라베릭이 마지못해 해초를 씹었고, 재미슨은 미역을 연달아 다섯 줄기나 먹었다. 씹지도 않고 삼키는 것 같았다. 나는 신경이 곤두서서 몇 입 삼키자마자 숨이 막혔다. 그때 라델라가 몸을 세우더니 창밖을 가리켰다. 나는 달려가서 보트 한 척이 부두로 노를 저어가는 모습을 바라봤다. 꽤 많은 인원이 타고 있었다. 그중에는 레드몬트 선장도 보였다.

"재미슨, 선장이 한 명, 두 명, 세 명…, 여덟 명의 선원이랑 부두로 가고 있어요. 이제 우리도 움직여야 할 시간이에요."

"그럼 두 번째 계획대로 움직여요. 라베릭?"

재미슨이 문 옆으로 비켜서며 라베릭을 불렀다. 그녀가 끝이 닳은 끌을 열쇠 구멍에 집어넣고 이리저리 비틀자 자물쇠가 딸칵하고 열렸다. 재미슨이 손잡이를 잡았다.

"모두 준비됐죠?"

라델라가 온몸을 위아래로 흔들며 대답했다. 라베릭과 나는 작업대 밑에서 나무 막대기를 집어 들었다. 나는 거대한 괘종시계의 뒷면을 뜯어내고는 닐리의 끌로 조각해 임시 무기를 만들었다.

재미슨이 문을 열었다. 문 바로 바깥에서 선장의 악어가 머리를 치켜들고 이빨을 드러냈다. 재미슨이 다시 문을 닫았다.

"제길, 세 번째 계획으로 넘어가야겠군. 라델라, 이제 네 차례야."

픽시 몸에 맞춰 내가 만들어준 작은 나무 막대기를 든 라델라는 재미슨이 문을 열자 악어 오른편으로 일직선으로 날아갔다. 악어가 잽싸게 달려들었지만 픽시는 커다란 이빨 사이로 빠져나와 악어의 눈을 찔렀다. 괴물이 으르렁거리며 뒤뚱거렸다. 고통스러운 듯 꼬리를 휘둘렀다.

"자, 출발하자."

나는 라베릭과 재미슨의 뒤를 따라 선실을 빠져나왔다. 우리는 주갑판으로 향했다. 라델라가 앞장서 날아가다가 갑자기 멈춰 섰지만 이미 때는 늦었다. 겹겹이 쌓인 술통 위에 앉아서 책을 읽던 닐리가 쳐다봤다. 그의 뒤쪽으로 배에 남은 보트가 보였다.

"너희들은 방에서 나오면 안 돼. 이런 짓을 하면 벌 받을 거야. 어서 선실로 돌아가."

"닐리, 우린 떠날 거야."

"내가 너희를 보내줄 수 없다는 걸 잘 알잖아, 예쁜 인형. 선장은 장사꾼을 만나려고 부두로 갔어. 너희들 덕분에 드디어 할아버지의 주머니시계를 되살 수 있게 됐어."

닐리가 책을 탁 덮으며 말을 이었다.

"나는 네가 좋아, 인형. 너나 친구들을 다치게 하고 싶지 않아."

"나도 너를 다치게 하고 싶지 않아, 닐리. 우리를 보내줘."

나는 엉덩이에서 나무로 조각한 피스톨을 꺼내 그를 겨눴다.

"그 총은 진짜처럼 보이지 않는데."

"확신할 수 있어?"

닐리가 잠깐 주춤했다. 그가 멈칫거리는 사이 재미슨과 라베릭이 보트를 향해 달렸다. 라델라는 내 곁에 머물렀다. 거인은 동굴처럼 큰 입을 벌리더니 커다랗게 한숨을 쉬고 천천히 일어섰다. 땀으로 손바닥이 축축해졌다. 닐리는 커다란 손으로 피스톨의 총구를 움켜쥐더니 손쉽게 부숴버렸다.

재미슨과 라베릭이 보트를 매단 밧줄을 풀다가 멈춰 섰다. 우리 모두 입을 떡 벌린 채 거인의 손에서 흘러내리는 나무 부스러기를 쳐다봤다. 우리에게 네 번째 계획은 없었다.

"라델라, 부탁해."

픽시가 닐리의 머리 위로 날아가 어지럽게 날아다녔다. 그사이 재미슨과 라베릭은 다시 보트를 수면에 내리기 위한 작업을 시작했다. 밧줄을 당기고 보트 밑에 받쳐놓은 고임목을 치웠다.

나는 거인이 정신없는 사이 그를 지나치려고 했지만 닐리가 먼저 손을 휘둘러 라델라를 쳐냈다. 픽시는 중심을 잃고 돛대로 날아가 부딪혔다. 닐리가 무뚝뚝한 목소리로 나를 불렀다.

"인형, 더 이상 소란 떨지 말고 친구들과 선실로 돌아가. 아니면 감옥에 던져 넣고 너희가 무슨 짓을 했는지 선장에게 모두 고하겠다."

건너편에서 재미슨과 라베릭의 손길이 바빠졌다. 라델라는 중심을 잡고 다시 날개를 펼치며 날아오를 준비를 했다. 나는 거인 앞에서 발을 굳게 디디고 섰다.

"먼저 우리를 붙잡아야 할걸."

그는 팔을 벌려 나를 붙잡으려 했다. 나는 막대기를 들어 그를 향해 찔러나갔다. 그때 어디선가 호루라기가 울렸다. 우리는 갑작스러운 소리에 동작을 멈추고 소리가 난 위쪽을 바라봤다. 돛대 위에 검은 그림자를 드리운 누군가가 검은색 공 같은 물체를 아래로 던졌다. 대포알이었다. 곧이어 무언가 부서지는 끔찍한 소리가 갑판 위에 울려 퍼지면서 거인의 커다란 덩치가 서서히 쓰러졌다.

"세상에, 어머니 마드로나여."

닐리의 머리에서 피가 흘렀다. 의식을 잃었어도 호흡은 일정했다. 돛대에서 오스릭이 사다리를 타고 내려왔다. 나는 그를 향해 막대기를 겨눴다.

"속임수는 없다."

그는 무기가 없다는 표시로 손을 펼쳐 보였다.

"탈출하는 중 아니었나? 하던 일이나 계속해."

"우리를 보내준다고?"

"킬리언 왕자를 풀어주는 것은 선장의 아이디어였지. 나는 그가 영원히 사라지기를 원한다. 나가서 네가 그 일을 해줘."

내가 머뭇거리자 오스릭의 목소리가 높아졌다.

"내 목소리가 안 들리나, 인간 여자? 빨리 떠나라!"

나는 나무 막대기를 단단히 움켜쥐고 보트를 향해 뛰었다.

"곧바로 해변으로 가라."

오스릭이 내 뒤를 따르며 말했다. 그의 발걸음은 누구보다 빠르고 경쾌했다.

"부두 일꾼들에게 게으른 도마뱀이라는 이름의 선술집이 어디 있는지 물어라. 술집 아가씨가 내 이름을 알 것이다. 그곳에서 나를 기다려라."

"우리가 널 어떻게 믿지?"

재미슨이 묻자 오스릭이 허리에 찬 단검을 꺼내더니 자신의 발 옆 갑판 위에 내려놓았다.

"엘프의 창조주에게 맹세한다. 만약 맹세를 깨트린다면 대지가 입을 벌려 나를 집어삼킬 것이고, 바다는 나를 심연 속에 가라앉힐 것이며, 달이 내 머리 위로 떨어질 것이다."

그는 단검 뒤쪽으로 물러섰다. 재미슨이 단검을 집어 들었다.

"좋다. 하지만 킬리언을 잡더라도 여왕에게 데려가야 한다."

"너희 여왕은 킬리언의 상대가 안 될 텐데."

"그 문제는 우리가 알아서 하겠다."

"킬리언을 어떻게 처리할지는 나중에 다시 의논할 수 있다."

오스릭이 뱃전으로 가더니 보트를 수면으로 내리는 밧줄을 붙잡았다.

"캘러한 경, 여기를 풀어줘."

재미슨이 단검을 라베릭에게 건넸다. 그녀는 재미슨과 오스릭이 바다로 보트를 내리는 동안 단검을 들고 오스릭을 겨냥했다. 여우가 보트에 먼저 올라타고 내가 그녀 뒤를 따랐다.

"게으른 도마뱀을 찾아서 최대한 조용히 나를 기다려라. 도망가려 해봤자 남들의 이목만 끌 것이다. 이븐타이드에서 인간은 경멸의 대상이지. 곧 붙잡힐 것이다."

재미슨이 내 뒤를 따라 보트에 올라탔다. 하지만 밧줄의 마지막 꼬인 부분이 나무토막에 걸려 잘 풀리지 않았다. 라델라가 날아가 장애물에 날개 가루를 뿌렸다. 매듭이 걸렸던 나무토막이 사라지자 드디어 보트가 바다 위로 내려가기 시작했다.

바다 위로 내려와 오스릭이 보이지 않자 라베릭이 물었다.

"에벌리, 그를 믿어도 될까?"

"딱히 다른 계획도 없잖아."

재미슨과 나는 노를 집어 들고 부두 쪽으로 저었다. 쫓는 이들도 없었고 경고음도 울리지 않았다. 우리는 찰랑거리는 파도를 넘어 거울 같은 수면 위로 조용히 미끄러졌다.

밤하늘이 기지개를 켜자 수천 개의 작은 푸른빛이 수면 아래에서 반짝였다. 이름 모를 작은 갑각류들이었다. 그들 사이로 알 수 없는 그림자들이 쏜살같이 지나갔다. 재미슨과 나는 노 젓는 속도를 높였다. 라베릭이 선미 쪽을 살폈다. 보트가 무언가에 부딪히자 라델라가 잽싸게 내 주머니 속으로 숨어들었다. 재미슨이 손가락으로 픽시를 가리켰다.

"라델라는 이제 당신을 더 좋아하네요."

"나는 잔소리를 하지 않잖아요."

그가 눈썹을 찌푸렸다. 우리는 부두 위쪽에 보트를 댔다. 라베릭이 먼저 뛰어내렸다. 재미슨이 밧줄을 그녀에게 던졌다. 여우가 밧줄을 묶는 동안 우리도 보트에서 내렸다. 우리는 부두를 따라 내려갔다. 아무도 보이지 않았다. 오로지 수면 아래에서 그림자들이 오갔다. 때때로 지느러미나 꼬리가 수면 위로 물방울을 튕겼다. 수면 아래에는 분명 다른 세계가 존재했지만 우리는 그들에게 속하지 않았다.

모래 해변이 안쪽으로 깊숙이 휘어졌다. 그리고 위쪽으로 길이 하나 나 있었다. 은색 달빛이 점토 건물에 부딪혀 부드럽게 반사됐다. 이븐타이드는 어쩐지 버려진 듯한 느낌이었다. 분주하게 움직이는 수면 아래와는 대조적이었다.

저 멀리 해변 아래쪽에서 양동이를 든 엘프 한 명과 외바퀴 수레를 끄는 거인이 언덕을 올랐다. 육지에서 움직이는 존재는 그들이 전부였다. 재미슨이 발걸음을 멈추고 언덕 위로 이어지는 길을 가늠했다.

"선술집이라면 부두에서 멀리 떨어져 있지는 않을 겁니다."

저들을 기다리는 것보다 직접 찾아 나서는 게 나을 듯했다. 재미슨이 보트 바닥에서 발견한 선원용 삼각모를 썼다. 나는 외투에 달린 후드를 깊숙이 눌러썼다. 라베릭은 해적들이 쓰던 스카프 하나를 해골 표시가 보이지 않게 뒤집어서 머리에 묶었다. 라델라는 내 주머니에 들어가 머리를 내밀고 주위를 살폈다. 우리는 함께 마을로 이어지는 길을 올랐다.

차가운 공기가 바다에서 불어와 우리를 서늘하게 감쌌다. 우리는 언덕 위에 멈춰 서서 미로처럼 여러 갈래로 난 길들을 바라봤다. 길에는 부서진 조개껍질과 산호초 조각이 뿌려져 있었다.

주변의 건물은 모두 조용했다. 어떤 움직임도 없었다. 모두가 잠자리에 든 것 같았다. 우리는 주변을 경계하며 가장 넓은 길을 택해 나아갔다.

대부분 집이 단단히 잠겨 있어서 촛불 한 줄기 새어 나오지 않았다. 세 집 건너 한 집은 버려진 것처럼 보였다. 세찬 바람이 우리를 훑고 지나가 막다른 골목을 향해 몰아쳤다. 재미슨이 좁은 길 쪽으로 방향을 틀자 어디선가 음악 소리가 들려왔다.

흥겨운 멜로디에 이끌려 우리는 커다란 테라스에 사람들로 가득한 단층 건물로 향했다. 우리는 몸을 숙이고 골목을 건넌 다음 판잣집 사이 어둑어둑한 그림자 속에서 소란스러운 술집을 훔쳐봤다.

테라스 울타리에는 격자무늬로 밧줄이 쳐졌다. 술통으로 만들어진 탁자 위에는 촛불이 타올랐고, 구석에서 악사 세 명이 음악을 연주했다. 그들의 노래는 손님들의 목소리에 묻혀 잘 들리지 않았다. 입구 위에 걸린 오래된 노에 술집 이름이 새겨져 있었다. '붉은 달.'

낡은 닭장 위에 앉은 한 무리 요정들을 제외하곤 손님들은 대부분 엘프와 지느러미 인간들이었다. 그들 반대편에 레드몬트 선장이 지저분한 차림새의 한두 명과 테이블에 앉아 떠들고 있었다. 선장보다 덩치가 더 큰 거인과 하얀 가발을 쓴 엘프였다. 아마도 상인들인 것 같았다.

등에서 식은땀이 흘렀다. 재미슨이 내 손을 부드럽게 움켜쥐더니 쓰다듬었다.

"빨리 떠나죠."

내가 선두에 서서 음악 소리가 들리지 않을 때까지 살금살금 선술집을 지나쳤다. 높은 곳으로 올라갈수록 버려진 집들이 더 많아졌다. 길은 멀리 앞쪽으로 굽이굽이 휘어져 산 위쪽으로 이어졌다. 아마도 이곳으로 들어올 때 배에서 본 전망대까지 연결된 것 같았다.

울부짖는 바람 사이로 음악 소리가 희미하게 들렸다. 산비탈 뒤쪽에 세워진 2층 건물에서 났다. 다가가 보니 앞 유리창에 비스듬히 세워진 판자에 '게으른 도마뱀'이라고 적혀 있었다.

안쪽에서 음악이 흘러나오고 오스릭이 안전한 곳이라고 말하긴 했지만 도저히 사람이 살 것 같은 분위기는 아니었다. 나는 마음을 다잡고 출입문으로 다가가 문을 밀었다.

14

 게으른 도마뱀에게서 마른 해초와 럼주 냄새가 났다. 입구 옆 계단은 위층으로 이어졌다. 전혀 올라가고 싶은 마음이 생기지 않는 계단이었다. 우리는 촛불이 비치는 복도를 따라 음악 소리가 들려오는 공간으로 들어섰다.

 선술집 중앙에는 테이블들이 놓여 있었다. 구석에 놓인 빈 테이블을 발견하고 그곳으로 곧장 갔다. 다른 손님들과 눈을 마주치지 않으려고 고개를 들지 않았다. 바를 지나갈 때 주머니 속에서 라델라가 낮게 으르렁거렸다. 무엇이 그녀의 신경을 거슬리게 했는지 알 수 없었다.

 느린 템포의 음악이 신나는 박자로 바뀌었다. 무대 위에 놓인 물이 가득 찬 욕조에서 인어가 노래를 불렀다. 배 안에서 들었던 고통스러운 유혹의 멜로디는 아니었다. 인어는 하늘을 보고 누운 채 검은색 매니큐어를 칠한 손톱으로 욕조 가장자리를 박자에 맞춰 두드렸다. 꼬리지느러미를 욕조 끝에 걸치고 머리카락은 폭포수처럼 어깨 위에서부터 욕조 바깥까지 흘러내렸다. 머리카락은 회색이 깃든 푸른색이었으며 하체를 덮은 비늘은 낮은 보라색 바탕에 하늘색에서 녹색까지 다양한 빛으로 반짝거렸다. 뾰족한 귀에 오닉스처럼 새까맣고 텅 빈 눈동자는 손님들을 바라봤다. 욕조 바깥에 있는 작은 무대에서 엘프 둘이 드럼을 두드리며 박자를 맞췄다.

재미슨이 멈춰 섰다. 그는 꼼짝하지 못한 채 인어에게서 눈을 떼지 못했다. 라베릭이 그의 몸을 붙잡고 테이블로 잡아끌었다. 그는 내 옆자리에 앉고 라베릭은 건너편에 앉았지만 여전히 재미슨은 인어에게서 눈을 떼지 못했다. 나는 후드를 벗고 재미슨의 무릎에 손을 올렸다.

"당신을 유혹하는 소리인가요?"

"아닙니다. 그렇지만 고통이 시작될 것 같아 두렵네요."

그는 손마디가 창백해질 정도로 내 손을 세게 붙잡았다. 옆 테이블에는 새틴 정장을 입은 열한 명의 엘프 신사들이 올리브색 가운을 입은 아가씨와 이야기를 나누고 있었다. 언뜻 봐서는 인간이 우리밖에 없었다. 바텐더가 테이블로 다가왔다. 라델라가 쉿 소리를 질렀다. 그녀는 맨발에 흐트러진 삼베 옷차림으로 은색 머리카락을 마루까지 치렁치렁 늘어뜨렸다. 창백한 금색 눈빛으로 나를 비스듬히 내려다봤다.

"보호자 없이 나왔나? 우리는 인간에게 주문을 받지 않는다."

"**언더토우호**의 일등항해사 오스릭과 만나기로 했다."

"오, 오스릭! 정말 잘생긴 친구지! 기다리는 동안 위스키를 조금 가져다줄게. 이 픽시 친구는 뭘 좋아할까?"

라델라가 그녀를 향해 이빨을 드러냈다. 바텐더는 마치 개처럼 짖는 소리로 대꾸하더니 뒤돌아서 멀어졌다. 라베릭이 놀란 목소리로 물었다.

"저 여자가 짖는 거 봤어? 혹시 셀키 아닐까?"

그녀 말이 맞을지도 몰랐다. 셀키는 바다표범족이다. 땅에 있을 때는 인간의 몸으로, 바다에서는 바다표범으로 변신한다. 우리 세계의 뱃사람들에게 셀키의 이야기를 전해 들은 적이 있었다. 이야기에 따르면 셀키는 인간으로 변신하기 위해 바다표범 껍질을 허물처럼 벗는다고 했다. 그리고 그 껍질을 갖는 이가 그들의 주인이 된다.

"그런 것 같아. 그런데 라델라, 아까 행동은 예의가 없었어."

픽시가 내게 날카롭게 지저귀더니 턱을 삐쭉 내밀었다. 바텐더가 위스키 세 잔과 핑크색 액체가 든 골무를 들고 왔다.

"픽시를 위한 아카시아 꿀이야."

그녀가 무뚝뚝한 말투로 설명하고는 다른 테이블에 주문을 받으러 갔다. 나는 위스키를 한 번에 목구멍으로 들이부었다. 향이 꽤 좋았다. 라델라가 내 주머니에서 날아올라 꿀을 맛보더니 환희에 찬 듯 날개를 부르르 떨었다.

인어의 곡조가 뱃노래로 바뀌었다. 노랫말은 거인의 땅으로 연인을 찾아 떠나는 여자 이야기였다. 근처 테이블에 있던 손님들이 일어서서 춤을 추기 시작했다. 무대가 금세 춤추는 이들로 가득 찼다. 재미슨이 위스키를 삼키더니 컵을 테이블에 내려놓았다.

"에벌리, 우리도 춤출까요?"

"하지만 당신 무릎이…."

"괜찮아요."

재미슨이 일어서더니 내게 손을 내밀었다.

"오스릭이 남의 이목을 끌지 말라고 했어요. 거의 모든 손님이 춤추고 있으니 아무래도 같이 춤을 추는 게 좋을 것 같아요."

나는 도움을 청하는 눈빛으로 라베릭을 쳐다봤다. 그녀는 어깨를 한 번 으쓱할 뿐이었다.

"눈에 띄지 말자고 하는 거잖아. 나가봐. 라델라와 내가 오스릭을 찾아볼게."

나는 마지못해 재미슨의 손을 잡았다. 그는 나를 무대로 이끌고는 자신의 몸쪽으로 끌어당겼다.

"결혼식 밤에도 우리는 춤추지 못했잖아요."

"그때는 내가 당신 목을 조르려 했기 때문에 그랬죠."

그가 살짝 웃더니 내 허리에 두른 팔에 힘을 줘 바짝 끌어당겼다. 신나는 음악과 어울리는 동작은 아니었지만 우리는 박자에 맞춰 몸을 움직였다. 그의 부드러운 목소리가 귓속을 파고들었다.

"오늘 우리가 함께 춤출 거라고 상상이나 했어요?"

"춤꾼이었군요, 캘러한 경."

"당신도 마찬가지네요, 캘러한 부인."

그때 오스릭이 술집 안으로 들어왔다. 그는 바텐더를 찾아 이야기를 나누더니 곧장 우리 쪽으로 왔다.

"지금 떠나야 한다. 곧바로."

그리고 조개껍질처럼 생긴 동전 한 줌을 테이블 위에 던져놓왔다.

"엘프 경비병들이 오고 있어."

라델라가 내 주머니로 날아들었다. 오스릭이 무대를 가로질러 우리를 이끌더니 뒷문으로 향했다.

"엘프 근위병이 누구지?"

"엘프 여왕의 명을 따르는 병사들이다. 여왕은 분명 자기 오빠가 이곳에 있다는 연락을 받은 것 같아."

경계심으로 목이 뻣뻣해졌다. 마크햄이 이븐타이드에 있다고? 오스릭은 뒷문을 나와서 달을 올려다보더니 소리 죽여 술집을 한 바퀴 빙 돌았다. 그가 바위 뒤에 몸을 숨기자 우리도 자세를 낮춰 그림자 속으로 몸을 숨겼다. 곧이어 바람 소리 너머로 다른 소리가 들려왔다.

저벅, 저벅, 저벅.

한 무리의 남자들이 산 위에서 내려왔다. 모두 검은색 제복을 입었고, 상체의 조끼에서 은빛 체인이 빛났다. 다섯 남자는 마치 한 사람처럼 동작을 맞춰 움직였다. 절제된 모습은 늑대처럼 위험해 보였다. 달빛에 뾰족한 귀와 허리에 찬 검이 비쳤다. 오스릭이 몸을 더 낮게 웅크렸다. 우리는 거의 땅바닥에 엎드린 자세로 숨을 죽였다.

근위병들 뒤로 길을 좌우로 어슬렁거리며 코를 킁킁대는 커다란 검은 개가 따라왔다. 거의 작은 곰만 한 크기에 다리가 길고 털이 덥수룩했다. 근위병들이 빠른 속도로 옆을 지나갈 때 나는 숨을 멈췄다. 검은 개가 우리 쪽으로 다가왔다. 다행히 앞서 가던 근위병이 뒤를 돌아보자 커다란 개가 빠른 걸음으로 그들

쪽으로 쫓아갔다.

"저게 뭐지?"

재미슨이 참았던 숨을 내쉬며 속삭였다.

"바르게스트다. 엘프로부터 추적 훈련을 받은 사냥개지. 추적 명령을 받으면 귀신처럼 뒤를 쫓는다."

오스릭이 나지막이 답했다. 내가 일어서려 했지만 오스릭이 몸을 낮추라는 손짓을 했다. 그는 단검을 뽑아 들었다. 선술집 지붕 위에 누군가가 있었다. 오스릭이 일어서더니 앞으로 나섰다.

"그곳에서 내려와라, 킬리언."

처음에는 아무 대답이 없었다. 잠시 후 두 사람이 지붕에 매달려 내려오더니 우리 앞에 섰다. 나 역시 분노로 치를 떨며 일어섰다. 마크햄과 할로우였다. 전에는 없었던 검과 흉갑을 차고 있었다.

"아직 감이 많이 떨어지지는 않았구나, 오스릭."

"넌 왜 여기에 있지?"

"바닷속 에버블루에 들어가려면 필요한 게 있어서."

재미슨이 할로우를 막아섰다.

"엘프 근위병들이 바르게스트와 함께 네 뒤를 쫓고 있다. 네 누나가 분명 네가 저지른 악행을 알았을 것이다. 그들에게 항복해라, 킬리언."

마크햄은 비웃는 표정으로 오스릭의 말을 무시한 채 나를 향해 말했다.

"이 얼간이에게 도움을 간청했나 보구나."

"너는 또다시 나를 속였다."

"네가 화가 난 건 잘 알겠다, 에비. 하지만 너도 나를 속이려고 하지 않았느냐? 내가 모를 줄 알았나? 넌 나를 아이슬린 여왕에게 바치고 사면받으려고 했지. 널 쉽사리 믿을 만큼 난 바보가 아니야."

그의 놀라운 뻔뻔함에 내가 할 말을 잃은 사이 그가 물었다.

"에버블루로 향하는 길을 찾았느냐?"

마크햄이 옆구리에 멘 가방을 손으로 두드렸다.

"나는 그곳에 가기 위해 거래를 했지. 내 뒤를 쫓아오려면 머리를 많이 써야 할 거야."

오스릭이 끼어들며 물었다.

"도대체 뭐로 버블 토닉을 샀느냐?"

"아무것도 없었다면 거래할 수 없었겠지."

할로우가 목덜미를 쓰다듬으며 대신 대답했다.

"너, 어머니의 목걸이는?"

내 질문에 그녀가 나를 향해 검을 흔들며 대답했다.

"참견 말고 네 신세나 걱정해."

할로우가 절대 내 친구가 될 일은 없겠지만 이건 분명 잘못됐다.

"마크햄이 네 목걸이를 판 거야, 할로우? 네 부모님이 남겨준 소중한 보물이잖아."

그녀는 대답 없이 맨살이 드러난 목을 다시 어루만졌다. 얼핏 멍 자국도 보였다.

"마크햄은 너를 이용만 할 뿐이야. 그런 건 사랑이 아니야."

"심장이 없는 소녀의 입에서 별소리가 다 나오는구나. 심장도 없는데 사랑이 뭔지나 아느냐?"

마크햄이 비웃으며 말하고는 오스릭을 향해 몸을 돌렸다.

"그만 헤어져야겠네, 오랜 친구."

"자수해라, 킬리언. 잘못을 뉘우치고 제발 단 한 번이라도 옳은 행동을 해라."

"자수를 하라고? 오호, 흥미로운 제안이군."

마크햄이 재미슨 쪽으로 고개를 돌리더니 자신의 검을 던졌다. 재미슨이 반사적으로 받아 들고는 당황한 표정으로 검을 내려다봤다.

"바르게스트는 표적의 냄새가 묻은 대상은 무엇이든지 쫓도록 훈련받았다. 재킷에 묻은 표적의 머리카락 한 올도 그 추적을 피할 수 없지. 특히 표적의 물건에 손을 댄 사람이라면 어떻게 될까? 자, 캘러한 대위. 무릎은 이제 괜찮아졌나? 그럼 지금부터 누가 더 빠른지 나와 달리기 경주를 해볼까?"

재미슨이 검을 땅바닥에 내던졌다.

"나쁜 자식."

"네 반응을 보니 아마도 달리기 시합은 보나 마나 내 승리로군."

마크햄이 입술을 모으더니 날카롭게 휘파람을 불었다. 커다란 소리가 산봉우리 사이로 메아리를 치며 이어졌다. 거의 동시에 서글픈 괴물의 울음소리 같은 개의 울부짖는 소리가 밤공기를 채웠다. 오스릭의 얼굴이 공포로 하얗게 질렸다.

"도망쳐!"

일등항해사가 산비탈을 달려 내려갔다. 재미슨과 라베릭, 그리고 내가 그의 뒤를 따라 자갈이 깔린 경사면을 내달렸다. 다시 바르게스트의 울부짖는 소리가 들려왔다. 라델라가 앞장서서 날았다. 그녀의 반짝이는 불빛이 밤공기에 푸른 선을 긋는 것 같았다.

우리 위에서 여자의 비명이 들렸다. 나는 내려가던 발걸음을 늦추고 위를 올려다봤다. 재미슨이 뒤돌아보며 재촉했다.

"에벌리, 빨리!"

"할로우 같아요."

"지금 우리는 도와줄 수 없어요."

라델라가 제일 선두에서 날아가다가 재미슨과 내 쪽으로 돌아와서 서두르라는 몸짓을 했다. 나는 다시 발걸음을 뗐다가 넘어지고 말았다. 우리는 서로를 부축해 간신히 산 아래로 접어들었다. 오스릭이 달려가던 속도를 늦추더니 우리를 길 밖으로 이끌었다. 우리는 오두막의 그림자에서 그림자로 옮겨가며 이동했다. 어두운 골목을 가로지르자 선술집 붉은 달이 보였다. 라델라는 술집이 가까워지자 다시 내 주머니 속으로 날아들어 몸에서 나는 불빛을 숨겼다.

손님들이 모여 있던 테라스는 조용했다. 음악을 연주하던 악사들도 사라지고 없었다. 손님은 달랑 셋이었다.

"도대체 어디로 도망친 거야!"

레드몬트 선장이 고함을 질렀다. 오스릭이 골목에서 멈춰 섰다. 우리는 벽에 바짝 붙어 밤의 어둠 속에 몸을 숨겼다. 앞서 그와 함께 술을 마시던 하얀 가발을 쓴 엘프와 거대한 거인이 선장을 땅바닥에 내리눌러 꼼짝 못 하게 했다. 단단한 근육질의 거인이 레드몬트의 가슴을 다리로 조르며 목에 밧줄을 걸었다. 엘프는 날카로운 단검을 선장의 왼쪽 눈에 들이대고 위협했다. 자세히 보니 다른 해적선 선원들은 모두 테라스 바닥에 의식을 잃은 채 누워 있었다. 한바탕 난투극 끝에 엘프와 거인이 승리한 듯했다. 레드몬트 선장이 목이 졸린 상태에서 가까스로 말을 이어갔다.

"내 일등항해사가 그들을 데려올 것이다. 그 소녀의 심장을 볼 때까지만 기다려라."

"시계태엽심장을 가진 소녀라니 애초에 거짓말이었잖아."

엘프가 으르렁거렸다.

"게다가 지금 엘프 근위병까지 마을에 나타났어. 네가 우리를 골탕 먹이려고 불러들인 게 분명해."

"절대 아니야."

레드몬트 선장이 조여오는 밧줄을 붙잡고 숨을 헐떡였다. 오스릭이 골목 반대편으로 손짓했다. 우리는 그의 뒤를 따랐다. 우리는 한 명씩 술집을 지나쳐 다시 경사면을 내려가기 시작했다. 라델라가 내 주머니에서 나와 다시 앞장섰다. 픽시의 푸르스름한 빛이 길 위에 일렁였다. 선장의 애원 소리가 들리지 않을 만큼 멀어졌을 때 나는 오스릭에게 선장이 어떻게 될지 물었다.

"죽이지는 않을 거다."

뒤쪽에서 다시 괴물개의 울음소리가 들려왔다. 오스릭이 헛간 사이로 총알처럼 뛰어들더니 담장 밑으로 몸을 낮췄다. 우리는 부두 앞 바다로 이어지는 언덕에 다다랐다.

"마을에 머무는 것은 안전하지 않아. 눈에 띄지 않는 장소를 한 군데 알고 있다. 바짝 붙어서 쫓아와라. 아무래도 분위기가 심상치 않다."

오스릭이 가파른 경사면에서 물러나 잡초 사이로 난 자갈길로 우리를 이끌었다. 해변에서 인어들이 흥겹게 재잘거리는 소리가 여기까지 들려왔다. 수면 아래에는 여러 생명체로 북적거렸다.

"저 아래에서 뭐 하는 거지?"

"물속 시장이 열렸다. 물건들을 사고파는 거야."

마을의 등불이 희미해지고 파도는 여전히 빛났다. 항구에 정박한 해적선의 등불도 꺼져 있었다. 길이 좁아지더니 절벽 가장자리에서 끊겼다. 나는 지친 몸과 마음을 추슬러 아래로 떨어지지 않으려고 정신을 집중했다. 재미슨은 다리를 절기 시작했다. 우리는 마침내 항구 입구에 있던 절벽 꼭대기의 감시탑에 도착했다. 오스릭이 먼저 안으로 들어갔다.

"이곳엔 아무도 없다. 경비병이 오래전에 죽었고 그를 대신할 사람은 아직 오지 않았어."

건물 안의 모든 벽은 곡선이었다. 가구는 보이지 않았다. 휴대용 침낭과 스툴 위에 놓인 랜턴뿐이었다. 하나 있는 방 한가운데에 지붕으로 연결된 계단이 있었다.

라델라가 주머니에서 나와 원통 모양의 탑 위로 날아올랐다. 그녀는 벽 가운데쯤에 난 벽돌 사이 틈에 내려앉더니 휴식을 취했다. 분명 많이 지쳤을 터다. 라베릭에게 침낭을 주고 재미슨과 나는 옥상으로 올라갔다. 모든 방향으로 탁 트여 바다와 육지가 사방으로 펼쳐졌다. 발밑에는 불로 검게 그을린 봉화대가 있었다. 한때는 밤바다를 항해하는 배를 위해 불이 활활 타올랐을 것이다. 우리는 올라온 입구를 등지고 얼룩진 차가운 돌 위에 앉아 바다를 지그시 바라봤다.

"아무래도 엘프 근위병들에게 할로우가 붙잡힌 것 같아요."

우리 둘 다 마크햄은 당연히 도망쳤을 거라고 생각했다. 그때 오스릭이 지붕 위로 올라와 우리 곁에 앉았다. 그는 긴 다리를 쭉 뻗더니 주머니에서 사과를 꺼내 마치 배가 고프지 않냐는 표정으로 우리를 바라봤다. 그에게 감사를 전하는 것보다 궁금한 것이 너무 많았다.

"당신은 선장을 배신하고 우리를 풀어줬어. 그 정도로 마크햄을 증오하나?"

오스릭이 굳은 표정으로 사과를 무릎에 문질러 닦았다.

"나는 킬리언이 브레아에게 무슨 짓을 했는지 매일 생각한다. 그녀가 떠나기 전에 나는 동생 얼굴에서 멍 자국을 발견했다. 넘어졌다고 변명했지만 누군가에게 맞았다는 걸 눈치챘지. 하지만 그녀는 방어적인 자세로 늘 입을 굳게 닫아버렸다. 그러더니 곧 킬리언과 함께 도망가버렸다. 그 뒤로 매일매일 그녀를 구하려고 더 노력하지 않은 나 자신을 저주하며 지낸다. 지금까지도…."

나는 할로우의 멍 자국이 떠올라 속이 메슥거렸다. 마크햄 왕자와 브레아 사이에도 비슷한 일이 일어났을 것이다.

"엘프 근위병들은 어디서 나타난 거지?"

"먼저 이곳 이븐타이드가 장사꾼들이 모여드는 전초기지라는 것을 알아야만 해. 항구에 배가 얼마나 정박해 있는지에 따라 모여드는 사람 수가 달라지지. 지금은 *언더토우호*가 이곳에 정박한 유일한 배야. 하지만 대개는 10여 척 이상일 때가 많지. 세계 여기저기에서 장사꾼들이 이익을 보려고 이곳을 방문한다."

오스릭이 반짝반짝 윤이 나는 빨간 사과를 들어 올렸다.

"이 세계에서 육지는 그리 넓지 않고 그나마 있는 땅도 척박해. 쓸 만한 자원은 바다에서 나오거나 다른 세계를 통해 들어온다."

"장사꾼들은 이곳에 어떻게 들어오는데?"

"산 정상에 있는 구조물을 봤는지 모르겠는데…, 그건 하늘에 있는 관문으로 연결된 거대한 계단이다."

우리 셋은 일제히 산 정상 쪽으로 눈길을 돌렸다. 높은 산봉우리는 절반쯤 눈에 덮여 달빛에 하얗게 빛났다. 다른 절반은 어두운 그림자 속에 숨어 있었다. 내가 전망대라고 생각했던 구조물이 정상에 서 있었다. 저기에 관문이 있다. 고향으로 돌아갈 수 있는 길이다. 나는 재미슨의 손을 찾아 더듬었다. 그가 내 손을 힘주어 잡더니 함께 그곳을 바라봤다.

"인어왕 도리언이 요정 보가트에게 저 포털의 출입을 통제하는 일을 맡겼다. 다른 관문은 에버블루 너머 깊은 바닷속에 있고 왕의 병사들이 지키지. 인어왕의 허락 없이는 어느 쪽 관문으로도 여행할 수 없다."

"에버블루 근처의 관문이 공포의 도르카가 통과한 곳이겠군."

재미슨의 말에 오스릭이 고개를 끄덕였다.

"내일 우리는 수집가인 내 친구를 찾아갈 것이다. 그녀는 아마도 마크햄이 사들인 양보다 더 많은 버블 토닉을 가지고 있을 거야. 버블 토닉은 육지의 생물이 바닷속에서 숨을 쉴 수 있게 해주는 매우 귀한 물건이지."

"우리가 인어왕을 만나기 위해 바닷속으로 들어가는 것보다 중요한 일이니 찾아와 달라고 부탁해보는 게 더 낫지 않을까?"

재미슨이 오스릭에게 물었다.

"도리언 왕은 거의 자신의 성을 떠나지 않는다. 레드몬트 선장이 검을 넘겨줄 때도 경비병이 와서 검만 가져갔다."

"그는 왜 성을 떠나지 않지? 지느러미 인간들 때문인가?"

"도리언은 자신의 딸들과 대부분 시간을 보낸다. 얼마 전 아내를 잃은 후부터 가족 곁을 떠나지 않는다. 딸들이야말로 그에게 가장 소중한 보물이지. 아벨린의 검도 큰딸을 위한 선물로 산 거야."

인어 공주가 내 검을 가지고 있다고 생각하니 어떻게 되찾을지 머릿속이 복잡해졌다. 나는 최대한 부정적인 생각을 떨치고 긍정적인 감정을 끌어올리려고 노력했다. 오늘 우리는 해적선에서 탈출해 고향으로 돌아갈 관문의 위치까지 알아냈다. 나는 오늘의 성과에 감사하는 마음으로 내일 새로운 경주를 시작할 것이다.

1
 5

초원 위에 안개가 어른거렸다. 마치 용이 내뱉는 입김 같았다. 내가 탄 상아색 암말이 겁에 질려 몸을 뒤틀었다. 우리는 흐릿한 안개 속으로 전진했다. 석탄재가 내려앉아 거무칙칙해 보이는 검은 숲을 향하는 우리 일행 옆으로 한 무리의 부대가 함께했다. 재미슨이 옆에 있었다.

들판 건너편 흐릿한 안개 사이로 무언가 우리 쪽으로 다가왔다. 일정하게 울리는 수많은 발소리에 나뭇가지가 떨리고 내 입안이 바짝 말랐다. 머리에 쓴 투구 틈으로 반대편 군대의 윤곽이 보이기 시작했다. 마치 시체를 잡아먹는 거대한 귀신 같았다. 나는 고삐를 잡아 말의 속도를 늦췄다. 내 시계태엽심장이 점점 거칠게 뛰었다.

벼락 치는 소리가 고막을 울리면서 행진이 갑자기 멈췄다. 침묵 속에서 온 세상이 상대편 거인 부대 앞에 움츠리는 것 같았다. 적의 병사들은 나무보다 키가 크고 거대했으며 신전의 거석보다 두껍고 튼튼해 보였다. 모든 병사가 고대의 병기로 무장했다. 깃털이 달린 투구를 쓰고, 신들의 세상을 새긴 방패를 들고, 두꺼운 은색 쇠사슬 갑옷을 입었다. 긴 검과 전투용 도끼를 치켜들고 허리에는 곤봉을 찼다.

나는 팔을 들어 올렸다. 손에는 길고 가벼운 검이 들려 있었다. 거인을 향해 휘두르기에는 적합해 보이지 않았다. 들판 건너편에서 전투 나팔이 울리며 날카롭게 대기를 찢었다. 말이 놀라 앞발을 치켜들어 나를 내동댕이쳤다. 나는 땅바닥에 부딪히며 검을 놓쳤다. 말은 안개 속으로 달아나버렸다. 일어서면서 살펴보니 병사들이 나를 버리고 각자 살길을 찾아 나무 사이로 흩어지고 도망치고 있었다.

나팔소리가 그치자 거인들이 돌진해 왔다. 나는 검을 찾았지만, 어디에서도 보이지 않았다. 적들은 순간순간 가까워졌다. 나는 숲을 향해 달렸다. 그때 무언가 반짝이는 것이 눈에 띄었다. 아벨린의 검이 해초가 무성한 곳에 놓여 있었다. 황금빛 손잡이에 내 손가락이 감겨지자 검날이 하얗게 빛을 발했다. 거인들이 빠르게 다가왔다. 내가 검을 들었을 때 첫 번째 적이 내 앞에 다다랐다.

밧줄처럼 두꺼운 머리카락이 성벽 같은 어깨 너머로 치렁치렁 흔들렸다. 잔인한 미소가 입가에 머물렀다. 그가 서서히 내 몸 위로 고개를 숙이자 그의 얼굴이 마크햄으로 순식간에 변했다. 나는 빛나는 검을 들어 왕자의 형체를 향해 휘둘렀다. 그는 등골이 오싹한 휘파람을 불며 기다란 검을 내리쳤다. 서로 무기를 부딪치며 맹렬한 불꽃이 튀었다. 나는 마치 벼락이 내리치는 듯한 충격을 받고 튕겨 나와 땅 위를 뒹굴었다.

밤하늘에는 무심한 별빛이 끝없이 이어졌다. 일어나 앉았지만 머리가 지끈거리고 심장이 두근거렸다. 잔인한 전쟁터와 군대는 사라졌다. 불행히도 내 검 역시 보이지 않았다. 나는 여전히 항구를 내려다보는 감시탑 위였다. 재미슨은 내 옆에서 잠들었다. 오스릭이 가까운 곳에서 바다를 내려다보며 보초를 서고 있었다.

나는 다시 등을 대고 누워 차가운 별빛을 올려다봤다. 꿈속에서 들었던 마크햄의 끔찍한 휘파람 소리가 아직도 귓전을 울렸다. 검을 붙잡았던 손아귀가 뻐근했다.

동이 트면서 수평선이 밝아올 때쯤 해적선 *언더토우호*가 닻을 올리고 바다를 향해 항해를 시작했다. 오스릭은 옥상을 떠나지 않고 배가 지나가는 모습을 신중하게 살폈다. 라베릭과 라델라는 퀴퀴한 냄새가 풍기는 물통과 마른 해초를 찾아냈다. 나는 소금기가 남아 몹시 짠 해초를 우물거렸다. 오스릭이 문을 벌컥 열고 들어왔다.

"배가 떠났다. 수집가의 동굴은 여기서 빠른 걸음으로 반나절 거리다. 우리도 출발해야 한다."

나는 대답 없이 무거운 발을 움직여 그의 뒤를 따랐다. 실안개가 뿌옇게 마을과 앞바다를 덮었다. 우리는 감시탑을 돌아 바위투성이 해변으로 이어지는 오솔길을 내려갔다. 해안선을 가로지르는 험준한 바위를 따라 서쪽으로 향했다. 라델라가 내 시계태엽심장 옆 주머니에 올라탔다.

"왜 해변을 따라가지? 사람들 눈에 띄기 쉬운데."

재미슨이 묻자 오스릭이 대답했다.

"이곳과 섬 서쪽 사이에는 깊은 골짜기가 있다. 중심부를 가로지르기보다 이렇게 빙 둘러 가는 편이 더 빠르다."

우리는 정오가 될 때까지 쉬지 않고 걸었다. 안개가 스러지며 태양이 나타났다. 그 옆에는 거대한 달이 함께 떴다. 라델라가 주머니에서 머리를 내밀어 햇빛이 반사되는 파도를 힐끔거리더니 다시 숨었다.

오스릭은 걸어가면서 식사를 하라고 말했다. 힘이 떨어지면 안 되기에 우리는 마른 해초를 질겅질겅 씹으며 걸었다. 그는 끊임없이 사과를 꺼내어 먹었다. 그에게 슬슬 짜증이 났다. 잠시 후 그가 또 새빨간 사과를 꺼내자 나는 더 이상 참지 못했다.

"혼자 먹으니까 더 맛있나요?"

"인간족은 엘프 과수원에서 자란 매혹의 사과를 먹을 수 없다. 우리는 창조주의 힘이 깃든 특별한 씨앗으로 이 사과를 기른다. 매혹의 사과를 먹으면 엘프는 나이를 먹지 않지만 다른 생명체에게는 독이 된다."

그는 사과를 한입 베어 물고 말을 이어갔다.

"매혹의 사과를 먹은 엘프는 다른 엘프보다 더 오래 살지만, 문제는 세월이 갈수록 더 많은 사과를 먹어야 해."

"우리는 왜 그런 사과에 대해 한 번도 들어본 적이 없을까?"

라베릭이 의심스러운 눈초리로 물었다.

"매혹의 사과는 오직 약속의 땅에서만 자라기 때문이다. 그리고 우리 세계에서 사과 씨앗을 가져가는 행위는 엄격하게 금지

되어 있다."

"그렇다면 당신은 어떻게 여기에 가져왔지?"

재미슨이 대화에 끼어들며 물었다.

"장사꾼들에게 샀다. 오래전 킬리언 왕자와 나는 우리 세계에서 매혹의 사과를 훔쳐내 파는 일도 했지. 우리가 그만둔 뒤로 다른 배들이 그 일을 차지했다."

"한 번도 잡힌 적은 없었어?"

"한 번은 땅속 요정 장사꾼들에게 속아 목이 달아날 뻔했지."

오스릭이 헛웃음을 지었다.

"나는 돈을 벌기 위해 한 일이었지만 킬리언 왕자는 그저 위험 자체를 즐겼다. 반역의 기회를 노렸지. 그는 엘프 여왕인 자기 누나를 괴롭히고 싶어 했다."

오스릭이 매혹의 사과를 씹으며 오솔길을 내려갔다. 그와 마크햄의 우정은 오래전에 끝났지만 어두운 기억은 언제까지나 사라지지 않을 것이다.

파도가 더 가까이 들이쳤다. 우리는 길을 살피기 위해 언덕 위 바위산으로 올라갔다. 서쪽으로 좁은 길이 길게 나 있었다. 그 끝에 이리저리 비틀린 나무 한 그루가 서 있었다. 우리는 사형집행인 곳으로 들어섰다. 희미하게 뛰는 심장 위에 손을 올리고 언덕길을 오르느라 가빠진 호흡을 진정시켰다. 재미슨이 눈가로 내 상태를 살폈다.

"이쪽 길로."

오스릭이 가리킨 방향으로 내려가 자갈이 깔린 길에 들어섰다. 두 사람 정도 탈 만한 조그만 보트 두 척이 해변에 묶여 있었다. 바위 뒤에서 땅속 요정이 뛰어나와 조그만 창을 휘둘렀다.

"나야. 그리고 여기는 내 인간 친구들이다."

오스릭의 말에 요정은 알아들을 수 없는 말로 중얼거렸다. 오스릭이 보트를 향해 손짓했다.

"보트를 타고 그녀를 좀 만날 수 있을까?"

요정이 다시 뭐라고 중얼거리다가 내 주머니에서 고개를 내미는 라델라를 보고 낮게 으르렁거렸다. 픽시가 맹렬하게 날개를 떨며 높은 휘파람 소리를 질렀다. 요정과 픽시는 에버우드에서는 사이가 좋았지만 이곳에서는 사정이 다른 것 같았다. 나는 땅속 요정에게서 몸을 돌려 픽시를 진정시켰다.

"라베릭, 이 배에 올라라. 재미슨과 에벌리는 저쪽 보트에 타라. 서둘러야 한다. 이제 곧 높은 파도가 칠 것이다."

재미슨과 나는 다른 보트에 올랐다. 땅속 요정이 보트를 묶은 밧줄을 풀었다. 우리는 해변을 벗어나 낮은 파도 속으로 나섰다. 오스릭이 수직 암석 기둥이 즐비한 해안을 따라 방향을 잡았다. 그러더니 가장 거대한 기둥을 향해 직선으로 나아갔다. 하얀 돌 기둥이 너무 커서 태양마저 가릴 정도였다. 기둥의 아래쪽에는 둥근 아치 모양의 통로가 있었다. 오스릭의 보트가 통로를 통과해 석조 구조물로 미끄러져 들어갔다. 재미슨과 나는 파도에 밀려나지 않게 열심히 노를 저어 따라갔다.

우리는 둥근 천장을 지나쳐 큰 동굴로 들어섰다. 안쪽 수면은 푸른빛으로 유리처럼 반짝거렸다. 낮은 천장의 하얀 바위가 수면에 반사되자 대담하고 꿈결 같은 코발트색으로 변했다. 잠시 주위를 살피는 사이 앞서가던 보트가 보이지 않았다. 여러 갈래로 이어진 동굴 중 한 곳으로 사라진 듯했다.

"어느 쪽이죠?"

"모르겠어요. 라델라, 좀 찾아줄래?"

픽시가 가장 가까운 동굴을 향해 날아갔다. 나는 보트 난간을 붙잡고 잠시 휴식했다. 재미슨이 몸을 내게로 기울이며 입을 열었다.

"에벌리, 안색이 좋지 않습니다. 혹시 심장 때문이에요?"

"괜찮아요."

"내가 한번 살펴볼게요."

재미슨이 내 셔츠의 단추를 향해 손을 뻗었다. 나는 몸을 뒤로 피했다.

"닐리가 벌써 두 번이나 살펴봤어요. 정상적으로 작동하고 있어요."

재미슨이 수염이 덥수룩한 턱을 안타깝다는 듯 문질렀다.

"우리 결혼식 날 밤 내가 원했던 걸 기억해요?"

"당신은 정직하길 원했죠. 그리고 나는 진실을 말하고 있어요, 재미슨. 이제 그만 걱정해요."

내가 그의 뺨을 쓰다듬으며 말했다.

"당신은 그저 나와 함께 있어주면 돼요."

그가 내 손목을 잡더니 손바닥에 입을 맞췄다.

"언제나 당신과 함께할게요."

그의 감정이 고스란히 전해졌다. 재미슨의 입술이 점점 다가오자 내 마음이 약해졌다. 나도 모르게 내 몸이 그에게 기울었다. 눈꺼풀이 스르르 감기고 입술이 저절로….

"딴짓 말고 서둘러라!"

오스릭의 외침이 들렸다. 안쪽 동굴 중 하나에서 앞선 보트가 되돌아 나왔다. 라델라가 돌아오더니 친구들을 향해 노를 젓는 우리 보트 앞에서 방향을 잡았다. 천장이 낮아졌다. 아니 정확히 말하면 수면이 점점 높아졌다. 밀려오는 파도가 우리를 위쪽으로 밀어 올렸다.

우리는 좁은 통로를 가까스로 통과해서 오스릭과 라베릭이 탄 보트를 따라갔다. 계속 차오르는 물이 우리를 동굴 천장까지 들어 올렸다. 우리는 몸을 힘들게 숙인 채 노를 저어야만 했다.

모퉁이를 돌아 나가자 갑작스레 커다란 동굴로 이어졌다. 천장 일부분이 침식되어 뚫렸고, 그곳에서 쏟아지는 햇빛에 눈이 부셨다. 오스릭과 라베릭이 돌출된 바위에 보트를 대고 묶었다. 우리도 그 옆으로 보트를 저어 다가갔다. 여기서부터는 천장까지 물이 차올라 보트를 타고 나아갈 수가 없었다. 그리고 바닷물 사이를 가로지르는 바윗길이 나 있었다. 바위에는 바닥부터 벽을 따라 무언가가 조각되어 있었다. 살펴보니 날짜와 누군가의 이름이 각각 다른 글씨체로 빽빽하게 새겨져 있었다.

"이걸 봐."

라베릭이 벽에 새겨진 글을 두드렸다.

"이 사람은 자신의 이름을 300년 전에 새겼어."

"이건 400년 전이네."

"이 사람들은 누구지?"

재미슨이 오스릭을 향해 물었다.

"내 친구의 친절을 찾아온 손님들이다. 이들은 그녀가 자신의 이야기를 더 잘 기억해주길 바라는 마음에서 여기 벽에 이름을 새겼다."

"여기 이름 중 아는 사람이 있어?"

"여기 이분이 내 이모할머니."

오스릭이 이름 하나를 가리키며 말했다. 자신의 세계에 관해 이야기하는 그의 목소리에는 언제나 슬픔이 가득했다.

"지금쯤은 아마 돌아가셨을 거야."

그의 아픔이 내게 전해졌다.

"고향으로 돌아갈 생각은 안 해봤어?"

"이미 너무 많은 시간이 흘렀어. 내가 떠난 고향은 이제 내가 돌아갈 고향이 아니다."

우리는 벽을 마주 보고 섰다. 내 눈높이에 커다랗게 새겨진 이름 하나가 보였다. 킬리언 마크햄. 300년 전 날짜였다.

"마크햄의 진짜 나이는 몇 살이지? 나한테는 아직 사백 살이 되지 않았다고 했는데."

"그는 나와 비슷해. 아마 육백 살 정도 될 거다."

딜컥 겁이 났다. 마크햄이 시간을 속이고 불사의 몸이 된 건 350년 전이었다. 그런데 그는 이미 그전에도 그만큼의 세월 동안 세상을 거닐었다. 만약 사람이 시간 속에서 경험을 쌓고 지혜를 얻는다면 어떻게 내가 그를 이겨낼 수 있겠는가? 그의 나이는 극복할 수 없는 장벽처럼 높았다.

"그의 이름 위에 네 이름을 새겨라. 훨씬 더 크게. 만약 그가 이곳에 돌아와서 본다면 몹시 불쾌할 것이다."

나는 오스릭의 검을 받아 내 이름을 깊고 크게 새기고 그 옆에 날짜까지 새겨 넣었다. 나는 이곳에 이름을 새긴 사람들의 이야기가 궁금했다. 그리고 이곳 주인이 어떤 인물인지도 무척 궁금했다. 그녀는 마크햄을 위해 무슨 일을 해줬을까?

"오스릭 당신의 친구는 무엇을 수집하는 거지?"

"뮤리엘이 직접 말해줄 거야. 그녀의 힘은 누구와도 비교할 수 없지."

"그녀의 힘?"

재미슨이 벽 아래쪽에서 물었다.

"뮤리엘은 이 부근에서 바다 마녀로 알려진 할멈이다. 나는 그녀를 만나기 전에 이 조각들을 너희들이 보기를 바랐다. 그녀가 어려움에 빠진 사람들을 얼마나 많이 도왔는지 알 수 있을 테니까."

슬며시 불안감이 들었다. 내가 아는 유일한 마녀는 가시나무 숲에서 만났던 할멈이었다. 그녀는 사과로 우리를 유혹해 죽여서는 뼈다귀로 집을 지으려고 했다.

"불안해할 필요 없어. 이걸 보면 너도 안심할 거야."

오스릭이 동굴 출구 쪽에 세워진 바위 틈새 앞에서 멈춰 섰다. 출구 근처의 벽 위에 그의 서명이 새겨져 있었다.

"나도 뮤리엘에게 도움을 받았다."

재미슨과 나는 서로를 바라보며 선뜻 발걸음을 떼지 못했다. 하지만 라델라가 앞장서서 날아오르더니 우리에게 빨리 오라는 듯 손짓을 하고는 벽에 난 빈틈으로 사라졌다.

"용감한 픽시로군. 뮤리엘이 기다린다."

그러더니 오스릭 역시 빈틈으로 사라졌다. 라베릭이 벽에 새겨진 그의 이름을 지그시 바라보더니 볼 안쪽을 살짝 깨물었다.

"바다 마녀가 클라렛을 찾을 수 있게 도와줄까?"

"그녀가 얼마나 많은 사람을 도왔는지 봐봐."

"하지만 뭔가 대가를 바라지는 않을까요?"

재미슨의 말에 라베릭이 입술을 지그시 깨물었다.

"상관없어요. 클라렛만 무사하면 돼요."

여우는 기다란 적갈색 머리카락을 말아 올리더니 빈틈으로 몸을 집어넣었다. 나는 그녀를 따라나섰다. 하지만 재미슨이 막아섰다.

"느낌이 별로 좋지 않아요. 오스릭은 우리를 마녀에게 데려온다고 미리 말을 해야 했어요."

"어차피 지금 우리 힘만으로는 할 수 있는 게 없잖아요. 우리는 도움이 필요해요."

그가 한숨을 쉬며 혼잣말을 하더니 몸을 돌려 나를 따라왔다. 입구를 완전히 지날 때가 되어서야 그가 무슨 말을 했는지 이해할 수 있었다.

내가 의심스러운 것은 도움을 받을 수 있는지가 아니라 그 대가입니다.

16

바다 마녀의 작은 동굴에는 고양이가 가득했다. 하얀 배를 가진 검은 고양이, 긴 털을 가진 회색 줄무늬 고양이, 꼬리 끝은 상아색이고 몸통은 오렌지색인 고양이, 거대한 황금색 눈동자를 가진 푸르스름한 고양이 등등. 바다 한가운데 위치한 이 작은 동굴에 어림잡아도 40마리는 되어 보이는 고양이가 한가롭게 노닐고 있었다. 고양이들을 쳐다보다가 오스릭을 안고 있는 젊은 여자를 미처 보지 못할 뻔했다.

"뮤리엘, 좋아 보이네."

"고마워, 오스릭. 네가 남기고 간 사과 상자를 부엌에 그대로 뒀어. 네가 돌아올 때를 대비해 아껴뒀지."

그녀는 입구에 서 있는 우리에게 손짓했다.

"어서 들어와요. 안 그래도 기다리고 있었어요."

오스릭이 분명 할멈이라고 했는데. 바다 마녀는 어떻게 봐도 인간의 모습이었다. 지금껏 본 것 중 가장 아름다운 진홍색 머리카락과 눈매가 시원하게 트인 은빛 눈동자, 진홍색 입술을 가졌다. 나는 그녀의 나이를 도저히 짐작할 수 없었다. 시간의 흔적이 전혀 느껴지지 않았다. 새하얀 피부 아래로 은은한 열기가 느껴졌다. 마치 달의 과즙을 마신 것 같았다.

그녀는 푸른색 리넨 드레스를 입었다. 샌들을 신은 발이 허공을 밟듯 사뿐사뿐 우리에게 다가왔다. 긴 진주 목걸이가 가는 목에 걸려 있고, 허리에 두른 하얀 앞치마의 앞주머니에는 은색 손거울이 꽂혀 있었다.

"사랑스러운 라베릭, 당신을 위한 선물이 있어요."

뮤리엘이 대포를 터트릴 때 쓰는 도화선 한 묶음을 그녀에게 선물했다. 라베릭이 기름에 적신 거위 깃털에 고운 화약가루를 묻힌 도화선을 받아 들고는 소중히 가슴에 안았다. 라베릭의 아버지는 대포를 만드는 장인이었다. 농장에 거위를 키워 도화선까지 직접 만들었다. 라베릭의 어린 시절은 누구보다 힘들고 거칠었지만, 그녀는 종종 그때가 그리운 듯 도화선을 들고 다녔다.

바다 마녀는 재미슨을 바라보며 입을 열었다.

"친애하는 월시의 백작님, 이렇게 친견할 수 있다니 영광입니다."

"이렇게 방문을 허락해주셔서 감사합니다, 뮤리엘 부인."

"부인? 오, 그 호칭 듣기 좋군요. 당신의 영지에 영광이 함께하기를."

재미슨이 미소로 답례했다. 뮤리엘은 재미슨이 상속권을 박탈당했다는 사실까지는 알지 못하는 것 같았다. 다음으로 뮤리엘의 눈빛이 내게로 향했다.

"에벌리 도노번, 정말 오랫동안 기다려온 만남입니다."

그녀는 장갑을 낀 내 손을 두 손으로 감싸 잡았다.

"그대가 온다는 걸 알고 얼마나 기뻤는지 모른답니다."

"우리가 올 줄 어떻게 안 거죠?"

"제 친구 보가트가 말해줬습니다. 그는 경비병들과 함께 바다 밑 세계의 관문을 지키죠."

뮤리엘은 주변을 두리번거렸다.

"라델라는 어디 있지? 벌써 부엌에 있는 꿀단지를 찾았나 보네. 라델라? 라델라, 어디로 갔니?"

픽시가 날아왔다. 라델라의 뺨은 이미 황금색으로 물들어 있었다. 라델라는 바다 마녀의 어깨에 내려앉더니 입가에 묻은 꿀을 마저 핥아먹었다.

"너무 단도직입적으로 물어봐서 죄송합니다만, 뮤리엘, 당신은 인간인가요?"

재미슨이 최대한 예의를 갖춰 물었다.

"그대와 같은 인간입니다. 생명의 땅에 사는 사람들은 모든 세계에서 자신들만이 유일한 인간일 거라 생각하죠. 하지만 인간족은 어디에서든 살 수 있답니다."

뮤리엘이 팔걸이가 있는 꽃무늬 의자 위의 고양이들을 손짓으로 쫓아내고 자리에 앉았다. 그러자 고양이 한 마리가 곧바로 무릎 위에 뛰어올랐다.

라베릭이 도화선을 늘어뜨려 흔들자 고양이들이 쫓아다니며 앞발을 휘둘렀다. 더 많은 고양이가 몰려들어 몸을 문지르고 야

옹거렸다.

"내 고양이 친구들을 용서해줘요. 5년 전에 마을에 쥐들이 들 끓었어요. 장사꾼들이 고양이를 들여와 팔았죠. 그러자 쥐는 사라졌지만 이제 고양이가 마을을 차지했어요. 이제 마을 사람들이 고양이를 잡기 위해 덫을 놓기 시작했습니다. 그래서 내가 고양이들을 받아들였습니다. 나는 방랑자들에게 약하거든요."

그녀는 고양이들이 차지한 소파를 손짓했다.

"앉아서 좀 쉬어요."

가구는 시골 오두막에서 흔히 볼 수 있는 것들이었다. 장미 향이 나는 솜으로 속이 채워진 튼튼한 전통 가구들이었다. 오스릭이 털썩 주저앉더니 엉덩이 아래 깔고 앉은 쿠션 밑에서 피스톨 한 자루를 꺼냈다.

"아 거기 총이 숨겨져 있다는 걸 말 안 했네요. 혼자 사는 여자는 항상 조심해야 한답니다."

"장전은 되어 있나?"

오스릭이 물으며 총을 건네자 뮤리엘이 옆자리에 내려놓으며 대답했다.

"장전 안 된 총이 무슨 쓸모가 있겠어."

라베릭이 팔걸이에 몸을 기대어 앉았다. 재미슨은 그대로 서 있었다. 하얀 털이 수북한 고양이 한 마리가 그의 다리에 몸을 문질렀다. 나는 고양이와 자리를 다투고 싶은 마음이 없었기에 그냥 서 있는 편을 택했다. 내 눈은 테이블 위에 놓인 데이지 꽃병에 쏠렸다. 라델라가 뮤리엘 앞에 놓인 발걸이에 자리를 잡았다. 고양이들은 픽시를 무시했다.

"라델라, 에버우드 대사로서 첫 임무는 즐겁게 수행하고 있니?"

라델라가 손동작과 함께 지저귀었다.

바다 할멈은 픽시가 지저귀는 소리가 멈출 때까지 유심히 바라보다가 미소를 지었다.

"네가 왜 답답한지 알겠구나."

"라델라가 하는 말을 이해할 수 있어요?"

재미슨이 바다 마녀에게 물었다.

"물론입니다. 모든 사람이 픽시의 말을 알아들을 수 있습니다. 게다가 나와 라델라는 오랜 친구 사이랍니다."

라델라가 열정적으로 고개를 끄덕였다.

"그녀는 당신들 중 자신의 말을 귀 기울여 듣는 사람이 아무도 없다고 하네요. 그녀의 의견을 소중히 여겨야 합니다. 라델라는 지금 무척 속상한 상황이라네요."

뮤리엘이 새끼손가락으로 라델라의 턱밑을 간질였다. 픽시는 그녀에게 몸을 기대며 날개를 떨었다.

"픽시는 가장 즐거운 생명체입니다. 마법의 가루를 뿌리며 언제나 노래를 부르죠. 그리고 늘 에버우드와 시간의 지배자에게 충성을 다합니다."

나는 데이지가 그려진 꽃병을 가리켰다.

"시간의 지배자가 이곳에 왔었나요?"

"나는 그와 날마다 소통합니다. 시간의 지배자는 지금 여기 우리와 함께 있습니다."

나는 주변을 둘러보았다. 하지만 보이는 건 고양이, 그리고 더 많은 고양이뿐이었다.

"거기가 아니라, 바로 여기입니다."

뮤리엘이 하늘을 향해 팔을 넓게 벌렸다.

"눈은 필요 없어요. 귀를 기울여봐요."

그녀의 말에 모든 고양이가 숨을 죽이고 동작을 멈췄다. 갑자기 고양이들이 일제히 침묵하자 불안해졌다.

"아무 소리도 들리지 않아."

라베릭이 혼잣말처럼 중얼거렸다.

"대부분 생명은 빗방울이 부드럽게 떨어지는 것 같은 소리를 듣습니다. 어떤 이들은 음악을 듣기도 하지요."

뮤리엘은 재미슨에게 무언가를 안다는 듯한 미소를 지어 보였다.

"당신은 창조주의 영원한 멜로디를 듣습니다, 그렇죠, 캘러한 경? 당신은 음악이라는 하늘의 선물을 받았습니다."

"그저 바이올린을 조금 연주할 뿐입니다."

"너무 겸손하군요."

그녀의 생생한 눈길이 그를 지그시 바라봤다.

"당신은 최근에 악기를 잃었군요. 하지만 고향에 돌아가면 기다리고 있을 겁니다. 당신을 찾아올 운명을 위해서는 음악이 꼭 필요합니다."

그는 할 말을 잃었다. 나 역시 충격을 받았다. 그녀는 어떻게 재미슨의 바이올린이 *바다의 캐서린*호에 남겨졌다는 사실을 아는 걸까? 뮤리엘이 다시 우리 모두를 바라봤다.

"모든 존재가 시간의 모래알이 흘러내리는 소리를 들을 수 있습니다. 하지만 세계마다 다른 소리가 나지요. 생명의 땅에서는 시계가 그 소리를 대신합니다. 그리고 이곳 파도 밑 땅에서는 파도가 대신하죠."

뮤리엘이 엄숙한 동작으로 가슴에 손을 올렸다.

"시간의 지배자가 우리를 내려다보고 있다는 사실을 알면 마음의 평화를 얻을 수 있습니다."

오스릭이 희미한 미소를 지었다.

"뮤리엘과 시간의 지배자는 친구 사이다."

뮤리엘은 그를 향해 엄격하게 손가락을 흔들었다.

"시간의 지배자는 아마다라 공주와 친구 사이였어. 그렇게 보면 우리는 그 이상의 관계야. 나는 태어나는 순간 그것을 느꼈다."

"방해해서 죄송하지만 이야기가 다른 데로 흐르는데요."

재미슨이 자신의 발에 몸을 문지르는 하얀 고양이를 안아 들며 말했다.

"우리는 당신의 도움을 얻기 위해 이곳에 왔습니다."

뮤리엘이 잠시 말을 멈추더니 앞치마 주머니에서 손거울을 꺼내 반사된 자신의 모습을 살폈다.

"당신들은 아벨린의 검과 친구 클라렛을 찾고 있군요."

"클라렛을 알아요?"

라베릭이 놀란 목소리로 되물었다. 뮤리엘은 무언가 마음에 들지 않는다는 표정으로 얼굴에 주름을 만들었다.

"당신들은 운이 좋군요. 친구와 검이 같은 곳에 있습니다. 클라렛은 인어들에 의해 왕궁으로 끌려가 시녀가 되었습니다. 인간은 훌륭한 일꾼입니다. 조용하고 온순하며 말을 잘 듣죠. 특히 마법에 걸리면 더 그렇죠."

라베릭의 눈이 커졌다.

"클라렛이 인어의 마법에 걸려 바닷속 도시에 있나요?"

"오, 별들에 맹세하건대 그렇습니다."

"에버블루에 갈 수 있게 우리를 도와줘."

오스릭이 나서며 뮤리엘에게 부탁했다.

"킬리언은 약속의 땅에서 가져온 사과 씨앗으로 버블 토닉을 샀다. 그는 이미 성에 도착했을지도 몰라."

할로우의 목걸이에 달린 작은 물병에 매혹의 사과 씨앗이 있었던 걸까?

"제게는 지금 버블 토닉이 없어요. 그걸 만들 재료도 남아 있지 않죠. 은빛 구름 평원에 가야 재료를 얻을 수 있지만, 물론 외지인들은 절대 접근할 수 없는 곳이죠."

뮤리엘은 잠시 생각에 잠겼다가 다시 입을 열었다.

"평소 같았으면 도리언을 이곳으로 초청해 당신들과 만나게 해줄 수 있지만…. 도리언과 나는 지금 사이가 좋지 않아요."

바다 마녀가 무릎에 앉은 고양이의 귀를 양손으로 막았다.

"도리언의 맏딸이 내 고양이 중 한 마리를 잡아먹었습니다."

그의 첫째 딸이라면 바로 내 검을 가지고 있는 공주다. 검을 좋아하면서 고양이를 잡아먹는 인어 공주라니, 으스스했다.

"당신은 왕의 진주를 훔치지 않았나?"

오스릭이 재미있다는 듯이 미소를 머금고 물었다. 바다 마녀는 콧대를 세워 자랑스러운 표정을 지으며 대답했다.

"도리언은 진주 한 주먹 정도는 신경 쓰지도 않아. 다만 작년에 여왕이 죽은 후부터 미쳐 날뛰고 있지."

뮤리엘은 무릎 위의 고양이를 바닥에 내려놓은 후 일어섰다.

"의논하기 전에 에벌리 도노번과 단둘이 나눌 비밀 이야기가 있습니다."

"비밀 이야기라뇨?"

재미슨과 내가 동시에 물었다.

"시간의 지배자가 보낸 메시지가 있습니다."

재미슨이 서둘러 털북숭이 하얀 고양이를 내려놓더니 우리 쪽으로 다가왔다. 바다 할멈이 그에게 물러나라는 뜻으로 손을 흔들었다.

"메시지는 오직 에벌리만을 위한 것입니다."

뮤리엘이 따라오라는 듯 치맛자락을 휩쓸며 멀어졌다. 재미슨이 내 앞을 비스듬히 막아섰다.

"뭔가 수상한데, 괜찮겠어요?"

"문제없어요."

"내가 필요하면 소리를 질러요."

그는 내 말보다 표정과 행동을 더 신뢰했다. 내가 진정으로 원해서 하는 행동인지, 내가 싫으면 싫다고 말할 수 있는지를 살피고 걱정했다. 나는 재미슨이 지켜보는 가운데 어깨를 펴고 당당한 걸음으로 바다 마녀를 향해 나아갔다.

17

뮤리엘이 있는 발코니로 가는 도중, 나는 열린 문 사이로 물건들이 가득한 방을 지났다. 가구, 그릇, 그림, 천 조각, 옷, 밧줄, 촛대, 탄약상자, 화약, 피스톨, 칼, 그리고 종류를 알 수 없는 잡동사니들이 천장까지 쌓여 있었다. 바다 마녀는 저렇게 많은 물건을 어디에 쓰려는 걸까?

나는 통로 막다른 곳까지 걸어가서 바다를 향한 절벽 옆으로 높게 지어진 발코니로 나섰다. 햇볕이 따스했다. 갑자기 밝은 곳으로 나오자 잠시 앞이 보이지 않았다. 눈이 밝아지자 뮤리엘이 바로 내 앞에 서 있었다. 그녀는 내 시계태엽심장 위에 손을 올렸다.

"당신의 심장을 바로 느꼈어요. 시간은 내가 가장 아끼는 보물이죠. 하지만 당신의 심장에 생명을 불어넣는 시간이 약해지고 있어요. 얼마나 남았는지 알고 있어요?"

"아니요. 당신이 알려줄래요?"

그녀는 눈을 감고 내 심장을 쓰다듬었다. 그녀의 눈꺼풀이 다시 열렸다.

"죽음이 두렵나요?"

"아니요."

"운 좋은 아가씨군요."

그녀는 내 눈앞에서 손을 흔들었다. 그러자 그녀의 아름다운 용모가 사라지고 주름살 노파가 나타났다. 쪼그라든 입술과 건조한 피부에 푸석푸석한 회색 머리칼 사이로 새치가 섞여 있었다. 생기 넘치던 젊은 숙녀가 갑자기 노파로 바뀌자 나는 깜짝 놀라 말문이 막혔다. 그러나 유일하게 바뀌지 않은 은빛 눈동자 속에서 깊이를 알 수 없는 지혜가 엿보였다.

그녀의 손가락이 눈앞을 스치더니 손거울에 내 얼굴이 비쳤다. 그녀가 마법을 부린 것 같진 않았지만 나는 거울에 반사된 내 얼굴을 알아볼 수가 없었다. 내 눈은 모든 것을 빨아들일 것처럼 생생했고, 뺨은 새빨간 사과처럼 붉었다. 검고 윤기 나는 머리카락은 젖은 바위처럼 빛났다.

"마법으로 아름다워질 수 있지만 최고의 매력은 이미 존재하는 아름다움에 마법을 더할 때 이뤄지죠."

어느새 뮤리엘이 처음의 아름다운 모습으로 바뀌어 있었다. 동시에 내 모습도 평소처럼 돌아왔다. 그녀는 손거울을 앞주머니에 넣었다.

"그대의 심장을 고칠 수 없어서 미안하군요. 내 매력의 마법은 환상을 현실로 만들지만 결국 환상일 뿐입니다."

"마크햄에게 매력의 마법을 베푸는 대가로 무엇을 받았나요?"

뮤리엘은 주머니에서 망원경을 꺼내 수평선을 바라봤다.

"내 고객들은 금이나 은보다 훨씬 소중한 것을 내게 지불합니다. 그들은 내게 시간을 줍니다."

"어떻게요?"

"나는 우리 모두의 내면에 존재하는 창조의 힘을 구속합니다."

그녀의 설명은 이해하기 힘들었다.

"그러면 여기 동굴 벽에 이름을 새긴 사람들은 모두 당신의 힘을 이용하는 대가로 자신의 삶에서 시간을 떼어준 건가요? 그렇다면 오스릭에게는 무엇을 해줬나요?"

"매력의 마법보다 훨씬 대가가 비싼 일이었습니다."

뮤리엘이 망원경을 내리더니 옆으로 던져놓았다.

"매력의 마법은 모든 마녀가 부릴 수 있어요. 진정한 내 힘, 내 마법은 시간을 꿰뚫어 내다보는 것입니다. 대가만 치른다면 나는 손님에게 과거, 현재, 미래의 어느 시점이든 선택하는 순간을 보여줍니다."

"당신은 점쟁이군요."

"나는 생명의 땅에서 자랐습니다. 숲속 오두막이었지요. 아버지는 나무꾼이었고, 어머니는 마법사였습니다. 가난했지만 행복했습니다. 어느 날 아침, 장작을 쌓고 있을 때 아마다라 공주가 나무 밑으로 난 작은 굴로 몰래 기어 나오는 것을 봤습니다. 나는 그날 밤 공주가 다시 나올 때까지 기다렸습니다. 직접 굴에 들어가는 건 너무 두려웠답니다. 다음 날 그녀가 돌아왔을 때, 나는 나무 옆에서 용기가 날 때까지 기다렸지요."

뮤리엘은 드레스를 휘날리며 발코니로 나섰다. 그녀의 시선은 구름 한 점 없는 하늘로 향했다.

"나는 단 한 번 들어갔습니다. 하지만 에버우드는 나를 영원히 바꿔놓았습니다. 어머니가 내게 물려준 능력은 나무와 동물, 사람 속에 들어 있는 창조의 힘을 알아보게 했습니다. 하지만 에버우드에서 돌아온 후 세상의 과거와 미래까지 내다보기 시작했습니다. 젊음의 땅이 멸망하는 모습이 보이자 나는 두려워서 도망쳤습니다. 그리고 내 능력을 팔기 시작했습니다. 처음에는 금과 은을 받았지만 곧 깨달았죠. 상대가 동의만 하면 그보다 훨씬 소중한 것을 받을 수 있다는 사실을."

"마크햄은 언제 만났나요?"

뮤리엘이 목걸이를 손가락으로 비틀었다. 그녀의 은빛 눈동자가 유리처럼 빛났다.

"킬리언은 한 세기가 지난 후 찾아왔습니다. 그는 그 누구보다 오랜 세월을 내게 주겠다고 제안했습니다. 마법으로 만든 아름다움의 환상입니다. 나이가 드는 것을 절대 막지 못하죠. 나는 시간이 부족했기에 그의 제안을 받아들였습니다. 그렇지만 그가 떠나기 전까지 나는 아마다라와 태어나지 않은 아기의 운명을 내다보지 못했습니다."

"아기라뇨? 전설 속 아마다라 공주에게는 아기가 없었어요."

"그대는 킬리언이 가진 기억 속 이야기만 알고 있습니다. 그는 아마다라가 임신 중이라는 사실을 몰랐죠."

나는 난간을 꼭 부여잡았다.

"그와 아마다라 사이에 무슨 일이 있었나요?"

"아마다라는 그대와 같은 시간의 운반자였습니다. 그대도 그 책임이 무슨 의미인지 곧 깨닫게 될 거예요. 그녀에게는 지켜야 할 고대의 유물이 있었습니다. 너무 강력한 힘이 깃든 유물이어서 시간의 지배자는 아벨린의 검까지 그녀에게 내주어 이를 지키게 했습니다. 아마다라는 처음부터 킬리언이 괴물이라는 것을 알았습니다. 그에게 씌워진 매력의 마법을 꿰뚫어 보지는 못했지만 그가 사악하다는 것을 바로 알아챘죠. 그녀는 가까이서 킬리언을 감시하기 위해 그와 결혼했습니다. 그는 진정으로 그녀와 사랑에 빠졌습니다. 하지만 그녀는 다른 사람들처럼 그를 과소평가했습니다."

뮤리엘의 눈빛이 강렬해지더니 순간 투명해지면서 눈물이 고였다.

"아마다라에게 아기가 생기고 얼마 지나지 않아 킬리언은 그녀가 고대의 유물을 지킨다는 사실을 알았습니다. 그는 아마다라가 거짓말을 한 사실에 몹시 분노했습니다. 그녀는 에버우드의 픽시를 소환해서 고대의 유물을 안전하게 보관해달라고 부탁했습니다. 그러자 킬리언은 아마다라를 탑에 가두고 아벨린의 검을 빼앗았습니다. 그리고 에버우드를 정복하기 위해 군대를 모았습니다. 그는 엘더우드의 신성한 나무를 베어버리겠다고 시간의 지배자를 협박해 고대의 유물을 빼앗으려 했습니다. 아마다라는 그를 막기 위해 마지막 수단을 썼습니다. 시간의 지배자가 준 능력으로 시간을 비틀었죠. 젊음의 땅에서는 시간이 멈춰버렸지만, 불행히도 킬리언은 군대의 선두에 서서 이미 에버우드에 들어간 뒤였습니다. 그는 탈출했지만 아마다라와 태어나지 못한 아기는 그러지 못했죠."

내가 알던 아마다라 공주의 전설과 너무나도 다른 사실에 몹시 당황스러웠다.

"킬리언이 노리는 고대의 유물이란 게 뭐죠?"

"그건 시간의 지배자가 이야기해줄 겁니다."

시간의 지배자는 아마다라를 위해서 무언가를 해야 했다. 그리고 나를 돕기 위해서라도 무언가를 해야만 한다.

"시간의 지배자는 왜 아마다라를 막지 않고 그녀가 시간을 비틀게 놔두었죠?"

"미래를 바꾸기 위해서는 너무나 거대한 희생이 필요했기 때문입니다. 시간의 지배자는 킬리언을 물리치려면 그가 시간을 넘어서는 것을 놔둬야 한다는 것을 알았습니다."

"다른 환영은 보이지 않나요? 거인들이 전투에 나서는 것 같은." 나는 꿈속에 나타났던 장면을 떠올리며 물었다. 뮤리엘의 눈동자가 날카롭게 빛났다.

"미래에서 무언가를 봤나요, 에벌리?"

"아니요. 그러니까 저는 예언자가 아닙니다."

"시간의 운반자는 에버모어를 오갈 수 있습니다. 아벨린의 시간대를 넘나들 수 있다는 말이죠."

바다 마녀는 손가락을 들어 내 이마에 선을 그었다. 그녀는 생각에 잠겼다. 그녀의 손가락이 내 피부에 선을 그리는 사이 어젯밤 꿈이 여러 장의 그림으로 스쳐 지나갔다.

"일곱 세계는 영원의 옷자락에서 잘려져 나왔습니다. 에버모어의 시간대는 그 세계들을 연결해 꿰맨 실입니다. 시간의 운반자는 그들 세계 각자의 시간대에 묶인 역사적 지점을, 특히 운명에 의해 정해진 순간을 방문할 수 있습니다."

뮤리엘이 손을 거둬들였다. 나는 온몸에 소름이 돋았다. 에버모어의 시간대와 운명에 의해 정해진 순간이라는 말은 당장 이해하기에는 너무 거대하고 막막했다.

"시간의 지배자가 보낸 메시지가 있다고요?"

"그는 그대에게 직접 말하고 싶어 합니다."

뮤리엘이 손가락을 뻗어 내 시계태엽심장을 툭 하고 건드렸다. 몸에서 내 영혼이 튀어 오르더니 허공에 머물렀다. 그녀가 손을 입술 위로 올리더니 깊은숨을 내쉬었다. 그녀의 깊은 숨결이 내 영혼을 구름 위로 날려 보냈다.

날아오를 때와 같은 빠르기로 나는 다시 떨어져 내렸다. 회청색 바다가 내려다보이는 절벽 위의 잔디밭이었다. 엷은 구름이 하늘에 줄을 섰고 내 위쪽 언덕에는 커다란 집이 바다를 바라보고 있었다. 어릴 적 내 집, 마크햄이 불태워 버린 바로 그 집이었다.

초원 건너편에서 발그레한 뺨에 검은 머리카락을 날리며 어린아이가 내 쪽으로 뛰어왔다. 그녀 뒤를 쫓는 것은 엄마였다.

"에비! 멀리 가면 안 돼!"

어린 소녀를 쫓는 어머니는 목소리만큼 다급한 표정이 아니었다. 그녀는 아이가 초원을 마음껏 뛰어다니며 바다를 바라볼 수 있게 놔뒀다. 어머니는 손가락 두 개로 입술을 눌렀다. 그 모습을 보고 아버지를 생각하고 있다는 것을 알 수 있었다.

어린 에벌리가 나를 지나쳐 아장거리며 언덕을 내려갔다. 아직 세 살이 채 안 되어 보였다. 소녀는 이리저리 비틀거리며 마구 뛰어다녔다. 강아지처럼 맨발에, 배는 내놓은 채였다, 열정을 이기지 못하고 뛰어다니며 까르륵 웃는 소리가 허공에 퍼져나갔다. 그녀가 절벽을 향해 쏜살같이 달려갔다. 어머니는 여전히 생각에 잠겨 있었다. 나는 서둘러 아이의 뒤를 쫓았다.

아래 바위투성이 해변에는 하얀 거품이 파도에 밀려들었다. 상아색 암말이 거품 사이로 물살을 튕기며 해변을 질주했다.

어린 나는 절벽 끝에 다다랐다. 나는 손을 내밀어 그녀를 잡았지만, 영혼은 허공을 움켜쥘 뿐이었다. 커다란 손이 튀어나오더니 뒤에서 아이를 끌어당겼다. 시간의 지배자가 초원 속에 반쯤 몸을 가린 채 한쪽 무릎을 꿇고 있었다.

"내가 항상 엄마 곁에서 멀리 떨어지면 안 된다고 했지?"

점잖게 아이를 나무란 후 그는 손을 벌려 데이지를 내밀었다. 아이는 꽃송이를 집어 들더니 마치 검처럼 휘둘렀다.

"에비!"

어머니가 언덕 위에서 아이를 불렀다.

"에비, 엄마에게 오렴!"

"가거라."

시간의 지배자가 소녀의 등을 두드리며 말했다. 그녀는 아장아장 언덕을 올라 어머니에게 갔다. 소리는 들리지 않았지만 표정을 봐서는 꾸짖는 듯했다. 어린 나는 데이지를 어머니에게 내밀었다. 그러자 어머니의 표정이 한결 부드러워졌다.

"너는 항상 용감한 영혼이었단다."

시간의 지배자가 일어서더니 절벽을 따라 걷기 시작했다.

"뮤리엘을 만났어요. 그녀가 아마다라와 유물에 관해 이야기했어요. 도대체 그게 뭐기에 아마다라와 아기의 생명보다 소중하죠?"

"지금 네 질문의 대답을 아마다라에게 해주기까지 나는 반세기를 그녀와 함께 보냈다."

그의 알 수 없는 대답은 내 안에 갇혔던 화를 폭발시켰다.

"하지만 마크햄이 무엇을 쫓는지 내가 알면 안 되는 건가요? 내가 살 수 있는 날이 얼마 남지 않았다는 이야기는 왜 해주지 않았죠? 마크햄을 물리치려면 아벨린의 검이 필요하다는 말은 도대체 무슨 의미죠? 그는 불사의 몸이에요!"

"한꺼번에 질문을 너무 많이 하는구나. 우리에게는 시간이 많지 않다. 잘 들어라, 에벌리."

시간의 지배자는 우아한 몸짓으로 절벽을 바라보며 말을 이었다.

"우리는 하트우드가 가진 창조의 힘과 네 삼촌이 준 시간을 이용해 시계태엽심장으로 네 생명을 연장시켰다. 너는 반드시 검을 되찾아 삼촌에게 가져가서 의식을 반복해야만 한다."

나는 그의 말에 기겁했다.

"삼촌에게서 더는 시간을 빼앗고 싶지 않아요."

"자발적 의사가 있다면 누구에게든 너는 시간을 받을 수 있다. 어쨌든 의식을 치르려면 그 검이 반드시 필요하다."

"뮤리엘은 검이 없는데도 사람들에게서 시간을 받습니다."

"그녀의 마법은 창조의 힘을 착취하고 시간을 훼손한다. 하지만 강제가 아니기에 간섭하지 않을 뿐, 그녀가 시간을 조작하는 대가는 가혹하다. 뮤리엘은 반생명의 상태로 존재하고, 죽음과 부패가 항상 뒤를 쫓는다."

한 걸음 내디딜 때마다 불안이 나를 덮쳤다. 누군가 다른 사람이 시간을 떼어내 내 심장에 먹이를 줘야 한다니. 나를 위해서 누군가에게 희생을 절대 강요할 수 없다.

"다른 방법은 없나요?"

"에버우드에서 살 수는 있다. 하지만 숲을 떠나는 순간 네 심장은 다시 카운트다운을 시작할 것이다."

그의 말은 해결책이 아니라 형벌처럼 느껴졌다.

"우리는 계속해서 너를 과거로 데려갔다. 다른 어떤 인간보다 너에게 많은 비밀을 보여줬다. 이제는 과거를 그냥 내버려두고 믿음을 가지고 앞으로 나아가야 한다."

"하지만 모든 일이 올바로 이뤄질 거라는 걸 어떻게 알죠?"

"주어진 임무를 믿어라. 아벨린의 검을 찾아서 삼촌에게 가져간 뒤 의식을 수행해라. 아니면 너는 소멸하고, 킬리언은 승리할 것이다."

"무엇에 승리한다는 거죠? 그가 원하는 것은 도대체 뭔가요?"

"그는 '무엇'이 아니라 '누군가'를 쫓고 있다. 킬리언 왕자가 아마다라에게서 유물을 거의 훔칠 뻔했을 때 우리는 간신히 아주 먼 곳에 숨길 수 있었다. 그때부터 지금까지 그는 유물이 어디 있는지를 추리하며 계속 찾아다니고 있다. 그는 자기 목적을 위해 무슨 짓이든 할 것이다. 여기까지가 우리가 이야기할 수 있는 전부다. 아니면 시간대가 위협받는다."

시간을 비트는 것이 그렇게 끔찍한 일이 아닐 수도 있다. 이렇게 무엇이 닥쳐올지 모를 불안에 시달리느니 차라리 어린 시절의 기억 속에 멈춘 채 살고 싶었다.

시간의 지배자는 언덕 위에서 놀고 있는 여자와 아기에게 시선을 고정했다.

"인간이 왜 생명의 땅을 물려받았는지 아느냐?"

"전혀 모르겠어요."

"인간의 한정된 시간은 삶을 최대한 충실하게 살려는 욕망을 끊임없이 자극한다. 인간은 다른 어떤 생명체보다 시간을 소중히 여기지."

"저는 친구들과 함께 그저 고향의 삼촌에게 안전하게 돌아가고 싶어요. 마크햄을 쫓는 데 더는 시간을 낭비하고 싶지 않아요."

"너는 시간이 사랑이라는 것을 이미 배워가고 있단다."

시간의 지배자가 우리가 만났던 곳으로 뒤돌아 걷기 시작했다. 어린 내가 잔디밭에서 춤을 추는 동안 어머니는 다시 손가락 두 개를 입술 위에 얹고 바다를 바라봤다.

시간의 지배자가 무릎을 꿇고 팔을 벌리자 어린 내가 그의 품으로 뛰어들었다. 화가 치밀어 올랐다. 저 소녀는 잔혹하게 부모와 집을 잃게 될 것이다. 절망에 빠진 나는 고개를 돌렸다.

야생 암말이 갈기와 꼬리를 휘날리며 해변을 뛰어다녔다. 나는 앞으로 몸을 기울였다. 상아색 암말은 발자국을 남기지 않았다. 모래사장을 걷어차지도 않고 흔적도 없이 하늘로 날아올랐다.

아이오차는 바다와 육지가 만나는 곳으로 거품을 타고 와서 상아색 암말로 나타났다고 전해진다. 그녀는 해가 질 때까지 기다렸다가 달빛 속에서 파도를 타고 다시 바다로 사라진다.

상아색 암말이 멈춰 서더니 나를 올려다봤다. 나는 놀라서 입을 다물지 못했다. 내 영혼 위로 따스한 폭포수가 쏟아지는 기분이었다. 우리가 서로 마주 보는 사이 내 영혼이 땅 위로 떠 올랐다. 갑자기 상승기류를 탄 듯 빠른 속도로 날아올랐다. 아래로 보이는 상아색 암말이 거품과 섞여 보이지 않을 때까지 작아졌다.

나는 내 몸속으로 다시 떨어졌다. 떨어질 때는 항상 힘들었다. 현기증이 몰려왔다.

* * *

내가 쓰러지기 전에 뮤리엘이 붙잡았다.
"시간의 지배자를 만났어요? 그는 여전히 잘생겼나요?"
과거에서 이제 막 날아온 나에게 첫 질문이 그의 외모라니!
"좀…, 좀 앉아야겠어요."
나는 그녀와 함께 비틀거리며 다시 방으로 돌아왔다. 오스릭과 라베릭이 놀라 일어났다. 재미슨은 문 옆에서 기다리다가 나를 부축해 소파에 앉혔다.
"그녀에게 무슨 짓을 한 거죠?"
라베릭이 날카로운 목소리로 추궁했다.
"아무것도."
"괜찮아. 좀 어지러울 뿐이야."
뮤리엘이 조금 언짢은 표정으로 턱을 들었다.
"오스릭, 부엌에서 이야기 좀 할까?"
오스릭은 라베릭의 어깨를 두드리고 뮤리엘을 따라 나갔다.

고양이 몇 마리가 뒤를 쫓았다.

재미슨이 옆에 앉아 나를 바라봤다. 설명을 바라는 표정이었다. 하지만 나는 아무 이야기도 할 수 없었다. 한동안 말없이 바라만 보자 라베릭이 더는 견디기 힘들다는 듯 일어서며 말했다.

"나는 부엌에 가서 도울 일이 없나 찾아봐야겠어."

라베릭이 자리를 비우자 재미슨이 조용히 입을 열었다.

"에벌리, 당신은 괜찮지 않아요. 당신은 아파요."

내 심장에 어떤 문제가 있는지 이야기할 수 없었다. 누군가에게서 삶의 시간을 빼앗아 온다는 것은 상상조차 하기 싫었다. 나는 신중하게 단어를 골랐다.

"나는 나에 대해 세상 그 누구보다 당신과 더 많은 이야기를 나누었어요. 내가 말한 모든 이야기는 진실이에요."

"에벌리, 당신은 내 아내입니다. 무슨 일이 있더라도 나는 영원히 당신의 남편이 되겠다고 맹세했습니다."

나는 아픈 머리를 문지르던 손동작을 멈췄다. 어떤 내용이든 그에게 털어놔야 우리 사이에 생긴 틈을 막을 수 있을 것 같았다.

"뮤리엘은 자신이 예언자라고 했어요. 그녀는 손님들이 원하는 과거, 현재, 미래의 순간을 보여주고 그 대가로 시간을 가져갑니다."

재미슨이 똑바로 몸을 세우고 앉았다.

"그녀가 대가로 시간을 가져간다고요? 누군가의 삶에서 세월을 떼어간다는 말입니까?"

"그게 뮤리엘이 이렇게 오래 사는 이유인 것 같아요."

그는 머리를 긁적이며 생각에 빠져들었다. 나는 잠자코 기다렸다. 그때 오스릭이 김이 나는 찻잔을 두 개 들고 나왔다.

"이건 바다 해초차야. 끔찍하게 들리는 만큼 실제로도 형편없는 맛이지."

나는 잔을 받았다. 재미슨은 차를 사양하고는 오스릭에게 질문을 던졌다.

"바다 마녀가 시간을 꿰뚫어 볼 수 있다는 게 정말이냐?"

오스릭이 고양이를 밀어내고 소파 가장자리에 앉았다.

"누군가의 인생을 읽어내는 것이 뮤리엘의 특기다. 사람들은 자신의 행운을 알아보기 위해 멀리서 찾아오지."

"당신은 무엇을 보여달라고 했지?"

내가 차를 홀짝이며 오스릭에게 물었다.

"내 부모님, 나는 브레아와 나 없이 부모님이 잘 견뎌내고 있는지 늘 궁금했다."

그는 할 말이 더 있는 듯한 표정으로 김이 나는 잔을 내려놓았다.

"그래서?"

"뭔가를 보여달라고 요청할 때 신중해야 한다는 말을 해주고 싶다."

오스릭이 일어섰다. 발밑의 고양이들이 깜짝 놀라 달아났다.

"뮤리엘이 너희들을 부엌으로 부른다. 아무래도 에버블루로 가는 방법을 생각해낸 것 같다."

18

뮤리엘은 불 위에 놓인 팬에 물고기를 올렸다. 바다 마녀의 부엌이라기에는 너무 평범했다. 그녀의 부엌은 삼촌 집과 비슷했다.

재미슨과 나는 긴 테이블로 갔다. 쿠션이 놓인 긴 안락의자가 놓여 있었다. 재미슨은 앉기 전에 쿠션 밑을 확인하더니 조그만 권총을 찾아냈다. 그는 권총을 테이블 위에 놓더니 럼주를 자신과 내 컵에 따랐다. 술잔을 들어 단숨에 비우더니 재미슨이 먼저 입을 열었다.

"뮤리엘, 누군가 자신의 미래를 보려면 어느 정도의 시간을 지불해야 합니까?"

"나는 1년 단위로 계약해요. 2년, 4년, 10년…. 가격은 고객이 알고 싶은 것이 무엇이냐에 따라 달렸죠."

"계약? 시간?"

라베릭이 두리번거리며 물었다. 재미슨이 라베릭에게 간단히 설명했다. 이야기를 들은 여우가 질문을 던졌다.

"시간을 즉시 가져가나요? 아니면 그냥 수명이 짧아지는 건가요?"

"어느 쪽이든 선택할 수 있어요. 모든 조건은 계약서에 나와 있죠. 대부분은 갑자기 나이를 먹는 것보다 생명이 줄어드는 쪽을 선택합니다."

"남아 있는 시간이 한 달밖에 없다면?"

재미슨이 물었다. 뮤리엘이 팬 위의 물고기를 뒤집으면서 미소를 지었다.

"누군가를 죽게 한 일은 한 번도 없어요. 나는 손님들에게 최소한 1년은 남겨놓습니다. 게다가 고객은 주로 거인과 엘프예요. 대개 인간보다 훨씬 더 많은 시간을 가지고 있죠. 인간은 시간이 많지 않아요. 하지만 누구에게서 나오는지와 상관없이 1년은 내게 똑같답니다."

"혹시 본인 말고 다른 사람의 미래도 볼 수 있나요?"

재미슨이 다시 물었다. 팬 위의 물고기가 노릇노릇 익는 동안 뮤리엘이 감자가 끓고 있는 작은 냄비를 휘젓더니 도마 위 큰 식칼로 사과를 잘랐다.

"캘러한 경, 당신은 머리가 좋군요. 대답부터 하자면 '할 수 없다'입니다. 자발적으로 자신의 시간을 떼어주기 때문에 자신의 운명만 보아야 합니다."

그녀는 식칼로 도마를 내리쳤다. 그녀 발치의 고양이 두 마리가 깜짝 놀라 도망쳤다. 라베릭이 조급하게 발로 바닥을 두드리며 소리를 냈다.

"이제 당신이 우리를 어떻게 에버블루로 보내 줄 건지에 대해 이야기해줘요."

"에벌리와 함께 있을 때 한 가지 아이디어가 떠올랐어요. 당신들은 지금 몸으로는 바닷속에 들어가지 못합니다. 그래서 그게 가능한 다른 누군가가 되어 여행해야 합니다."

우리는 혼란스러운 눈길로 그녀를 바라봤다.

"해답은 간단해요. 당신들의 영혼을 다른 누군가에게로 옮겨 놓고 그 몸을 이용해 에버블루로 가는 거죠."

"우리 영혼을 옮긴다?"

재미슨이 천천히 말을 내뱉었다. 무슨 말인지를 이해하려는 듯했다.

"누군가의 몸을 우리가 훔쳐야 한다는 건가요?"

"빌리는 거라고 해두죠."

뮤리엘이 물고기 살을 조금 떼어내 고양이에게 던졌다. 그러자 모든 고양이가 몰려들었다. 그녀는 즐거운 표정으로 바라보며 미소를 지었다.

"가끔 내 몸에서 잠을 자기 힘들 때 고양이와 영혼을 바꿔 자기도 합니다. 정말 편안한 휴식이죠."

"누구 몸을 빌려야 하죠?"

뮤리엘은 대답 없이 물고기를 팬에서 꺼내 접시 위에 올려 테이블로 가져왔다. 그동안 우리는 생각에 빠져들었다. 오스릭은 끓인 감자가 담긴 그릇과 사과가 담긴 접시를 끌어당겼다. 재미슨과 라베릭은 배가 고프지 않은 것 같았다. 라베릭이 갑자기 몸을 일으켰다.

"인어를 잡을 수 있어요."

"마크햄과 네가 벌써 그물로 잡으려고 해봤지만 실패했잖아."

내가 그녀의 기억을 환기했다.

"이번에는 미끼를 써서 유인해보자."

라베릭이 접시 위의 물고기 쪽으로 턱짓을 했다.

"물고기를 잡으려면 미끼가 필요하듯이 인어를 유혹해 잡아들이는 거지."

"멋진 아이디어네요."

뮤리엘이 싱긋 웃으며 말했다.

"영혼을 바꾸기 위해서는 각자가 다 자신만의 인어가 필요합니다. 당신도 함께 가나요, 오스릭?"

오스릭이 움찔하는 표정을 짓자 나는 애원하는 눈빛을 보냈다.

"이들에겐 안내자가 필요하니까."

그가 마침내 굴복했다. 재미슨이 다시 잔에 술을 채우며 물었다.

"영혼을 옮기면 위험하지 않습니까?"

"전혀. 하지만 시간은 정해져 있어요, 단 하루. 더는 버틸 수 없어요."

"만약 하루가 넘으면 어떤 일이 벌어집니까?"

"영혼이 원래 몸으로 돌아오죠. 갑작스럽게 돌아오면 꽤 어지러울 겁니다."

"하루 만에 에버블루까지 갔다가 돌아올 수 있나요?"

오스릭이 내 질문을 듣더니 무언가를 생각하는 얼굴로 사과를 한입 베어 물었다.

"해골 암초까지 수중 도로를 탄다면 하루 안으로 돌아올 수 있다."

라베릭이 그를 향해 몸을 틀었다.

"어떻게 그런 일들을 아는 거지? 전에도 가본 적이 있나?"

"인어 장사꾼과 분쟁을 해결하기 위해 오래전에 버블 토닉을 이용해서 에버블루에 간 적이 있다. 그 여행은…, 잊을 수가 없지."

뮤리엘이 물고기의 눈알을 포크로 찌르더니 뽑아냈다.

"바다의 깊이는 방향감각을 빼앗아가고 바닥을 느끼지 못하게 만들고 누구든지 외로움에 빠트리죠. 물살이 낯선 이는 쉽게 길을 잃어요. 자신이 물살에 휩쓸리는지조차 알지 못하다가 결국 방향감각을 상실합니다. 하지만 오스릭이 그대들의 안내자가 된다면, 혹시 성공할지도 모르죠."

나와 재미슨은 영혼을 바꾼다는 뮤리엘의 의심스러운 제안에 바로 결정을 내리지 못했다. 그러나 라베릭이 물고기 살을 포크로 떼어내고는 거칠게 입속에 넣으며 말했다.

"결정했어요. 해가 떨어지면 낚시하러 가요."

* * *

우리는 파도 사이를 뚫고 동굴 밖으로 노를 저었다. 보트는 노을을 좇아 육지로 향했다. 나는 바다 마녀의 집을 벗어나자 감사한 마음이 들었다. 모두의 몸에서 고양이 냄새가 진동했다.

바다 마녀의 땅속 요정이 우리 보트를 묶었다. 우리가 해안을 향해 터벅터벅 걸어가는 동안 오스릭이 준비한 물건들이 실린 다른 보트를 타고 물가로 다가왔다. 뮤리엘이 이곳을 추천했다. 인어들이 종종 이 해안에 있는 바위 위에서 뒹구는 모습을 봤다고 했다. 라델라는 뮤리엘이 영혼 이동을 준비하는 것을 돕기 위해 남았다.

라베릭과 재미슨이 앞장섰다. 재미슨은 짧은 검을, 라베릭은 도화선과 랜턴을 들었다. 나는 낚싯대를 들고 외투에서 하얀 고양이 털을 털어냈다. 동쪽 하늘이 어두워지고 서쪽으로는 지는 해 주변으로 하늘이 맹렬한 오렌지색으로 불탔다. 동굴을 나서기 전, 오스릭은 사형집행인 곳의 나무가 이븐타이드의 고객들이 처형되는 곳이라고 설명했다. 우리는 곧바로 사형집행인 곳의 나무로 향했다. 지난번에 봤던 지느러미 인간이 여전히 나무에 걸려 있었다. 바람에 실려 썩는 냄새가 풍겨왔다. 헛구역질이 나오는 걸 간신히 참았다. 우리 계획에는 저 지느러미 인간이 필요했다.

하늘이 화려한 색으로 저물어가자 보트에 있는 오스릭이 자신이 가져온 추가 달린 넓은 그물을 던졌다. 그물은 물속 깊이 잠겨 들어갔다.

재미슨이 나무에 매달린 지느러미 인간에게 다가가 머리에 씌워진 보자기를 벗겨내고는 밧줄에 단검을 휘둘렀다. 지느러미 인간의 몸이 땅에 떨어졌다. 나는 파리를 쫓으며 재빨리 나무 위로 올라갔다. 재미슨은 지느러미 인간의 목에 걸려 있던 올가미를 풀고는 재빨리 다리에 묶었다. 그리고 밧줄 반대쪽을 내게 던졌다.

"서둘러야 해요."

그가 인상을 찡그린 채 지느러미 인간을 거꾸로 들어 올리며 재촉했다. 나는 밧줄을 최대한 당겨서 다시 나무에 단단히 묶었다.

"됐어요."

재미슨이 시체를 놓자 이제 지느러미 인간은 머리가 아닌 발이 묶여 허공에 대롱거렸다. 나는 다시 땅으로 내려왔다. 재미슨이 곧바로 껍질을 벗기는 작업에 돌입했다. 단검으로 지느러미 인간의 무릎 부분부터 사타구니까지 직선으로 긋더니 다시 다른 쪽 무릎 부분으로 그어 내렸다. 시체가 너무 흔들려서 나는 얼굴을 돌린 채 잡고 있어야만 했다.

"지금까지 겪은 일 중에서 가장 구역질 나요."

"이곳을 빨리 떠나지 못하면 더 역겨운 일을 당할지도 모르죠."

해안에서는 라베릭과 오스릭이 뮤리엘의 창고에서 찾아낸 검은 화약 주머니에 도화선을 연결하는 작업을 하고 있었다.

재미슨이 요령껏 칼집을 낸 후 느슨해진 지느러미 인간의 무릎 주변 가죽을 붙잡고 힘주어 벗겨냈다. 나는 구역질을 참으려고 저물어가는 하늘을 바라봤다. 곧 껍질이 땅바닥에 떨어졌다. 재미슨이 지느러미 인간의 눈두덩에서 눈알을 파냈다. 그의 이마에 노랗고 미끈거리는 것이 묻어났다. 나는 빨리 이 작업이 끝나기를 빌면서 그의 이마를 닦았다.

오스릭과 라베릭이 화약 작업을 마쳤다. 재미슨이 지느러미 인간의 껍질을 바닷물에 씻어 들어 올리더니 인상을 찌푸렸다.

"당신이 이걸 꼭 직접 할 필요는 없어요."

"안 돼요. 모두 함께해야만 계획대로 돌아가요."

라베릭이 고개를 저으며 소리쳤다. 우리 모두 역할이 있었다. 나는 바지를 벗고 속바지만 입은 채 머리 위로 두 팔을 들어 올렸다. 마크햄을 향한 증오를 최대로 끄집어내 지느러미 인간의 껍질을 만져봤다. 겉은 그다지 미끈거리지 않았지만 안쪽은 촉감이 끔찍했다. 재미슨이 껍질을 들어 마치 드레스를 입히듯 위에서부터 내게 뒤집어씌웠다. 나는 최대한 숨을 참았다. 재미슨이 곧바로 내 입 부분을 찾아서 잘라낸 덕분에 신선한 공기가 폐를 채웠다. 그는 팔다리에 달라붙어 조이는 껍질을 내 팔과 다리에 당겨서 맞추느라 애썼다. 이 지느러미 인간은 머리가 커다랗고 가슴이 두꺼워서 여기저기가 헐렁했지만 팔과 다리는 나보다 더 짧았다. 게다가 이 지느러미 종족은 손가락이 없었다. 그래서 나는 벙어리장갑을 낀 것처럼 손가락을 욱여넣어야 했다.

재미슨이 마침내 뒤로 물러섰다. 나는 손을 양쪽으로 펼치며 물었다.

"어때요?"

"과연 생각대로 잘될지 걱정되네요."

라베릭이 화약과 도화선을 다 설치하고 나서 랜턴을 들었다. 오스릭은 바다 마녀의 창고에서 가져온 밀랍 한 조각을 재미슨에게 건넸다. 재미슨은 밀랍으로 귀를 막고 낚싯대를 집어 들었다.

우리 계획이 틀어진다면 첫 번째로 희생될 사람은 재미슨이었다. 나는 그와 손을 잠시 겹친 다음 바위 뒤로 가서 오스릭과 함께 몸을 숨겼다.

라베릭은 보트로 가서 바닥에 엎드렸다. 그녀는 직접 화약을 터뜨리고 싶어 했지만 오스릭의 덩치가 너무 커서 보트에 몸을 숨길 수가 없었다. 그래서 그녀가 가르쳐준 대로 오스릭이 폭발을 맡기로 했다.

재미슨이 물가에 앉아 낚싯대를 드리웠다. 언뜻 봐서는 영락없는 낚시꾼이었다. 이곳까지 노를 저어 와서 보트를 세워놓고 외롭게 물고기를 낚는 모습이었다.

지느러미 인간의 껍질 안이 가렵기 시작했다. 나는 구역질을 억누르기 위해 오스릭에게 속삭였다.

"왜 지느러미 종족이 마크햄을 돕는 거지?"

"아마도 킬리언이 너희 바다를 약속한 것 같아."

"우리 바다?"

"지느러미 종족은 도리언 왕과 사이가 좋지 않아. 게다가 지느러미 종족이 떠나면 인어왕도 좋아할걸."

"그가 무슨 권리로 우리 바다를 거래할 수 있지?"

"엘프들은 생명의 땅을 지키는 감독관 역할을 해. 너희 세계가 자신의 지배 아래에 있다고 주장할 수도 있겠지."

"당신 말이 맞지 않기를 바라야겠군."

그때 라베릭이 보트에서 조용히 하라는 신호를 보냈다. 우리는 바짝 몸을 숙였다. 파도가 출렁이며 모래사장에 부딪혔다. 오스릭이 속삭였다.

"인어들이다."

바다 쪽에서 영혼을 흔드는 노래가 들렸다. 인어가 수면 위로 머리를 내밀었다. 재미슨 바로 앞쪽이었다. 인어는 뱀처럼 수면을 미끄러져 재미슨에게 다가갔다. 창백한 녹색 머리카락이 떠다녔다. 한 줄의 진주가 인어의 머리 위에서 작은 달이 늘어선 것처럼 반짝였다.

　재미슨이 낚싯대를 던졌다. 다른 인어가 첫 번째 인어 옆으로 헤엄쳐 왔다. 두 인어가 목소리를 합쳤다. 재미슨이 낚싯대를 떨어뜨리더니 자리에서 일어났다. 그는 옷을 입은 채 물속으로 걸어 들어갔다. 그의 움직임은 느리고 무거웠다. 마치 나무 인형 같았다. 내 심장이 빠르게 뛰었다.

　오스릭이 바위 주변을 기어가더니 화약 주머니와 랜턴 근처에 낮게 엎드렸다. 그는 손가락 두 개를 들어 보였다. 그러더니 손가락 세 개를 펼쳤다. 지금 모두 세 마리의 인어가 있었다. 그가 고개를 살짝 들더니 손가락 두 개를 더 세웠다. 모두 다섯이었다.

　그들의 노랫소리가 합쳐져서 지느러미 인간의 껍질로 막힌 내 귓속까지 강하게 파고들었다. 노래가 마법을 걸듯이 윙윙거리면서 내 몸속을 흔들기 시작했다. 나는 두 손을 들어 귀를 막았다.

　재미슨이 물살을 헤치며 나아가 허리까지 물에 잠겼다. 머리에 진주 장식을 한 인어가 그의 팔을 붙잡더니 물속으로 끌어당겼다. 다섯 마리의 인어가 그의 주변을 감싸고 얼굴과 어깨를 어루만졌다. 이제 그는 머리만 수면 위로 내민 채 둥둥 떠 있었다. 그 모습이 너무 완벽해서 실제인지 연기인지 구분할 수 없었다.

　라베릭은 여전히 보트 바닥에 낮게 웅크린 자세로 숨어 있었다. 오스릭이 내게 신호를 보냈다. 이제는 내 차례였다. 나는 심호흡을 하고 뒤집어쓴 지느러미 종족의 껍질을 살펴본 후 바위 무더기 주변을 돌아 앞으로 나섰다.

인어들의 노래가 뚝 끊겼다. 그러고는 어둠 속에 반짝이는 눈빛을 돌려 나를 바라봤다. 인어 한 마리가 일행을 돌아보며 말했다.

"정찰병이야. 더 많이 몰려오고 있을 거야."

인어의 노래는 외계어 같았지만 말은 우리 언어였다. 뮤리엘이 지느러미 종족과 인어 종족이 인간과 의사소통을 할 수 있다고 한 말은 사실이었다.

"아니야. 그는 혼자야. 아마도 연락병 같아. 무슨 전갈이라도 가져왔나?"

진주 왕관을 쓴 인어가 나를 향해 물었다. 나는 목청을 가다듬어 최대한 낮고 굵은 목소리로 말했다.

"음, 화약이 폭발하는 것을 본 적 있나?"

"뭐가 폭발한다고?"

오스릭이 도화선에 불을 붙이고 화약 주머니를 던졌다. 주머니는 수면에 닿기 직전 공중에서 폭발했다. 인어들이 귀를 가리며 입을 딱 벌린 채 허공에서 떨어지는 화약 재를 바라봤다. 라베릭이 폭발 소리에 맞춰 보트에서 몰래 빠져나와 물속으로 들어갔다. 그녀는 바닥에 설치해둔 그물을 당겨 둥그런 원 모양으로 만들었다.

"이건 무슨 마법이냐?"

인어 한 마리가 물었다. 하지만 진주 왕관을 쓴 인어는 벌써 흥미를 잃은 것 같았다. 그녀는 재미슨의 입술에 키스하면서 물속으로 낮게 가라앉았다. 오스릭이 다른 화약 주머니에 불을 붙여 던졌다. 인어들이 아까보다 더 놀라며 새된 비명을 질렀다. 재미슨을 붙잡고 물속으로 들어갔던 인어가 다시 수면 위로 떠올랐다. 재미슨이 다시 공기 속으로 나왔다. 그는 물을 토해내지도 숨을 헐떡이지도 않았다. 연기가 아니라 정말로 인어의 노래에 정신을 빼앗긴 상태였다.

마음이 다급해졌다. 나는 인어들의 이목을 끌기 위해 직접 화약 주머니에 불을 붙여 공중으로 던졌다. 인어들의 머리 위에서 폭발이 일어나면서 검은 재가 눈처럼 떨어졌다. 도망치려던 인어들이 나를 그 자리에 멈춰 세웠다. 나는 재빨리 다른 화약 주머니를 집어 들었다. 그러나 급하게 움직이다가 손목을 덮고 있던 지느러미 인간의 껍질이 쭉 찢어졌다. 내 팔이 드러났다. 진주를 머리에 두른 인어가 나를 노려봤다.

"너는 인간이구나. 정체가 뭐냐?"

나는 껍질을 뜯어내 벗어버리고 진짜 내 모습으로 그들 앞에 섰다.

"나는 그 남자의 아내다. 그를 풀어줘라."

인어가 미소를 짓자 뾰족한 이빨이 드러났다. 그녀는 재미슨을 물속으로 밀어 넣었다.

"이리 와서 직접 데려가라. 인간 여자."

그때 라베릭이 그물을 완전히 두르고 소리 질렀다.

"지금이야!"

오스릭이 그물의 다른 쪽 끝을 휙 잡아채며 당겼다. 동시에 재미슨이 수면으로 튀어 오르더니 팔로 인어의 목을 붙잡고 다리로 그녀의 허리를 감쌌다. 라베릭과 오스릭이 동시에 그물을 당겨서 조였다. 나는 화약 주머니 하나에 다시 불을 붙여 그물 너머 반대쪽을 향해 던졌다. 폭발 소리에 놀란 인어들이 그만 안쪽으로 물러났다.

재미슨은 인어가 몸부림을 치며 깨물고 밀어내려 하자 인어의 몸이 늘어질 때까지 팔꿈치로 머리를 때리고 또 때렸다. 그사이 라베릭과 오스릭이 그물을 모아 쥐고 당기기 시작했다. 하지만 그물이 완전히 닫히기 직전 두 마리의 인어가 발버둥 치며 그물 가장자리를 넘어 도망쳤다. 깊은 바닷속으로 잠수하는 그들의 지느러미에 달빛이 스쳤다.

나는 해변을 달려갔다. 오스릭은 인어가 갇힌 그물을 보트 쪽으로 당기고는 보트 옆구리에 묶었다. 의식을 차린 인어들이 날카로운 비명을 지르면서 그물을 물어뜯었다. 오스릭이 막대기로 머리를 내리치자 인어들이 갑작스럽게 조용해졌다.

재미슨이 나와 오스릭의 도움을 받아 그물에서 몸을 빼내고는 처벅처벅 걸어 나왔다. 인어의 이빨이 문 상처에서 피가 심하게 흘러 셔츠를 적셨다. 그는 모래사장에 누워 머리를 내 무릎에 올렸다. 나는 조끼를 벗어 붕대로 사용했다.

"인어 노래에 당신이 정신을 잃은 줄 알았어요."

"확실히 하려고 그랬습니다."

그가 아픈 팔을 부여잡으며 물었다.

"그런데 인어들에게 뭐라고 외친 겁니까?"

"내가 당신의 아내니까 당신을 놓아달라고 했죠."

그가 미소를 지으며 눈을 깜빡였다.

"듣기 좋네요."

"아, 그만 내 무릎에서 떨어져요."

나는 부드럽게 그를 밀어내고 일어설 수 있게 부축했다.

"빨리 동굴로 돌아가자."

보트에 그물을 단단히 매단 오스릭이 말했다.

"곧 도망친 인어들이 지원군을 데리고 돌아올 것이다."

재미슨과 나는 서로를 부축해 묶어놓은 보트에 올랐다. 오스릭과 라베릭이 해변을 따라 서서히 노를 저었다. 그 뒤로 우리가 잡은 인어들이 그물에 갇힌 채 끌려왔다.

19

우리는 뮤리엘의 동굴 안쪽에 보트를 댔다. 물에 잠긴 그물에서 인어 한 마리가 깨어났다. 몹시 화가 나서 얼굴이 새파랬다.

"내 아버지가 너희들을 모두 죽일 것이다, 뮤리엘!"

인어의 목소리가 천장에 부딪히며 동굴 속에 울려 퍼졌다.

"오스릭, 저 인어가 누군지 몰랐어?"

뮤리엘이 묻자 오스릭은 소리를 마구 지르는 인어를 횃불에 비쳐 자세히 살피더니 안색이 하얗게 질렸다.

"네, 네리나 공주?"

"우리가 인어 공주를 납치한 거야?"

옆에 있던 라베릭이 물었다.

"가장 사랑받는 첫째 딸입니다."

바다 마녀가 그물을 가리키며 말을 이었다.

"왕관을 쓴 인어가 공주고 나머지 둘은 공주의 친구들입니다."

우리는 침묵에 빠졌다. 공주를 놓아줘야 할까, 아니면 계획대로 영혼 이동을 감행해야 할까?

"자, 어쨌든 빨리 움직여야 합니다."

오스릭이 인어를 하나씩 묶고는 재미슨과 함께 물 밖으로 끌어냈다. 팔이 뒤로 묶인 네리나 공주는 분노로 으르렁거리면서 긴 꼬리를 털썩거렸다.

"인어들을 저렇게 물 밖에 두어도 안 죽나요?"

라베릭이 물었다.

"잠깐은 괜찮습니다."

뮤리엘이 대답하고는 오스릭에게 돌아섰다.

"한 마리가 모자라잖아."

"다섯 마리가 걸려들었는데 두 마리를 놓치고 말았어, 뮤리엘. 지금이라도 이 일을 멈춰야 할까?"

"이미 사고는 터졌어. 도리언 왕은 나를 절대 용서하지 않을 거야. 이제 내 주름살은 영원히 사라지지 않겠지."

그녀는 우리를 돌아보며 말을 이었다.

"인어는 셋, 당신들은 넷입니다. 한 사람은 남아야 합니다. 누가 남을 건가요?"

모두 남고 싶지 않다는 눈빛을 보냈다. 내 시선이 라베릭과 부딪혔다.

"아니야, 에벌리. 클라렛이 저 아래에 있어. 나는 무조건 갈 거야."

"우리가 클라렛을 꼭 데려올게."

"네가 남아. 검은 내가 찾아줄 테니!"

그녀가 흥분한 목소리로 맞받아쳤다.

"시간의 지배자가 내게 부여한 임무라 나는 꼭 가야 해."

라베릭이 가라앉은 목소리로 물었다.

"그렇다면 어떡하지?"

"내가 남겠습니다."

재미슨이 앞으로 나서며 말했다.

"안 돼요."

반사적으로 말했지만 그가 꼭 가야 하는 이유가 떠오르지 않았다.

"안내를 위해선 오스릭이 꼭 필요해요. 내가 이곳에 남아서 인어들을 지키겠습니다."

"그럼, 결정됐다."

오스릭이 선언했다. 라베릭도 고개를 끄덕였다. 나는 재미슨에게 다가가 조용히 속삭였다.

"재미슨, 당신이 반드시 알아야 할 일이 있어요."

"나도 당신과 상의할 일이 하나 있어요."

"뭔데요?"

하지만 이야기할 시간이 부족했다. 오스릭이 우리 사이에 끼어들며 재촉했다.

"서둘러, 너희 둘. 킬리언 왕자가 한참 앞서 이미 출발했어."

"나중에 이야기하죠."

재미슨이 내 이마에 키스했다. 나는 그의 몸에 기대어 부디 내 심장이 그의 이야기를 들을 때까지는 뛰어주기를 바랐다.

무거운 다리를 움직여 바다로 이어진 동굴로 갔다. 이름이 새겨진 벽 쪽에 의자 세 개가 놓여 있었고, 그 앞에 인어들이 눈을 가린 채 재갈을 물고 있었다.

"꼭 저렇게 해야 해요?"

"네리나 공주의 저주를 계속 듣고 싶지 않다면 재갈을 물려놔야 해요."

뮤리엘이 한 손으로는 자신의 진주 목걸이를, 다른 손으로는 공주의 진주 왕관을 더듬으며 대답했다.

"오스릭, 당신이 공주의 몸을 차지할 거야."

네리나 공주가 긴장한 듯 몸이 뻣뻣해졌다. 공주의 친구들은 움직임이 없었다.

"인어들이 당신을 공주로 생각할 거야. 항상 조심해서 행동해야 해."

오스릭의 눈빛이 살짝 어두워졌다. 공주로 행동하기가 쉽지 않을 것이다.

"자, 모두들 의자에 앉아요."

뮤리엘이 명랑한 목소리로 말했다. 우리는 물 쪽을 바라보고 의자에 앉았다. 벽에 등을 기대고 앉은 우리 오른쪽 옆 통로에 인어들이 누웠다.

"영혼을 바꾸려면 창조의 힘과 연결해야 해요. 에버우드가 세상을 연결하는 방법과 같죠. 창조의 힘이 우리 모두를 연결합니다."

그녀는 손톱을 뻗어 인어 공주의 비늘에 상처를 냈다. 뮤리엘이 녹색 핏방울을 컵에 짜내는 동안 네리나가 몸을 비틀었다. 바다 마녀는 다른 인어에게서도 피를 짜냈다. 각각 별도의 컵에 피를 담았다. 그녀가 컵을 우리 쪽으로 가져올 때 네리나 공주가 꼬리지느러미로 바닥을 휩쓸어 하마터면 뮤리엘이 넘어질 뻔했다. 나는 급히 뮤리엘의 손에서 컵 두 개를 받았다. 이를 오스릭에게 건넬 때 두 컵을 바꿨다.

"이걸 마셔야 해요?"

라베릭이 남은 컵 하나를 뮤리엘에게서 받아 들고는 물었다.

"오, 이런, 아니에요. 이제 당신들 피부에 상처를 내서 피를 여기에 더해야 해요."

뮤리엘이 우리에게 바늘을 건넸다. 나는 손가락을 찔러 컵에 피 세 방울을 떨어트렸다.

"그다음, 컵을 자신의 앞쪽 바닥에 놓아요. 이제부터 캘러한 경과 내가 당신들을 의자에 묶을 겁니다. 인어들이 당신들 몸으로 도망가면 안 되니까요."

뮤리엘이 각 컵에 모래를 뿌리는 동안 재미슨이 우리를 의자에 묶었다. 불안한 마음이 커져갔다.

"의식을 끝내려면 각자 컵을 바다를 향해 차야 해요."

"컵을 발로 차기만 하면 돼요?"

라베릭이 물었다.

"내가 마법의 물약을 먹이거나 주문이라도 거는 줄 알았나요?"

"그건 아니지만…, 아니에요."

라베릭이 말끝을 흐리며 대답했다.

"그런데 몸이 바뀌어 있는 동안 우리가 죽으면 어떻게 되는 거죠?"

"당신이 사라지면, 저들도 사라져요. 그 반대도 마찬가지입니다."

인어 공주가 뭐라고 외쳤지만 재갈이 물려 있어서 알아들을 수가 없었다.

"캘러한 경, 라델라, 그리고 내가 당신들 몸을 잘 지킬게요. 가서 검을 되찾고 클라렛을 구해요. 이제부터 셋을 셀게요."

뮤리엘이 손을 지휘자처럼 치켜들었다. "하나, 둘, 셋!"

우리는 동시에 컵을 차올렸다. 물과 피가 섞인 컵이 바다를 향해 날아갔다. 동시에 영혼이 몸에서 빠져나오더니 허공에 떴다. 인어 공주의 영혼도 역시 몸에서 빠져나왔다. 그녀의 표정은 겁에 질려 있었다.

나는 그녀의 영혼을 지나쳐 인어의 몸으로 쓱 들어갔다. 눈을 뜨자 앞이 보이지 않았다. 손목은 묶였고 입에는 재갈이 물렸다. 그냥 내 몸 그대로인 것 같은 느낌이었다. 그러나 얼마 지나지 않아 오랜 시간 느끼지 못했던 특별한 감정이 내게 전해졌다.

쿵… 쾅… 쿵… 쾅….

시계 소리가 아닌 진짜 심장의 박동 소리. 나는 꼼짝할 수 없었다. 모든 창조물 사이에서 가장 아름다운 소리였다.

누군가가 내 몸을 결박한 줄을 풀었다. 나는 눈가리개를 벗겨내고 재갈을 빼냈다. 눈앞의 뮤리엘이 나를 보며 물었.

"오스릭?"

"그래."

옆쪽에서 여자 목소리가 대신 대답했다. 오스릭의 영혼은 작은 키에 통통한 인어의 몸을 차지했다. 뮤리엘이 미간을 좁히며 물었다. "그럼 넌…?"

"우리 일행을 이곳으로 이끈 건 나예요. 그래서 가장 큰 위험은 내가 무릅써야 해요."

그때 건너편에서 내 머리가 들리더니 파란색 눈동자를 깜빡였다. 네리나 공주는 고개를 숙여 자기 몸을 살폈다.

"내게 무슨 짓을 한 거지? 내, 내가 흉측해졌어!"

재미슨이 눈을 가리려고 하자 그녀는 고개를 흔들었다.

"내게 손대지 마, 이 육지 벌레야!"

"소중한 몸이니까 발버둥 치지 마라."

재미슨은 그녀의 머리에 부드러운 천을 감싸 눈을 가렸다. 네리나가 몸을 비틀면서 숨을 헐떡였다.

"이 몸은 뭐가 문제지?"

그녀는 최대한 힘을 줘서 세차게 심호흡을 했다.

"이 몸은 뭔가가 잘못돼도 한참 잘못됐다!"

"내 심장이 멈추기 전에 누가 저 여자를 좀 진정시킬래요?"

내가 말했다.

"너는 뭐가 잘못된 거지? 가슴에 이런 기계장치를 달고서 어떻게 수영을 해?"

"나는 물속을 좋아하지 않아."

"너는 반쯤 죽어 있다, 여자 인간. 이 심장은 약하다. 너무 약해. 나는 이런 심장으로 견딜 수가 없어!"

재미슨이 그녀 입에 조심스레 재갈을 물리더니 헝클어진 머리를 정리했다. 그의 부드러운 손짓이 내 마음 깊은 곳을 건드렸다. 나는 그가 무척 좋았다. 평소 내 생각보다 훨씬 더.

재미슨이 인어의 몸을 한 내게 다가오더니 내 얼굴을 자세히 살폈다. 그에게서 불안감이 엿보였지만 어느새 표정이 부드러워졌다.

"에비, 공주의 몸은 더 위험합니다. 들킬 가능성이 훨씬 커요. 그저 검 한 자루 때문에 당신을…."

"이럴 수밖에 없었어요."

나는 에버블루에서 돌아오는 즉시 그에게 모든 것을 털어놓을 것이다. 시간의 지배자가 비밀을 지키라고 경고했던 모든 일을. 비밀은 일종의 방패막이다. 하지만 재미슨에게서 나를 보호해야 할 이유는 아무것도 없었다.

"누군가 우리를 물속으로 좀 들어가게 해줄래요?"

라베릭이 소리쳤다.

"내 다리가, 아니 내 꼬리가 굳어가는 것 같아."

오스릭은 스스로 몸을 굴려 물속에 들어갔다. 재미슨이 라베릭의 몸을 물에 밀어 넣고 다음으로 나를 밀어 넣었다. 물속에 들어가자 작은 덮개가 자연스레 콧구멍을 막았다. 물방울이 입에서 피어올랐다. 내가 짠 바닷물을 마시자 목구멍 쪽의 아가미를 통해 다시 빠져나갔다. 물속에서도 아무렇지 않게 숨을 쉴 수 있었다.

잠시 서로를 바라보던 우리 셋은 함께 바다 안쪽으로 잠수해 들어갔다. 시야가 놀라울 정도로 뚜렷했다. 꼬리지느러미의 힘이 너무 세서 그만 암벽에 부딪히고 말았다. 자세를 바로잡다가 라베릭과 다시 부딪쳤다. 그녀가 한심하다는 표정으로 반대편으로 헤엄쳐나갔다. 우리는 두 바퀴를 더 돌며 인어의 몸에 적응해갔다. 오스릭이 엄지를 치켜세워 위쪽을 가리켰다. 수면으로 올라가자는 표시였다. 인어들이 잠을 자야 하는 낮이 되기 전까지 성에 도착하려면 지금 바로 출발해야 했다.

뮤리엘은 왠지 굳은 표정으로 웃고 있었다. 무언가 이상한 느낌이 들었다.

"뮤리엘, 출발하기 전에 우리가 알아두어야 할 다른 사항은 없나요?"

그녀는 자신의 진주 목걸이를 벗어 내 머리에 씌웠다.

"왕에게 내 빚은 이제 해결됐다고 말해줘요."

"우리 일이 전부 잘 마무리되면 그때 고려해보지."

오스릭이 나 대신 무미건조한 목소리로 대답했다. 그는 엄지를 아래쪽으로 향하고 우리를 둘러보더니 먼저 물속으로 잠수했다.

나는 재미슨에게 묵묵히 미소를 보내고는 진짜 파도 밑 땅을 향해 가라앉았다.

20

 심장은 펌프질하고 꼬리지느러미는 힘차게 흔들리며 머리는 물살에 흩날리고 가슴은 부풀었다. 나는 바다로 이어지는 미로 같은 동굴 수로를 헤엄쳤다. 목 양쪽의 아가미를 통해 숨을 들이쉬고 내뱉었다. 헤엄을 치면서도 수면 위 공기 속으로 떠오르고 싶다는 본능과 싸워야 했다.

 우리가 곶을 따라 작은 만으로 들어갔을 때, 해류가 나를 잡아당기며 일행에게서 떼어내려 했다. 나는 강력한 꼬리 힘에 의지해 오스릭과 라베릭 뒤로 바짝 붙었다. 앞으로 나가는 추진력은 거의 꼬리지느러미의 역할이었고, 팔은 단지 방향을 바꾸거나 유지하는 데만 이용했다. 우리는 만을 벗어나 열린 바다로 향했다. 물이 갈수록 차가웠지만 인어의 몸은 능숙하게 체온을 조절했다.

 지금처럼 시력이 예리하지 않았다면 어둠이 공포 속으로 나를 몰아넣었을 것이다. 해저는 갖가지 모양과 크기의 산호로 덮여 있었다. 마치 수중에 숲이 펼쳐진 것 같았다. 놀라울 정도로 강렬한 색깔이, 부드럽고 풍부한 푸른빛이, 꿈처럼 사랑스러웠다.

몇 마리의 회색 생물체가 총알처럼 스쳐 지나가며 우리를 놀라게 했다. 그러더니 커다랗게 원을 그리며 우리에게 되돌아왔다. 바다표범이었다. 눈은 노란색으로 커다랗고 피부는 창백한 은빛이었다. 셀키인지는 몰랐다. 그들은 우리 사이를 빠른 속도로 휘젓고 다니다가 이내 멀어졌다. 우리는 바닷속 깊은 곳 푸른빛을 향해 헤엄쳤다. 한밤의 물속을 뚫고 빛나는 조개들이 긴 수중도로를 만들었다. 나는 어느 방향으로 수영하고 있는지 감을 잡을 수 없었지만 오스릭이 여러 길 중 하나를 선택했다.

별다른 힘을 쓰지 않아도 내 꼬리지느러미가 나를 앞쪽으로 밀어냈다. 작은 물고기들이 지느러미를 전혀 움직이지 않고서 빠르게 지나가는 것을 보고 이 바닷속 길이 해류와 일치한다는 것을 깨달았다. 나는 꼬리에서 힘을 뺐다. 바다의 힘에 온전히 몸을 맡기고 자유롭게 유영했다. 라베릭과 오스릭도 나와 똑같이 움직였다.

힘들이지 않고 물속을 마음대로 날아다니는 짜릿함과 힘찬 심장박동이 주는 안정감에 기쁨이 차올랐다. 우리는 반짝이는 푸른색 수중도로를 따라 경쟁하듯 질주했다. 해파리와 오징어가 스쳐 지나갔지만 다른 인어나 지느러미 종족은 보이지 않았다. 어느 순간 길이 아래쪽으로 날카롭게 꺾이면서 넓어졌다. 더 깊숙이 가라앉았지만 우리가 얼마나 깊은 곳에 있는지 전혀 감을 잡을 수 없었다.

"오스릭, 전에 이곳에 온 게 언제였지?"

내 목소리가 마치 다른 사람이 내게 말하는 것처럼 되돌아왔다. 물속에서는 소리가 어떻게 전해지는지 혼란스러웠다.

"꽤 오래전, 그 당시 나는 밀수를 했다."

"당신은 그 뒤로 많이 성숙해진 것 같아."

"우리는 절대 배우고 자라는 걸 멈추지 않아. 나이가 얼마든지 간에."

"뮤리엘을 보면 꼭 그렇지만은 않던데."

라베릭이 말했다. 바다 마녀에 대한 그녀의 평가는 나만큼이나 야박했다.

"그녀는 아직도 어린아이처럼 행동해."

"뮤리엘은 나이가 마음먹기 나름이라고 생각한다. 죽음을 피하고 영원히 젊은이로 남으려는 그녀의 노력에는 미래를 향한 낙관주의가 깔려 있지. 그녀는 무기력한 삶을 용납하지 않았다."

삶의 끈을 놓지 않으려는 뮤리엘의 노력은 인정한다. 하지만 죽음을 피하기 위한 대가가 무엇인가? 그녀는 자신의 삶을 연장하기 위해 다른 사람의 소망을 이용한다.

멀리 바다 밑바닥에서 어마어마한 빛의 광채가 뿜어져 나왔다. 오스릭이 속도를 높였다. 나는 심장의 고동이 빨라지는 것을 맘껏 즐기면서 그의 뒤를 쫓았다. 차가운 물이 아가미를 통해 몰아쳤다. 그는 수중도로의 가장자리를 벗어나 반짝이는 또 다른 좁은 길로 들어선 뒤 우리에게 속도를 줄이라는 손짓을 했다. 길은 바위투성이의 해저로 이어졌다. 그는 길 가운데 움푹 파인 곳으로 헤엄쳐 갔다. 라베릭과 나는 그에게 합류해서 생전 처음 보는 해저 왕국 에버블루를 살펴보기 위해 멈춰 섰다.

왕국 자체는 육지와 비슷했다. 마치 육지에 존재했던 도시가 지진으로 가라앉아 바닷속에 잠긴 듯한 모습이었다. 특이한 점은 모든 지붕과 발코니, 아치와 다리가 독특한 곡선 형태를 띠었다. 심지어 벽까지도 둥그렇게 굴곡졌다. 마치 건축가가 파도의 곡선을 바라보며 영감을 얻은 것 같았다. 그 결과 구조물 하나에서 다음 구조물로 이어지는 선이 모두 물 흐르듯 부드러운 곡선이었다.

악보의 음표가 오선지를 오르내리듯이 높은 건물들이 이어지다가 가운데로 모여 정점을 이루었다. 그곳에 성이 있었다. 나선형의 계단, 높은 아치, 소용돌이치는 첨탑, 돔 형태의 지붕으로 덮인 중앙 건물이 보였다.

멀리서 보면 굴곡진 외부 벽과 성 꼭대기의 탑이 있는 형태가 마치 거대한 문어처럼 보였다. 중앙 건물이 문어의 머리로 보이고 그 주변으로 둥그렇게 자리 잡은 작은 탑들이 긴 다리 같았다. 각 탑에는 위아래로 창문과 입구가 뚫려서 혼을 빼놓을 듯한 푸른빛이 흘러나왔다. 두 개의 커다란 입구는 불길한 표정을 짓는 눈 같았다.

"다들 어디 있는 거지?"

라베릭이 물었다.

"아마도 잠자리에 들려고 집에 있을 것이다. 인어들은 낮에 자고 밤에 밖으로 나온다. 곧 새벽이 되지. 왕은 아마도 딸을 기다리고 있을 것이다."

나는 머리의 진주 왕관을 바로잡았다. 그때 갑자기 날카로운 휘파람 소리가 들렸다. 우리는 깜짝 놀라 튀어 올랐다. 어느새 우리는 포위되어 있었다. 십여 명의 지느러미 종족이 갑옷을 입은 바다거북을 타고 우리를 둘러싸고 삼지창을 겨눴다.

내 인어 몸보다 두 배는 더 커 보이는 가장 커다란 덩치의 지느러미 인간이 자신의 지팡이를 들어 불을 밝혔다. 그 끝에 달린 둥그런 공 안에는 빛을 내는 바다벌레들이 가득 들어차 꿈틀거렸다. 건장한 가슴과 휘어진 물고기 얼굴, 무표정한 눈동자, 머리 위의 날카로운 지느러미, 그리고 면도날 같은 이빨을 가진 그는 무리 중에서 가장 위협적으로 보였다.

지느러미 병사 몇몇이 옆으로 비켜섰다. 그 사이로 마크햄이 나타났다. 나는 너무 놀라 숨을 헉 들이켰다. 거품이 두 번째 피부처럼 왕자의 몸을 전체적으로 감쌌다. 마치 거대한 해파리 속에 들어 있는 듯한 모습이었다.

"네리나 공주."

거대한 지느러미 인간이 입을 열었다. 위압적인 덩치와 달리 목소리는 크지 않았다.

"그대를 에스코트하기 위해 우리가 왔다. 도리언 왕이 가장 사랑하는 첫째 딸을 자신에게 데려오면 많은 대가를 지불할 것이다."

물갈퀴가 달린 지느러미 손이 밧줄로 내 손목과 꼬리지느러미를 묶었다. 그들은 거북의 갑옷에 줄을 연결해 나를 매달았다. 오스릭과 라베릭 역시 나처럼 잡혀서 묶이는 동안 나는 최대한 떨리는 몸을 진정시켰다.

"공주는 난폭한 성격이라더니 알려진 것보다 훨씬 얌전하구나."

덩치 큰 지느러미 인간이 말했다. 마크햄이 바닥을 둥둥 떠서 내게로 다가오더니 몸을 굽혀 내 눈을 똑바로 바라봤다.

"아무래도 충격을 받았나 보군, 그렇지 않나요, 네리나 공주?"

그는 몸을 기울이더니 조용히 속삭였다.

"비늘이 덮인 꼬리도 잘 어울리는데, 에비."

나는 깜짝 놀라 뒤로 물러섰다.

"어떻게 나를 알아봤지? 저 지느러미 인간들도 알고 있나?"

"저들에게 자신이 누구인지 말해도 소용없어. 네가 속임수를 쓴다고 여길 테니까."

마크햄이 바뀐 내 몸을 살피며 히죽히죽 웃었다.

"내가 너를 알아보지 못할 거라고 생각했나? 에벌리 도노번."

목구멍 아래에서 올라오는 신음을 내뱉으며 나는 이빨을 드러냈다. 인어 몸에서 나오는 본능적인 반응이었다.

"아직도 나를 죽이고 싶나?"

그가 부드러운 목소리로 물었다.

"너는 여전히 죽어 마땅하다. 너를 아이슬린 여왕에게 넘겨서 장작불에 불타오르게 할 것이다."

마크햄이 내 턱을 잡아 올렸다.

"다시 맥박치는 심장을 느껴보니 기분이 어떠냐? 너는 나를 사기꾼이라고 생각하겠지만 너 자신을 돌아봐라. 너야말로 인어의 몸을 훔쳤다."

"잠시 빌렸을 뿐이다."

그는 내 턱을 더 세게 잡고 다른 지느러미 병사들이 들을 수 있는 큰 목소리로 떠들었다.

"네리나 공주, 당신은 과거의 빗장을 풀고 우리의 미래를 일깨우는 열쇠가 될 것이다."

그는 내 턱을 잡은 손에서 힘을 빼고 다시 몸을 내게 가까이 굽히고는 속삭였다. "나 대신 공주를 잡아줘서 고맙구나. 누군가를 믿을 때는 항상 조심해야 한단다, 애비."

그는 둥글게 뭉친 커다란 해초를 내 입에 넣어 재갈을 물린 뒤 오스릭을 향해 다가갔다. 왕자는 역시 일등항해사의 귀에 대고 무언가를 속삭이고는 재갈을 물렸다. 어느새 라베릭에게도 지느러미 종족이 재갈을 물렸다. 그사이 마크햄은 다시 바다거북에 올라탔다.

더는 그의 비웃음을 참을 수 없어 눈을 질끈 감았다. 가슴에서 심장이 천둥같이 쿵쿵 울리면서 분노가 머리끝까지 치솟았다. 납치범들이 우리를 인어의 성으로 끌고 가는 동안 맥박은 점점 더 빨라졌다.

21

 납치범들은 우리를 끌고 좁은 길로 나아갔다. 머리카락이 얼굴을 가리며 흩날려서 수중도시의 전경이 잘 보이지 않았다. 가로등에는 야광충이 가득 들어차서 어둠을 환히 밝혔다. 하지만 나는 영원히 끝나지 않을 악몽에서 헤어 나오지 못하는 느낌이었다.

 거리를 지나던 인어들이 우리를 보고 반대 방향으로 헤엄쳐 멀어지거나 건물 안으로 사라졌다. 지느러미 종족들은 넓적한 얼굴로 조롱하는 미소를 띠며 인어들의 공포를 즐겼다.

 인어와 영혼을 맞바꾸는 우리 계획을 마크햄에게 알려줄 이는 뮤리엘밖에 없었다. 그녀가 우리를 속였다. 처형 장소에서 인어를 잡으라고 추천했던 것도 그녀였다. 마녀는 네리나 공주가 그곳에 온다는 걸 알고 있었을까?

 마크햄은 네리나 공주를 이용해 인어왕을 상대로 거래할 것이다. 그가 진정 원하는 것은 무엇일까? 아마도 내 검은 아닐 것이다.

납치범들은 성문 앞에 멈춰 섰다. 삼지창을 든 인어 경비병들이 다가왔다.

"우리는 도리언 왕을 만나러 왔다."

앞장선 지느러미 인간이 말했다. 높은 성의 입구에서는 창백한 푸른빛이 흘러나왔다. 마치 파랗게 질린 입술 색깔 같았다. 경비병들은 미리 우리가 오고 있다는 전갈을 받은 것이 틀림없었다. 그들은 한마디 말도 없이 성문을 열었다. 지느러미 종족은 성문 안쪽으로 들어섰다. 무지갯빛으로 자꾸 색깔이 변하는 둥근 물방울이 왕궁 탑을 마치 후광처럼 감쌌다. 분명 도르카가 우리를 데리고 온 바닷속 관문이 틀림없었다.

지느러미 종족이 바다거북에서 밧줄을 풀고는 오스릭과 라베릭과 나를 데리고 정문을 통과했다. 우리는 바로 왕좌의 방으로 향했다. 울퉁불퉁한 벽은 산호에 아치형 천장에는 무리 지어 플랑크톤이 빛을 뿜었다.

우리가 지나갈 때 남녀 인어들이 모두 지느러미 종족을 향해 낮게 으르렁거렸다. 남자 인어는 여자 인어보다 몸집이 훨씬 컸다. 가슴이 떡 벌어지고 코는 뭉툭했다. 턱이 길고 눈썹은 수풀처럼 무성했다. 그중 일부는 왕자를 힐긋거리며 서로 무언가를 속삭였다. 바다 밑 생명체들에게도 마크햄은 유명 인사였다.

왕좌의 방으로 들어서자 가장자리에 무릎을 꿇은 하인들을 포함해서 왕궁의 모든 관리가 이곳에 모인 것 같았다. 라베릭이 소스라치게 놀라며 딸꾹질을 했다. 그녀의 시선을 따라가 보니 그들 사이에 클라렛이 서 있었다. 그녀는 마크햄과 비슷한 투명한 거품으로 몸이 둘러싸여 있었다. 하지만 우리가 그녀 앞을 지나갈 때도 무심한 시선으로 똑바로 앞만 쳐다볼 뿐 알아보는 기색이 없었다.

지느러미 종족이 중앙의 울퉁불퉁한 바닥에 우리를 팽개쳤다. 공중 높이 연단이 떠 있었다. 연단 위에는 돌로 만들어진 두 개의 왕좌가 방을 바라보고 있었고, 뒤쪽 벽면은 거대한 파이프 오르간으로 덮여 있었다. 지금까지 내가 본 것 중 가장 거대한 오르간이었다. 수십 개의 파이프가 한쪽 벽에서 다음 벽으로 층층이 쌓여 천장까지 뻗었다. 파이프 오르간의 겉면은 데이지 무늬로 덮여 있었다. 단순한 장식인지 시간의 지배자에 대한 경배의 표식인지 궁금했다.

갸름한 꼬리와 갈대처럼 여윈 인어가 왕좌 하나를 차지하고 있었다. 창백한 피부는 축 늘어져 있었지만 오닉스처럼 검은 눈빛은 위엄이 서려 있었다. 그의 뒤쪽 오르간의 파이프 사이로 부릅뜬 두 쌍의 노란 눈이 우리를 노려봤다. 인어왕 도리언이 마침내 입을 열었다.

"모두 물러가라."

그 말에 일제히 썰물처럼 빠져나갔다. 클라렛도 한 무리의 여자 인어 뒤를 따라 방을 나갔다. 삼지창으로 무장한 소수의 경비병만 우리를 막아선 채 둘러쌌다. 방 안이 조용해지자 왕이 다시 입을 열었다.

"킬리언, 네가 우리 바다로 돌아왔다는 소문은 들었다. 레드몬트 선장이 너를 해치웠다고 하더니만, 너의 간교함을 얕잡아봤구나."

왕이 팔걸이를 움켜쥐었다. 검은색 손톱에 힘이 잔뜩 들어갔다.

"네가 내 딸을 데려온 걸 보니 무언가 원하는 게 있는 모양이로군."

"뮤리엘이 그녀를 붙잡았습니다, 폐하."

"늙은 마녀는 어떻게 지내느냐?"

"잘 아시다시피 만족할 줄 모릅니다."

"흠, 너는 무엇을 원하느냐, 킬리언?"

덩치가 커다란 지느러미 인간이 나를 붙잡더니 돌로 만든 단검을 목에 겨눴다. 경비병들이 바짝 다가서는 기척이 들렸다. 왕이 의자를 손가락으로 두드렸다.

"내 관문을 이용하고 싶은 거냐?"

"글쎄요, 폐하. 당신의 딸은 그 이상의 가치가 있을 텐데요."

마크햄이 연기를 하듯 한숨을 내쉬고는 말을 이었다.

"저는 충분히 저울질을 해봤습니다. 폐하께서도 공주가 어떤 가치를 지니고 있는지 충분히 동의하실 줄로 압니다."

인어왕의 눈동자에 불이 붙은 것처럼 빛이 났다.

"다시 묻는다. 네가 원하는 것이 무엇이냐, 킬리언?"

"시간의 지배자를 위한 키잡이의 이름을 알려주시오."

시간의 지배자의 키잡이? 머릿속에 물음표가 떠올랐다. 마크햄은 전혀 뜻밖의 대가를 요구했다.

"시간의 지배자는 조수의 간격이 잘 지켜지는지 내가 알 수 있도록 영원한 모래시계를 관리하는 키잡이가 누구인지 알려주긴 했지. 하지만 그 비밀은 누구에게도 알려줄 수 없다."

나는 한마디도 놓치지 않으려고 최대한 귀를 기울였다. 영원한 모래시계와 관련된 신화는 사실이었다. 그런데 마크햄이 왜 키잡이의 이름을 원하는지 종잡을 수 없었다.

"시간의 지배자는 폐하의 행복이나 안전에 아무런 관심이 없습니다. 만약 조금이라도 관심이 있었다면 폐하의 아내가 아프다는 것을 경고하고 함께할 수 있는 시간을 더 주었을 겁니다. 또다시 따님을 잃는다면 폐하에게 수치가 될 것입니다. 더구나 아내를 잃은 지 얼마 되지도 않은 지금은 더더욱 그렇지요."

왕이 손가락을 튕겼다. 그러자 두 마리의 거대한 뱀장어가 파이프 오르간에서 총알처럼 튀어나왔다. 뱀장어들은 독니를 드러내고 왕좌를 빙빙 돌며 낮게 쉭쉭 소리를 냈다. 나를 붙잡고 있던 지느러미 인간의 손에 바짝 힘이 들어갔다.

"나를 시험에 들게 하다니 겁대가리가 없구나."

도리언 왕이 냉랭한 목소리로 말했다.

"폐하의 앞날을 걱정할 뿐입니다. 어떤 유산을 공주들에게 물려줄 겁니까? 이 조그만 바다? 아니면 아직 주인조차 없는 광대한 생명의 땅의 바다를 물려줄 겁니까?"

지느러미 종족은 마크햄의 제안에 누구도 이의를 달지 않았다. 마크햄이 지느러미 종족에게 우리 세계의 바다를 넘겨준다는 약속을 했을 것이라는 오스릭의 짐작과는 달랐다. 아마도 마크햄은 인어 종족이 파도 밑 땅의 바다를 비우면 자연히 이곳은 지느러미 종족의 차지가 될 것이라고 꾀었을 것이다.

왕은 한동안 움직이지 않았다. 표정으로는 무슨 생각을 하는지 도무지 알 수 없었다. 그는 한쪽 손을 들어 무언가를 지시했다. 그러자 잠시 후에 하인 하나가 해초에 싸인 아벨린의 검을 들고 헤엄쳐 왔다. 나는 뛰쳐나가고 싶은 마음을 가까스로 억눌렀다. 왕이 하인에게 검을 받아 들고 앞으로 내밀었다.

"이 검을 받고 내 딸을 풀어줘라."

"저는 그 검에 아무런 관심이 없습니다."

마크햄이 가소롭다는 미소를 머금었다.

"오직 영원의 모래시계 키잡이만이 공주를 구할 수 있습니다."

마크햄이 진정 원하는 고대의 유물이란 바로 영원의 모래시계였다. 그는 그것을 얻기 위해 이 모든 과정을 거쳐 여기까지 다다른 것이었다.

지느러미 인간이 내 목을 겨눈 칼날에 힘을 줬다. 피부가 살짝 찢기며 피가 흘렀다. 도리언 왕이 의자를 두드리는 손가락 박자가 빨라지고 꼬리가 더 세차게 흔들렸다.

"생명의 땅의 바다를 지배할 권리를 내게 주겠다는 것이냐?"

"약속의 땅의 왕자인 저는 생명의 땅을 관리할 권리가 있습니다. 제가 생명의 땅의 바다를 폐하께 드리겠습니다. 약속합니다."

"너의 누나가 허락하겠느냐?"

"저는 엘프의 왕자입니다. 누나는 당연히 이 약속을 존중해야 합니다."

"나는 단지 키잡이의 이름만 알려줄 수 있을 뿐이다. 그가 어디 있는지는 나도 모른다."

"그의 이름이면 충분합니다."

도리언 왕은 검을 지그시 바라보며 대답했다.

"그의 이름은 홀덴 오셰어다."

마크햄이 몸을 돌려 날카롭게 나를 노려봤다. 나는 터질 듯 쿵쾅거리는 내 심장 소리밖에 들리지 않았다.

내 삼촌이 시간의 지배자를 위한 키잡이라고?

내 목을 겨누던 칼날이 사라졌다. 지느러미 인간이 내 입에 물린 재갈을 빼내고 몸을 묶은 밧줄을 끊었다. 하지만 나는 멍한 상태로 움직일 수가 없었다.

"폐하, 새로운 달이 뜰 때 새로운 바다의 권리를 주장하십시오."

마크햄이 내게서 고개를 돌리더니 몸을 숙이고 지느러미 인간들과 함께 재빨리 방을 떠났다. 인어왕은 아벨린의 검으로 바닥을 짚고 왕좌에 몸을 기댔다. 흉포한 뱀장어들이 다시 파이프 오르간 뒤로 돌아가 몸을 숨겼다.

"오, 몸은 좀 괜찮냐, 네리나?"

도리언이 걱정스러운 눈빛으로 물었다. 나는 그 질문이 나를 향한 거라는 걸 깨닫는 데 잠시 시간이 걸렸다. 너무 당황해서 말이 잘못 나왔다.

"네, 폐하."

"폐하?"

나는 재빨리 말을 고쳤다.

"네, 아버지."

"그런데 새로운 진주 목걸이가 생겼구나."

"바다 마녀가 훔친 진주를 되찾았어요."

왕은 관자놀이를 손가락으로 문질렀다.

"늦었다, 네리나. 침실로 가서 쉬어라. 네 실수에 대해서는 나중에 다시 이야기하자."

나는 내 검에서 시선을 떼고 서둘러 방을 떠났다. 오스릭과 라베릭이 내 뒤를 따라 왕좌의 방을 벗어나 빈 복도로 나왔다. 왕궁은 고요했다. 낮 동안 모두 잠을 자는 듯했다.

"뮤리엘이 배신했어. 절대 가만둘 수 없어."

오스릭이 이를 갈았다.

"왜 우리를 배반했을까?"

라베릭이 물었다.

"시간. 마크햄이 그녀에게 더 많은 시간을 약속했을 거야. 불사의 몸에게 시간은 넘쳐날 테니."

오스릭이 으르렁거리다가 곧 평정을 되찾았다.

"에벌리, 넌 검을 되찾아라. 우리는 클라렛을 구하겠다."

"홀덴 오세어는 내 삼촌이야."

내가 아직도 멍한 상태로 말했다. 오스릭이 내 팔을 붙잡았다.

"네 삼촌을 어디서 찾을 수 있는지 킬리언이 알고 있나?"

나는 고개를 끄덕였다. 그는 허공을 바라보며 탄식했다.

"오, 어머니 마드로나여, 상황이 생각보다 훨씬 심각하구나."

오스릭이 멍한 상태인 나를 깨우려는 듯 팔을 잡고 흔들었다.

"지금은 고민할 시간이 없다. 일단 검을 찾은 뒤에 우리가 조금 전에 있었던 위쪽 능선으로 와라."

"하지만 삼촌이…."

라베릭이 내 손을 꼭 잡았다.

"먼저 검을 찾아와, 에벌리."

라베릭이 내 이마 위에서 흘러내리는 진주 왕관을 바로잡고 나를 끌어당겨 재빨리 안았다.

"거의 끝나가. 빨리 집으로 가야만 삼촌도 만날 수 있잖아."

끝난다는 말, 집으로 돌아가 삼촌을 만난다는 말이 내 의지에 불을 붙였다. 오스릭과 라베릭이 클라렛을 찾기 위해 복도에서 멀어졌다. 나는 검을 찾기 위해 다시 왕좌의 방을 향해 돌아섰다.

22

 왕좌의 방은 조용했다. 나는 방 바깥쪽 기둥 뒤에 숨어서 높은 연단과 파이프 오르간을 엿봤다. 인어왕은 방을 떠난 것 같았다.

 나는 조심스럽게 왕좌가 놓인 연단을 향해 위쪽으로 헤엄쳤다. 나는 왕좌 뒤쪽으로 돌아가 구석구석을 살폈다. 아무것도 보이지 않았다. 파이프 오르간 쪽도 살폈다. 수중 오르간은 인간 세계의 악기와는 달리 건반이 없고 대신 구멍이 여럿 뚫려 있었다.

 파이프 두 개에서 갑자기 뱀장어들이 튀어나왔다. 어느새 나타난 도리언 왕이 내 뒤를 막아섰다.

 "너는 네리나가 아니다."

 그의 목소리는 예상외로 부드러웠다. 뱀장어들이 미끄러지듯이 내 주변을 맴돌았다.

 "내 딸처럼 보이지만 분명 네리나가 아니야. 영혼이 없는 몸은 진주가 없는 조개다. 너는 네리나의 몸과 잘 어울리지 않는다."

나는 최대한 목소리를 진정시켰다.

"하지만 아버지, 저예요. 당신의 첫째 딸이에요."

도리언 왕이 오르간 벤치에 앉아서 낮고 음울한 곡을 연주하기 시작했다. 불길한 느낌의 곡이었다.

"네가 내 딸이라면 노래를 한번 해봐라."

"무슨 노래요?"

"공주는 사랑스러운 목소리를 지녔다. 넌 네리나가 아니야. 뮤리엘이 수작을 부린 게 분명하군."

나는 더는 정체를 숨길 수 없다는 걸 깨달았다.

"나는, 나는 생명의 땅에서 온 인간이다."

왕은 내 정체에도 당황하지 않고 연주를 잠깐 멈추더니 물었다.

"내 딸은 어디 있느냐?"

"뮤리엘과 함께 안전하게 있다. 내게 협조한다면 네리나는 곧 당신에게 돌아올 것이다."

그가 어깨를 마구 흔들며 어처구니없다는 듯 웃음을 터트렸다.

"인간이 감히 나를 협박해?"

"나와 거래를 하자는 것이다. 검과 당신의 딸을 교환하자. 조금 전 왕자에게 당신이 제안한 것처럼."

도리언 왕이 다시 파이프 오르간을 연주하기 시작했다.

"영혼 이동의 효력이 사라질 때까지 내가 너를 감옥에 가둬두지 말아야 할 이유가 뭐지? 뮤리엘은 예전에도 같은 속임수를 썼다. 그녀는 셀키와 몸을 바꾼 후 내 아내의 방으로 숨어들어서 진주 목걸이를 훔쳐 갔지. 난 걱정하지 않아. 영혼 이동의 마법이 사라지면 네리나의 영혼이 원래 몸으로 돌아온다는 걸 아니까. 그리고 넌 허약한 인간의 몸으로 돌아가겠지."

그의 말에 심장이 거세게 뛰면서 몸이 떨렸다.

"시간의 지배자가 아벨린의 검을 찾기 위해 나를 보냈다."

"그가? 왜?"

왕이 여전히 음산한 곡을 연주하면서 되물었다.

"나는 죽어가고 있다."

나는 최대한 담담하게 말하려고 노력했다. 검을 되찾으려면 그의 연민에 호소할 수밖에 없었다.

"아벨린의 검만이 나를 구할 수 있다."

도리언 왕이 건반에서 손을 떼고 미간을 좁히며 나를 바라봤다. 그의 뱀장어들은 여전히 내 주변을 맴돌았다. 너무 가까워서 미끄러운 몸이 내 머리카락에 스쳤다.

"너는 누구냐?"

"나는 에벌리 도노번, 시계태엽심장을 가진 소녀다."

"도르카가 네 이름을 내게 말한 적이 있다."

그가 오르간 벤치에서 한 바퀴 돌아앉았다. 꼬리가 내 쪽을 바라보고 흔들렸다.

"우리 세계에 온 이유가 무엇이냐, 시간의 운반자여? 이곳에 너를 위한 자리는 없다."

"시간의 지배자가 자신의 검을 원한다. 돌려주면 나는 곧바로 사라지겠다."

도리언 왕이 벤치에서 일어서더니 왕좌로 헤엄쳐 갔다. 그는 의자 아래쪽 틈으로 손을 집어넣더니 아벨린의 검을 꺼냈다. 그는 반짝이는 검을 들어 내 가슴을 겨눴다.

"말해라, 에벌리 도노번. 너는 시간을 위해 무엇을 내놓을 수 있느냐?"

"무엇이든지."

내 목소리에 물기가 섞였다.

"더 많은 시간을 가질 수 있다면 무슨 짓이든 할 것이다."

"아내와 함께 하루를 더 보낼 수 있다면 나 역시 무슨 짓이든 할 것이다. 하지만 지금 내게 남은 건 오직 딸들뿐이지."

인어왕이 나를 향해 다가오자 뱀장어들이 물러났다. 그가 검을 요동치는 내 가슴에 댔다. 나는 감히 움직일 수가 없었다.

"우리는 너희 세계에 새로운 제국을 건설할 것이다. 인류는 생명의 땅을 물려받기에는 너무 허약하다. 인어들이 너희 바다를 지배할 것이다."

그는 검을 높게 치켜들더니 검날을 유심히 살폈다.

"킬리언 왕자는 자신의 계획대로 일곱 세계를 다시 만들려고 한다."

그가 검을 내게 내밀었다.

"검을 받아라, 시간의 운반자여. 너는 분명 앞으로 무엇이 다가오는지를 봤을 것이다. 이 검은 너에게 꼭 필요할 것이다."

나는 재빨리 검을 받아 들었다.

"동굴로 돌아가면 뮤리엘에게 내 딸을 즉시 보내라고 전해라. 아니면 그녀의 집을 돌멩이 하나까지 조각내고 고양이들을 모두 잡아 왕궁에서 파티를 벌이겠다고 전해라."

왕이 뒤로 물러나더니 다시 파이프 오르간을 연주하기 시작했다. 뱀장어들이 그의 꼬리지느러미 근처 연단 위에 얌전히 누왔다. 갑작스러운 그의 행동에 나는 혼란에 빠져 쉽게 움직일 수 없었다. 도리언 왕은 내가 원하는 것을 줬다. 그런데 검을 받아 들고서도 여전히 더 소중한 무언가를 잃어버린 것 같은 느낌이 솟구쳤다. 나는 최대한 힘을 쥐어짜 뒤로 돌아섰다. 등 뒤로 도리언 왕의 목소리가 들렸다.

"내 아내의 목걸이는 놓아두어라."

나는 진주 목걸이를 벗어 왕좌 위에 놓고 왕궁 밖으로 나왔다. 바깥문에 다다르니 왕궁 경비병들이 저 멀리 높은 탑 부근에서 누군가를 쫓고 있는 모습이 눈에 들어왔다. 오스릭과 라베릭이 가운데에 클라렛을 붙잡은 채 달아나고 있었다. 클라렛의 맨발이 힘없이 흔들렸다. 나는 최대한 빠르게 헤엄쳐 그들 뒤를 쫓았다.

"그들을 놔둬라!"

경비병들이 공주의 명령에 뒤로 물러서더니 고개를 숙였다.

"성문을 열어라."

경비병들이 허둥지둥 달려가 문을 열었다. 야광충이 가득한 램프가 도시의 정적을 환하게 비췄다. 친구들은 거리로 들어가지 않고 도시를 넘어 위쪽으로 방향을 잡았다. 내가 가까이 다가가니 오스릭이 황급히 말했다.

"서둘러야 한다. 영혼이 벗겨지기 시작했다."

해저 관문이 머리 위쪽에서 소용돌이쳤다. 아마도 마크햄은 영원의 모래시계를 빼앗기 위해 지금쯤 저 관문을 통과해 삼촌에게 가는 중이리라.

우리는 도시를 지나 급류에 올라탔다. 흐르는 물이 우리를 멀리 밀어냈다. 클라렛의 몸을 감싼 얇은 거품이 금방이라도 터질 것 같았다. 어느 순간 오스릭이 우리를 급류 바깥으로 이끌었다. 우리는 해골 암초를 향해 헤엄쳐 올라갔다. 멍한 상태였던 클라렛이 조금씩 깨어났다. 마법이 풀리고 있는 듯했다.

"빨리!"

우리는 커다란 물보라를 일으키며 수면 위로 날아올랐다. 클라렛이 공기 중으로 나오는 순간 몸을 감쌌던 거품이 폭발했다. 그녀는 커다랗게 숨을 들이켜더니 연거푸 재채기했다. 어느 순간 눈을 뜬 클라렛이 라베릭을 마구 때렸다.

"나를 놓아라, 이 괴물아!"

라베릭은 잠깐 물속으로 잠수한 다음 뒤쪽으로 떠올라서 클라렛을 껴안았다.

"진정해, 클라렛. 나, 라베릭이야. 보트에서 떨어진 뒤부터 너는 실종 상태였어. 우리가 인어의 마법에 걸린 너를 구했어."

"라비?"

클라렛이 의심이 가득한 얼굴로 물었다.

"그런데 왜 인어처럼 보이지?"

라베릭이 그녀를 놓아주었다.

"널 구하려고 잠시 몸을 바꾼 거야. 지금 다 이야기하기에는 너무 길어."

클라렛이 몸을 돌리더니 친구를 껴안았다.

"무슨 일이 있었는지 기억나. 달콤한 노래가 들리더니 빛이 보이지 않는 이상한 장소에 있었어. 그 뒤론 아무것도 기억나지 않지만…. 모든 게 너무 무서웠어."

여우가 물 위에 떠서 몸을 떠는 고양이를 껴안았다.

"이제 다 괜찮아. 거기로 돌아가지 않아도 돼."

늦은 아침의 태양이 우리 몸 위로 작열했다. 라베릭이 클라렛을 등에 태웠다. 우리는 앞장선 오스릭의 뒤를 따랐다. 바다 마녀의 동굴 앞에 다다르자 나는 속도를 높여 내 몸이 있는 장소로 가장 먼저 들어갔다.

"재미슨! 라델라!"

그러나 아무것도 없었다. 동굴 가장자리에 검을 놓고 주변을 살폈다. 가까운 곳에 뮤리엘의 손거울이 떨어져 있었다. 거울은 거미줄처럼 금이 가 있었다. 사방을 두리번거렸다. 그제야 오스릭과 다른 이들이 헤엄쳐 들어왔다.

"모두 어디 갔지? 우리 몸은?"

오스릭의 말에 나는 깨진 손거울을 그에게 보여줬다.

"뭔가 잘못된 것이 틀림없어."

"역시 옛말은 틀린 게 하나 없군."

동굴 뒤편 어두운 통로 쪽에서 으스스한 목소리가 들려왔다.

"고장 난 시계도 하루에 두 번은 정확하게 맞지."

레드몬트 선장이 동굴의 통로에서 걸어 나왔다. 거인은 황금색 단추가 달리고 검은색 자수가 놓인 화려한 빨간 재킷에 주름 장식이 풍성하게 달린 하얀 셔츠를 입고 있었다. 그리고 그의 한 손에는 검이, 다른 손에는 뮤리엘의 잘린 머리가 들려 있었다.

23

 레드몬트 선장의 하얀 셔츠에는 핏자국이 보이지 않았다. 그의 커다란 손에 들린 뮤리엘의 머리는 마법이 사라져 본래의 모습을 하고 있었다. 얼굴 가득 덮은 잔주름과 하얀 머리카락은 다른 사람의 시간을 사서 생명을 늘린 일이 얼마나 부질없는 짓이었는지를 보여주었다.

 해적 몇 명이 동굴에서 나와 선장 옆에 늘어섰다. 나는 검을 움켜쥐고 다시 물속으로 헤엄쳐 친구들 곁으로 갔다. 동굴의 천장 틈새로 햇빛이 스며들어 동굴의 벽면에 일렁였다. 클라렛은 거인을 처음 보자 소스라치게 놀라 소리를 질렀다.

 "오스릭, 너의 배신을 절대 잊지 않겠다."

 레드몬트 선장은 인어의 몸을 한 우리 정체를 이미 알고 있었다. 그가 바다 마녀의 머리를 물속으로 던져 넣었다. 우리는 기겁해서 뒤로 물러섰다. 오스릭만이 감탄할 정도로 침착함을 유지한 채 조용히 물었다.

"우린 말썽을 원하지 않아, 먼디. 우리 몸은 어디 있나?"

"나한테 있다면 여기 놓아두었겠지."

재미슨과 라델라가 분명 우리 몸을 숨겼을 것이다. 영혼 이동의 마법은 점점 효력을 잃어가고 있었다. 이대로 영혼이 몸으로 돌아간다면 클라렛과 아벨린의 검은 그대로 이곳에 남는다. 에버블루로 향했던 우리의 모험은 쓸모없는 짓이 되고 만다.

내 뒤쪽 물속에서 무언가 커다란 것이 움직였다. 선장의 바다 악어가 물속에서 우리의 뒤편을 막아섰다. 괴물은 물 위에 떠다니던 뮤리엘의 머리를 덥석 물더니 그대로 삼켜버렸다. 나는 가까스로 치미는 욕지기를 참았다.

"먼디, 내 말을 들어봐. 마크햄이 영원의 모래시계 키잡이를 쫓고 있어. 그냥 두면 일곱 세계 모두가 위험에 빠질 거야. 우리를 이대로 놓아줘."

거대한 악어가 물속을 미끄러지듯이 다가왔다. 클라렛이 비명을 지르며 라베릭에게 필사적으로 매달렸다.

"이제 전쟁을 끝내야 할 때가 왔다. 생명의 땅은 인간의 것이 아니야. 게다가 킬리언 왕자는 세계를 재조합해서 구역을 나눌 것이다. 그러면 우리는 고향으로 갈 수 있어."

"왕자의 말은 거짓말이야!"

내가 외쳤다. 목소리가 높은 천장에 부딪혀 동굴 전체를 울렸다.

"그는 거짓말을 해서 당신을 끌어들인 거야. 마크햄은 다른 종족에겐 관심 따위 없어."

"킬리언 왕자는 일곱 세계를 다시 올바른 질서로 되돌려놓을 것이다. 하지만 넌 그 모습을 보지 못할걸."

선장이 악어를 향해 손짓했다.

"저들을 죽여라."

악어가 거대한 입을 벌린 채 덤벼들었다. 오스릭이 주먹으로 악어의 코를 내려치면서 인어 꼬리로 머리를 강타했다. 악어는 방향을 바꿔 내 쪽으로 달려들었다. 나는 물속으로 잠수해서 악어를 피했다. 악어가 나를 따라잡으려는 순간 몸을 틀어 옆구리 쪽으로 검을 휘둘렀지만 얕은 상처만 입혔을 뿐이다. 악어는 멈칫거리지도 않고 달려들었다. 내 꼬리지느러미가 악어의 이빨에 찢겼다. 그때 라베릭이 잠수해 들어와 악어의 목을 잡고 등에 올라탔다. 악어가 몸을 뒤집고 또 뒤집었지만 라베릭은 악어를 놓치지 않았다. 나는 악어의 꼬리를 찔렀다. 악어가 고통에 몸부림쳤다. 악어의 등에서 라베릭이 떨어져 나왔다. 나는 악어 밑으로 잠수해서 부드러운 배를 위쪽으로 찔렀다.

오스릭이 클라렛을 데리고 동굴 입구로 헤엄쳤다. 라베릭도 뒤따랐다. 오스릭이 클라렛과 함께 잠수해서 출구를 향해 속도를 냈다. 클라렛이 입을 부풀리고 숨을 참는 모습이 보였다. 나는 악어의 배에서 검을 뽑아낸 뒤 그들의 뒤를 쫓았다.

우리는 동굴 바깥으로 이어지는 통로의 수면 위로 떠 올랐다. 레드몬트 선장의 외치는 소리가 바위에 부딪혀 울리며 우리를 쫓아왔다. 그때 라델라가 천장의 열린 틈새로 날아들었다.

"라델라, 재미슨과 우리 몸은 어디 있지?"

그녀는 낮게 날며 따라오라는 몸짓을 했다. 우리는 라델라의 뒤를 쫓아 온 힘을 다해 헤엄을 쳤다. 동굴을 완전히 벗어나 해안으로 나왔다. 해적선 *언더토우호*는 보이지 않았지만 분명 가까운 곳에 있을 것이다.

라델라가 해안선을 향해 수면 위를 낮게 날았다. 우리는 있는 힘을 다해 헤엄쳤다. 하지만 파도는 거셌고 점점 힘이 빠졌다. 오스릭과 라베릭이 번갈아가며 클라렛을 업었다. 나는 검의 무게 때문에 자꾸 뒤처졌다. 오스릭이 내가 힘겨워하는 것을 발견하고 다가왔다.

"에벌리, 내가 들어줄게요."

나는 검을 그에게 넘기고 헤엄쳤다. 힘이 빠질 뿐만 아니라 인어 몸에 대한 통제력도 점점 약해져 꼬리가 비틀거렸다. 태양은 너무 밝았고 파도는 강했다. 라베릭이 앞쪽 물 위에서 몸을 마구 흔들었다.

"에벌리, 나는 지금…."

라베릭의 영혼이 인어의 몸에서 빠져나와 떠오르더니 어딘가로 쏜살같이 사라졌다. 오스릭이 동작을 멈췄다. 우리의 시선이 서로 얽혔다. 그가 내게 검을 던졌다. 내가 검을 받아 든 순간, 그의 영혼 역시 날아갔다. 클라렛이 가라앉지 않기 위해 나를 붙들었다.

"나를 떠나지 마, 에비."

"그럴 거야."

나는 사력을 다해 클라렛과 검을 지탱했다. 내 영혼이 몸에서 빠져나가려고 했다. 마치 뱀이 허물을 벗는 듯한 느낌이었다. 하지만 정신을 집중하고 모든 힘을 끌어모아 영혼을 다시 불러들였다.

이 몸을 떠나면 절대 안 돼.

라델라가 육지를 향해 몸을 돌렸다. 멀리 감시탑이 보였다. 나는 탑을 목표 삼아 해변을 향해 헤엄쳤다. 내 동작은 무척 느리고 무거웠다. 라델라는 내가 다가설 때까지 멈춰 있다가 다시 앞으로 날아가기를 반복했다.

"에벌리!"

재미슨이 해변에 서서 손을 흔들었다. 꼬리지느러미 아래로 바닥이 닿았다. 클라렛이 등에서 미끄러져 내려와 내 팔을 붙잡았다. 우리는 함께 해변을 향해 발길질했다. 얕은 물 속에서 꼬리를 흔들며 마지막 몸부림을 쳤다. 클라렛이 바닥에 엎드리더니 모래사장을 향해 기어갔다. 재미슨이 뛰어 다가왔다. 그에게 검을 건네는데 손이 심하게 떨렸다. 그가 검을 받아 들자마자 나는 인어의 몸을 놓아줬다.

내 영혼이 인어 공주 위로 떠 올랐다. 친구들을 넘어 허공으로 날아올라 감시탑의 열린 문으로 쓱 들어갔다. 나는 내 몸속으로 쾅 부딪히듯 떨어졌다.

나는 마룻바닥에 누워 있었다. 공허감이 밀려왔다. 피와 살로 이뤄진 심장의 박동, 굳건하던 맥박이 사라진 느낌이 너무나 선명했다. 절룩거리듯 뛰는 심장이 이렇게 허약하게 느껴진 적이 없었다. 그 황량한 느낌이 내 영혼을 파고들었다. 마치 살이 썩어 사라진 뼈다귀 같았다. 내게 남은 시간이 거의 다 되어간다는 사실을 어느 때보다 분명히 느낄 수 있었다.

잠시 후 누군가가 내 볼을 건드렸다. 눈을 뜨자 흐릿한 얼굴이 나를 내려다봤다.

"돌아온 걸 환영해요, 에비."

재미슨이 활짝 웃으며 말했다. 그가 내 몸을 묶은 밧줄을 풀자 간신히 바닥을 짚고 일어나 앉았다. 온몸이 아프고 쑤셨다. 마치 몸이 산산조각이 났다가 뼈마디를 잘못 맞춰놓은 듯했다.

오스릭이 아직 의식이 돌아오지 않은 채로 내 옆에 누워 있었다. 라베릭과 클라렛은 함께 구부정한 자세로 앉아 있었다. 클라렛의 긴 머리가 물에 젖은 채 등 뒤로 치렁치렁 늘어졌다. 라베릭과 팔짱을 끼고 있던 클라렛이 어깨 너머로 나를 바라보더니 가슴에 손을 얹었다. 라베릭이 내 심장에 관해 이야기한 것 같았다.

아벨린의 검은 벽에 기대어 있었다. 검을 보자 어지러운 머릿속으로 지난 하루 동안 일어난 일들이 꿈처럼 스쳐 지나갔다. 나는 눈을 감고 가장 끔찍했던 일을 재미슨에게 털어놨다.

"레드몬트 선장이 뮤리엘을 죽였어요."

"라델라가 이미 이야기해줬어요. 당신이 없는 동안 많은 일이 벌어졌습니다."

단조로운 목소리에 슬픔이 깃들었다. 그는 천천히 말을 이어갔다.

"우리는 해안에서 해적선을 발견하고 당신과 라베릭, 오스릭의 몸을 보트에 실었습니다. 뮤리엘은 뒤에 남아 해적들을 유인하기로 했죠. 내가 떠나기 전 그녀는 내게 많은 것들을 이야기했습니다. 가장 먼저 당신이 그녀를 용서해주기를 바라더군요. 당신에게 전하면 무슨 말인지 이해할 거라고 했습니다."

"뮤리엘이 마크햄에게 우리의 위치를 알려줬어요. 왕궁 앞에서 그와 지느러미 인간들이 우리를 습격했죠."

조금씩 머릿속이 맑아졌다. 나는 눈을 크게 떴다.

"마크햄은 도리언 왕에게 검을 요구하지 않았어요. 그는 시간의 지배자의 키잡이를 찾고 있었어요. 영원의 모래시계를 관리하는 키잡이가 바로 홀덴 삼촌이었어요."

"당신 삼촌?"

재미슨이 놀란 얼굴로 되물었다.

"그저 시계 장인인 줄로만 알았는데."

이제 과거의 시간을 돌이켜볼 여유가 생겼다. 삼촌은 내 심장을 설치하던 날, 시간의 지배자를 보고서도 놀라지 않았다. 둘은 모르는 사이가 아니었던 것이다.

"내 사과가 어디 있지?"

오스릭이 정신을 차린 듯 신음을 내뱉으며 물었다. 재미슨이 작은 가방을 건넸다. 엘프는 나무토막처럼 일어났다. 수백 년의 나이를 먹은 늙은이처럼 굼뜨게 움직였다. 그는 매혹의 사과를 커다랗게 베어 물고 한참을 씹어 삼킨 후에야 입을 열었다.

"레드몬트 선장이 곧 우리를 쫓을 것이다. 출발 준비를 하는 데 얼마나 걸리지?"

"나는 준비됐다. 내 삼촌은 생명의 땅 도레스탄드에 있다."

"그렇다면 그곳이 우리의 목표다. 서두른다면 우리가 킬리언 왕자를 따라잡을 수도 있어. 버블 토닉은 수중 관문을 통과할 수 있을 정도로 강하지는 않아. 분명 육지로 와서 관문을 통과해야 한다."

오스릭은 사과를 한입 더 베어 물고 목을 좌우로 풀었다.

"왕자가 영원의 모래시계로 무엇을 하려는지는 몰라도 키잡이는 자기 목숨을 바쳐 지킬 것이다."

재미슨은 보트에 필요한 여러 물품을 챙겨 왔다. 오스릭이 클라렛과 라베릭에게 검을 건네고, 재미슨은 피스톨을 벨트에 꽂더니 내게 다른 하나를 건넸다. 그의 외투 주머니에는 바다 할멈의 작은 망원경이 꽂혀 있었다.

"장전되어 있습니다. 다른 화약들은 다 젖어서 각각 한 발씩만 쏠 수 있습니다."

나는 허리춤에 총을 집어넣고 아벨린의 검을 집어 들었다. 그리고 문을 향해 발을 뗐다. 바깥으로 나가기 직전 가슴이 두근거리고 손끝이 마비되는 느낌이 들었다. 나는 그대로 문틀에 주저앉았다.

"모두에게 할 말이 있어요."

얼굴이 땀으로 끈적끈적했다. 재미슨이 내 곁에 앉아 각자 무기를 챙기던 라베릭과 클라렛, 오스릭을 손짓해 불렀다. 친구들이 나를 둘러쌌다. 나는 친구들에게 비밀을 모두 털어놓기로 마음을 굳혔다.

"내 시계태엽심장이 어떻게 작동할 수 있는지 사실 나도 잘 알지 못했어요. 그런데 최근에 시간의 지배자에게서 내 삼촌이 자신의 삶에서 10년이라는 기간을 내게 주어서 시계태엽심장을 살려냈다는 사실을 들었어요. 뮤리엘이 손님한테 시간을 받는 것과 비슷하죠. 홀덴 삼촌은 10년 전에 내게 시간을 주었어요. 그리고 10년의 시간이 거의 다 소진되었어요."

"이제 얼마나 남았는데?"

라베릭이 조용한 목소리로 물었다. 나는 재미슨과 눈을 마주치지 않으려고 땅바닥을 바라보며 대답했다.

"정확히는 몰라. 10년이 채워지려면 다음 달이 되어야겠지만 점점 가까워지는 게 느껴져."

"시간은 각각의 세계에서 다른 간격으로 흘러간다."

오스릭이 설명했다.

"파도 밑 땅에서의 하루는 나머지 세계에서의 한 달과 동등하다. 짧은 기간 젊음의 땅과 너희 세계, 그리고 이곳으로 이어진 여정은 심장이 시간을 계산하는 방식에 혼란을 줬을 것이다."

재미슨이 손으로 머리를 감쌌다. 손가락이 머리카락을 파고들었다.

"그 사실을 언제부터 알았어요?"

오스릭이 목청을 가다듬으며 말했다.

"우리는 잠깐 저기에서 기다리지."

재미슨과 나를 남겨두고 나머지 친구들이 자리를 떠났다. 라델라도 그들을 향해 날아갔다.

"우리가 이곳 세계로 오기 전부터 무언가 이상하다는 건 알았어요. 하지만 뮤리엘을 만나기 전까지는 내 시간이 거의 다 소진되었다는 사실은 몰랐어요. 동굴에서 당신에게 이야기하고 싶었지만 영혼 이동을 하느라 틈이 없었어요."

그는 손을 내리고 발밑의 수풀을 내려다봤다.

"뮤리엘이 당신에게 어떻게 고칠 수 있는지도 이야기해줬나요?"

"빨리 집에 가야 해요. 삼촌이 어떻게 해야 할지 알 거예요."

"삼촌이 당신을 구한 후에는 어떻게 할 겁니까? 당신이 원하는 건 뭐죠?"

그가 낮은 목소리로 물었다. 내가 원하는 것과 우리를 기다리는 것은 매우 달랐다. 나는 너무 긴 시간 진실을 회피해왔다. 재미슨은 내게서 진실을 들을 자격이 있다. 그것이 설사 불행이더라도.

"내 시계태엽심장은 누구도 바꿀 수 없어요. 당신조차 말이죠."

그가 고개를 들어 나를 바라봤다. 그의 눈은 커다란 상처를 입은 짐승 같았다.

"내가 동굴에서 하려고 했던 이야기가 뭔지 아나요? 나는 당신에게 캘러한 부인으로 행복하게 해주겠다고 맹세하고 싶었습니다. 귀족 신분이나 부귀영화 같은 건 별 관심 없어요. 내게 고향으로 돌아간다는 의미는 당신과 부부로서 살아가는 것을 뜻합니다. 이 세계에서 겪은 모든 일은 당신과 함께 고향으로 돌아가기 위해서였습니다."

"나를 위해 당신이 가진 걸 포기할 필요 없어요."

재미슨이 일어서려다가 머뭇거렸다.

"아직도 모르는군요. 사랑으로 자신을 믿어주지 않는 사람을 내 사랑만으로 믿는 건 쉬운 일이 아닙니다."

"미안해요. 무슨 일이 벌어질지 두려웠고 또 사실이라고 믿기도 싫었어요."

"내가 두려운 건 당신을 잃는 거예요."

재미슨이 덧붙였다.

"무엇보다 당신이 두렵습니다."

그는 자리에서 일어나 태양을 살펴보더니 친구들을 향해 말했다.

"마크햄과 격차가 벌어지고 있어요. 최대한 빨리 에벌리를 집으로 데려가야 합니다."

그는 내 검을 집어 들어 짐을 줄여주었다. 그러고는 친구들을 지나쳐 앞장서 걸어가기 시작했다. 오스릭과 클라렛이 그를 따라 길을 나섰다. 라델라가 일행 앞쪽으로 날아가더니 재미슨의 어깨에 앉았다. 라베릭이 내 옆으로 걸어와서 보조를 맞췄다.

"무섭고 두려울 때 내가 어떻게 하는지 알아?"

아무래도 우리 이야기를 엿들은 것 같았다.

"도화선에 불을 붙여 뭔가를 날려버려."

비록 의도한 건 아니었지만 내가 한 말이 뭔가를 날려버리는 건 아닌지 두려움이 몰려왔다.

2
4

우리는 가파른 오솔길을 서둘러 내려갔다. 해안을 돌아 마을로 향했다. 오스릭이 사과를 하나 더 먹더니 우리에게 멈추라는 신호를 보냈다. 재미슨이 그에게 망원경을 건넸다.

"뭐지?"

일등항해사가 망원경을 통해 산 정상에 있는 구조물을 살폈다.

"누군가 관문을 오르고 있…, 킬리언 왕자다!"

나는 직접 보기 위해 망원경을 잡았다. 마크햄이 계단을 오르고 있었다. 서두른다면 많이 뒤처지지는 않을 것 같았다. 나는 앞장서서 달리기 시작했다. 마을로 향하는 굽이진 길을 돌았을 때 클라렛이 속도를 늦추더니 우리 뒤쪽의 먼바다를 가리켰다.

"라비, 네가 말한 해적선이 저 배야?"

나는 멈춰 서서 망원경으로 **언더토우호**가 항구로 들어가는 모습을 살펴봤다. 갑판에서 레드몬트 선장도 망원경으로 우리의 동태를 살피고 있었다. 나는 재빨리 고개를 돌리며 말했다.

"서둘러야겠어요."

나는 몸에 남아 있는 한 조각 힘까지 끌어모아 마을로 달려갔다. 옆구리가 아파오면서 속도가 느려지자 라베릭이 내 허리에 팔을 둘렀다. 반대쪽에서는 클라렛 역시 내 허리를 팔로 감고 나를 도왔다.

마을에 다다르자 갑자기 오스릭의 속도가 느려졌다. 그리고 건물 뒤쪽에서 거대한 곤봉을 든 채 닐리가 걸어 나왔다.

"오스릭, 너희들이 이곳에 오면 모두 배로 데리고 오라고 선장이 명령했다."

닐리가 친구들의 부축을 받는 나를 보더니 미소를 지었다.

"안녕, 예쁜 인형. 심장은 좀 괜찮아?"

"그렇게 좋지는 않아, 닐리. 나는 고향으로 돌아가야 해."

"미안하지만 그럴 수 없어. 선장이 내 고향으로 돌아갈 방법을 찾았다고 했어. 죽기 전에 나도 고향을 다시 보고 싶거든."

"나도 그 마음은 이해해."

오스릭이 거인을 향해 검을 뽑아 들며 말했다.

"모두 계속 가라. 여기는 내가 맡겠다."

오스릭이 거인을 향해 다가가자 우리는 그 옆을 서둘러 지나쳤다. 재미슨이 앞장서며 우리를 재촉했다. 내 검은 그의 손에 들려 있었다. 지그재그로 꺾인 길은 끝이 없었다. 거인이 휘두르는 무시무시한 곤봉 소리에 무언가 부서지는 소리가 들려왔다. 연이어 오스릭이 짧은 비명과 함께 우리 머리 위로 날아가 위쪽 언덕에 떨어졌다.

닐리가 쿵쾅거리며 무서운 속도로 우리를 쫓아왔다. 재미슨이 검을 내게 건네고 피스톨을 뽑아 들었다.

"관문으로 가요."

"하지만 당신을 두고…."

"빨리 가, 에벌리!"

나는 마지막 힘을 다해 달리기 시작했다. 클라렛과 라베릭이 검을 뽑아 든 채 같이 뛰었다. 꺾인 길을 돌다가 천둥처럼 울리는 총소리에 놀라 뒤를 돌아보았다. 비탈 아래에서 닐리가 곤봉을 떨어트리고 어깨를 감싸 쥐었다. 재미슨이 연기가 피어오르는 총구를 내리고는 우리 쪽으로 달려왔다. 우리는 다시 출발했지만 닐리 역시 곧 몸을 일으켜 우리를 쫓기 시작했다.

나와 재미슨 사이에서 날던 라델라가 갑자기 뒤쪽으로 날아가더니 날개를 퍼덕거리며 픽시 가루를 뿌렸다. 가루가 바닥에 닿자 커다란 구멍이 생겼다. 뛰어오던 닐리의 발이 그대로 구멍에 빠져 앞으로 세차게 넘어졌다.

위쪽 언덕에서 오스릭이 몸을 일으켰다. 우리는 그를 향해 달려갔다. 그는 우리에게 계속 전진하라는 손짓을 보냈다. 그러더니 검을 치켜들고 길 가운데로 나와 거인과 다시 싸울 준비를 했다. 라델라가 오스릭의 곁에 남았다.

우리는 마을의 거리를 지나 진흙 길로 접어들었다. 재미슨이 다리를 절었지만 나는 도와줄 수가 없었다. 여우와 고양이 역시 지친 기색이 역력했다.

뒤쪽에서 닐리의 커다란 발소리가 다시 들려왔다. 뒤돌아 보니 오스릭과 라델라는 보이지 않았다. 거인이 그들을 물리치고 우리를 다시 쫓아오는 것 같았다. 라베릭이 클라렛을 쳐다봤다. 그들은 결심한 듯 고개를 끄덕였다. 라베릭이 나를 앞으로 밀었다.

"에벌리, 먼저 가."

"안 돼. 우린 함께 가야 해."

"빨리 가! 넌 혼자가 아니야. 이번엔 친구로서 우리도 뭔가 할 수 있게 해줘."

거인의 머리가 경사진 길 아래에서 나타났다.

"조심해."

나는 여우와 고양이에게 말하고는 재미슨과 함께 계속 길을 올랐다. 한참을 오른 다음 아래를 내려다보니 라베릭과 거인이 마주 보고 서 있었다. 클라렛이 뒤편의 커다란 바위에서 갑자기 뛰쳐나와 거인의 등에 그대로 올라탔다. 클라렛은 거인의 목을 팔로 조르면서 매달리고 그사이에 라베릭은 검으로 그의 무릎을 찍었다. 닐리가 기다란 비명을 내질렀다.

재미슨과 나는 안쪽으로 휘어지는 더 가파른 경사길을 올랐다. 더는 그들의 모습이 보이지 않았다. 손가락 끝이 따끔거리는 증상이 발가락까지 옮겨갔다. 팔다리의 끝부분이 무감각해지는 증상은 시간이 얼마 남지 않았다는 징조였다. 가쁜 가슴을 손으로 눌렀다. 시계태엽심장의 움직임이 이상했다. 나는 잠시 멈춰서서 심장을 내려다봤다. 분침이 7에서 아주 천천히 6을 향해 가고 있었다. 똑딱이는 소리도 없이 시계 반대 방향으로 움직였다. 0까지 후퇴하면 내게 남은 시간이 끝나리라는 느낌이 들었다.

"에비, 빨리 가야 합니다."

재미슨이 멈춰 선 나를 재촉했다.

"당신이 내 검을 삼촌에게 가져가요. 선장이 원하는 건 내 시계태엽심장이에요."

"바보 같은 소리 하지 말아요."

재미슨이 나를 번쩍 들더니 그대로 어깨에 걸쳤다. 그는 다시 언덕을 올랐다.

"우리는 때때로 의견이 맞지 않을 때도 있고, 가끔은 내가 마음에 들지 않는다는 듯이 당신이 행동할 때도 있죠. 하지만 한 가지는 확실한 건 서로의 마음을 조금씩 알아가고 있다는 거예요."

그는 무릎의 통증을 간신히 견디며 나아갔다. 멀리 바다에서 해적들이 보트에 가득 타고서 부두로 노를 저어 들어오는 모습이 보였다. 더 지체한다면 해적들이 닐리와 합세해 쫓아올 것이다. 재미슨이 바위가 많은 길의 마지막 부분에 올랐다. 이제부터 관문이 보이는 계단이 시작되었다.

그때 커다란 바위가 우리 머리 위로 날아와 바로 앞쪽에 떨어졌다. 먼지가 피어오르며 바위 파편이 튀어 올랐다. 우리는 아래쪽으로 굴러떨어질 뻔하다가 간신히 흙먼지 속에서 멈췄다.

"재미슨, 괜찮아요?"

"여깁니다."

바지가 찢기고 상처가 난 다리에서 피가 흘렀다. 나는 그를 부축해 일으켰다. 먼지가 걷히자 닐리가 우리에게 다가오는 모습이 보였다. 재미슨이 나를 밀면서 아벨린의 검을 건넸다.

"먼저 올라가요."

"같이 가고 싶어요."

"곧바로 따라갈게요."

그는 검을 뽑아 들고 거인과 대치했다.

"어서 가요, 에비!"

나는 거의 기다시피 계단을 올라갔다. 나무로 만들어진 계단은 꽤 넓었고 가까이에서 보니 끝이 보이지 않았다. 마크햄은 어디에도 보이지 않았다. 나는 검을 들고 계단을 올랐다. 계단은 끝없이 이어졌다. 서른다섯 번째 계단을 오르자 넓은 연단이 있었다. 그곳 바닥의 작은 문에서 요정이 튀어나왔다. 생명체는 그 무엇도, 그 누구도 닮지 않았다. 외투를 입은 해골 모양이었는데 머리 부분은 후드로 덮여서 전혀 보이지 않았다. 턱뼈만이 후드 아래 그림자 밖으로 튀어나왔다.

"이름?"

해골 요정이 오싹한 목소리로 물었다.

"에벌리 도노번."

"지나가도 좋다, 시간의 운반자여. 그리고 바다 마녀가 이것을 전해달라고 요청했다."

요정의 해골 손가락이 외투 소매 아래에서 빠져나왔다. 뼈마디가 보이는 손에 접힌 종이가 들려 있었다. 재빨리 받아 들고 내용을 읽었다.

사랑하는 에벌리,

어떤 희생은 너무 커서 미래를 바꾸기도 해요.

이것이 언제나 저의 끝이었고 그대의 시작이었어요.

모든 사랑을 담아.

뮤리엘

거인이 나를 쫓아 계단 위로 올라서자 전체 구조물이 삐걱거리며 신음을 토해냈다. 그의 뒤편으로 재미슨이나 다른 친구들의 모습은 어디에도 보이지 않았다.

나는 편지를 주머니에 쑤셔 넣고 위쪽으로 달렸다. 한 계단 한 계단 오르면서 시야가 흐릿해지고 마치 종이가 타오르듯이 시야 가장자리가 검은색으로 물들었다. 어깨 너머로 닐리를 돌아보니 재미슨이 이제 막 계단에 오르는 모습이 보였다. 닐리가 계단을 성큼성큼 오르며 달려왔다. 나는 속도를 높여 마지막 계단에 올라섰다.

무지갯빛으로 색이 변하는 구름이 정상의 넓은 연단을 휘감았다. 연단에서 저 아래로 발을 내디디면 관문으로 들어가는 걸까. 지금까지 안내자 없이 관문을 통과한 적이 없어서 정확한 방법을 알 수 없었다.

거인은 얼굴 표정이 보일 정도로 가까워졌다. 커다란 덩치와 거친 발걸음 때문에 계단이 심하게 흔들렸다. 나는 재미슨과 함께 관문으로 뛰어내리고 싶었지만 그는 너무 뒤처져 있었다.

나는 연단 끝에 올라섰다. 가장자리에 발가락이 걸렸다. 바닥은 까마득히 멀었다. 가까이서 보니 관문의 색깔이 빨간색에서 녹색으로, 그리고 다시 파란색으로 변했다. 마치 안개 사이로 비치는 무지개 같았다.

닐리가 마지막 계단에 올라서서 거대한 탑처럼 나를 내려다봤다. 다리와 어깨에서 피가 흘러내렸다.

"뛰어, 에벌리!"

재미슨의 외침이 들렸다. 어디로 뛰라는 걸까. 만약 관문이 문이나 터널 같은 구체적인 형상이었다면 쉬웠을 것이다. 눈앞에는 그저 색깔이 계속해서 바뀌는 화려한 안개뿐이었다. 거인의 거대한 손이 나를 덮쳐왔다. 재미슨과 친구들을 남겨두고 떠나기는 싫었지만 지금 뛰어내리는 선택 말고는 어떤 선택지도 내게 없었다. 나는 숨을 크게 들이쉬고 관문 속으로 도약했다.

25

나는 아주 높은 첨탑 같은 곳에 서 있었다. 별들이 내 주변에서 서로를 쫓는 나비처럼 경주를 벌였다. 멀리 아래로 일곱 세계가 보였다.

나는 어둠을 뚫고 곤두박질쳤다. 별들 사이 밑바닥으로 빠져들었다. 부드럽고 애잔한 멜로디의 바이올린 선율이 내 머릿속을 채웠다. 벨벳처럼 포근하고 따스한 담요가 나를 감싸 안는 듯했다.

갑작스러운 고요가 나를 깨웠다. 별빛의 잔상을 지우기 위해 빠르게 눈을 깜빡였다. 나는 거대한 엘더우드 나무로 이뤄진 숲 한가운데에 서 있었다. 나무의 밑동은 마차처럼 넓었고 줄기는 너무 높고 무성해 그 너머 태양을 찾을 수 없을 정도였다.

관문은 나를 에버우드로 데려왔다. 내가 시간의 운반자이기 때문일까. 내 시계태엽심장은 시계 반대 방향으로 움직이는 카운트다운을 멈추고 북쪽을 찾기 위해 발버둥 치는 나침반처럼 돌고 또 돌았다. 아벨린의 검은 새로 탄생한 별처럼 눈 부신 빛을 뿜으며 내 작은 손에서 몸을 떨었다. 이 경이로운 숲으로 돌아온 것이 무척 기쁜 것 같았다.

이곳에는 아무도 없었다. 하지만 지금 내게 필요한 것은 나무들이었다. 나는 가장 가까운 엘더우드로 다가가 부드러운 나무껍질에 손바닥을 가져다 댔다. 마음속에 단호한 한마디가 떠올랐다.

서둘러야 해.

내 발치에 데이지가 한 다발 피어서 길로 이어졌다. 나는 나무들 사이로 꽃이 연결된 길을 따라갔다. 신선한 꽃향기를 흠뻑 머금은 습기가 피부를 적셨다. 따스한 햇볕이 나뭇잎 사이로 점점이 비쳤다.

무성한 나뭇가지 틈새로 데이지 꽃길이 나를 공터로 이끌었다. 반대편에 몇 개의 문이 세워져 있었다. 모두 일곱 개였다. 문들은 벽도 없이 혼자 세워졌다. 마치 집은 무너져 내리고 문만 세워진 채 남아 있는 모양이었다.

각각의 문은 서로 다른 무늬가 새겨졌지만 같은 나무로 만들어졌다. 첫 번째 문은 가장 화려하게 장식됐다. 나뭇잎으로 만든 왕관에 둘러싸인 사과가 장식되어 있었다. 두 번째 문은 산봉우리, 세 번째 문은 백합 조각으로 장식되었다. 하지만 새겨진 장식은 희미했고 황동 손잡이는 녹이 슨 상태였다.

네 번째 문은 도토리나무가 새겨졌는데 무척 섬세했다. 나는 이 문 앞에서 서성이다가 유성이 새겨진 다섯 번째 문으로 옮겼다. 여섯 번째 문 역시 수많은 조개 이미지가 인상적으로 장식되어 있었다. 하지만 일곱 번째 문이 가장 특이했다. 죽은 덩굴이 마치 목을 조르듯 문을 칭칭 감고 있었다. 떨어진 나뭇잎들이 문 앞에 어지럽게 널렸다. 에버우드에 들어와서 처음으로 본 죽은 식물이었다.

나는 앙상하게 마른 덩굴을 치우고 가려진 구름무늬를 드러냈다. 이 문에는 누군가 문고리에 커다란 자물쇠를 채워놓았다. 더욱 이상한 점은 자물쇠에 열쇠를 꽂는 구멍이 없었다. 이 문은 완전히 버려진 상태였다.

어느 순간 도토리나무 문이 천천히 열리면서 부드러운 빛이 흘러나왔다. 나는 조심스럽게 그쪽으로 갔다. 열린 문 앞에 데이지가 피어났다. 꽃이 자라고 자라나서 내가 내민 손에 닿을 정도로 키가 커졌다. 나는 순백의 꽃잎을 만졌다. 뒤쪽 숲에서 무언가가 움직였다. 나는 검을 치켜들고 뒤로 돌았다.

"시간의 지배자여, 당신인가요?"

아무런 대답이 없었다. 도토리나무 문만 안쪽으로 더 깊숙이 열렸다. 바람도 불지 않았고 주위를 아무리 둘러봐도 혼자였다. 친숙한 소음이 문에서 흘러나왔다. 시계들이 일제히 똑딱거리는 소리였다. 나는 문고리를 잡고 활짝 열었다. 방 안은 시계들로 가득했다. 모두 삼촌의 작품들이었다.

나는 시계 상점 안으로 들어섰다. 돌아보니 에버우드로 통하는 문은 이미 사라지고 없었다. 상점에는 끝없이 이어지는 봄비가 지나간 뒤 쌓이는 곰팡내와 신선한 톱밥 향이 가득했다. 나는 검을 칼집에 꽂고 손바닥을 벽난로 위 시계에 가져다 댔다. 일정한 박자가 어떤 이야기를 하듯 내 몸에 전해졌다. 내 몸의 시계 태엽심장이 미약하게 반대 방향으로 다시 돌기 시작했다. 분침은 이제 더 뒤로 돌아가 3과 2 사이에 놓였다.

삼촌의 상점은 내 기억 속 그대로였다. 단지 선반에 먼지가 쌓였고 마룻바닥은 빗질이 되어 있지 않았다. 닫힘 팻말이 입구 창에 너무 오래 걸려 있어서인지 가장자리 윤곽이 유리에 그대로 묻어났다. 선반에 손가락을 그어보니 그대로 자국이 생겨났다.

꿈도 아니었고 과거로 돌아간 것도 아니었다. 나는 집에 돌아왔다. 그 순간 살짝 열린 작업실 문 틈새로 목소리가 새어 나왔다.

"그걸 넘겨주면 너를 그대로 두고 떠나겠다."

마크햄이었다.

"그럴 수 없다."

홀덴 삼촌의 목소리였다. 나는 피스톨을 뽑아 들고 곧바로 문을 열었다.

마크햄이 작업대를 사이에 두고 삼촌과 대치 중이었다. 그의 손에도 피스톨이 들렸다. 그가 삼촌에게서 총구를 돌려 나를 겨냥했다. "에벌리, 정말 흠잡을 데 없이 완벽한 타이밍이구나."

"위험해, 에비. 당장 나가!"

삼촌이 다급하게 외쳤다. 나는 옆걸음으로 방 안에 들어가서 벽을 등지고 섰다. "꺼져라, 마크햄. 아니면 경비병들을 부르겠다. 내가 한 발만 쏘면 병사들이 달려올 것이다."

그는 삼촌을 향해 머리를 기울였다.

"삼촌에게 영원의 모래시계를 내놓으라고 해라. 그러면 행복하게 꺼져주지."

"내 목숨을 내놓더라도 절대 줄 수 없어."

삼촌이 말하자 마크햄이 히죽거렸다.

"저 소녀의 목숨이라면 어떨까?"

나는 비열한 미소를 짓는 그의 얼굴을 겨냥했다.

"내가 먼저 쏘면 그런 일은 일어나지 않는다."

"내가 불사의 몸이란 걸 잊었나 본데?"

팔이 떨렸다. 총을 떨어뜨리지는 않았지만 들고 있는 것조차 힘겨웠다. 나는 태엽이 거의 다 풀려 멈추기 직전의 인형 같았다. 홀덴 삼촌이 작업대를 돌아 천천히 내게로 다가왔다. 마크햄이 다시 삼촌에게 총구를 돌렸다.

"모래시계 먼저, 그다음 저 소녀에게 가도 좋다."

삼촌이 그의 제안을 곱씹듯이 우리를 번갈아 쳐다보았다.

"그의 말을 듣지 마세요, 삼촌. 그는 모두를 배반한 거짓말쟁이예요. 자신이 사랑한다고 했던 사람들마저 배반하는."

내 비난에도 그는 아무런 표정 변화가 없었다. 그의 태도에 나는 더욱 화가 치밀었다.

"할로우는 어떻게 됐지?"

"그녀는 엘프 근위병들이 데려갔지. 할로우는 약속의 땅에 안전하게 있다. 내 누나는 포로들을 잘 대우하는 편이지."

홀덴 삼촌이 심각한 목소리로 입을 열었다.

"에벌리, 자정이 다 되어간다. 이제 나는 모래시계를 뒤집어야 해. 그건 절대 어기면 안 되는 내 사명이다."

"그럼, 그럼. 당신은 시간의 지배자가 지시한 사명을 완수해야지."

마크햄에게서 시간의 지배자에 대한 노골적인 원한이 드러났다. 모래시계는 다 쏟아지는 즉시 이를 뒤집어야 한다. 배에서 모래시계를 뒤집는 시간이 늦어지면 본토의 시간과 차이가 생겨버린다. 만약 영원의 모래시계가 모든 세계를 위한 시간을 정해주지 않으면 그 결과는 상상조차 할 수 없었다.

삼촌의 눈에 눈물이 흘러내렸다. 홀덴 삼촌은 천천히 방을 건너가 기다란 나무 상자를 선반에서 내려 작업대에 놓고 상자의 덮개를 열었다. 그 안에는 진주를 갈아 만든 것처럼 신비롭게 반짝이는 모래로 채워진 모래시계가 있었다. 모래시계의 위 칸은 텅 비기 직전이었다. 시계는 나무 상자에 고정된 구조였다. 삼촌이 모래시계의 위쪽을 밀자 거꾸로 돌면서 멈추지 않고 다시 모래가 흘러내렸다.

"임무를 마치느라 수고했다, 홀덴."

마크햄이 말하더니 피스톨로 삼촌의 관자놀이를 내려쳤다. 삼촌의 눈동자가 뒤쪽으로 말리면서 그대로 바닥에 쓰러졌다. 마크햄은 영원의 모래시계로 다가갔다. 나는 즉시 방아쇠를 당겼다. 폭음과 함께 총알은 그의 목 옆을 맞혔다. 그는 반대쪽 벽에 부딪히며 쓰러졌다. 마크햄이 고개를 들며 목을 움켜잡았다. 나는 테이블로 달려갔다. 삼촌의 머리에서는 피가 흘렀고 의식이 없었다.

마크햄이 일어섰다. 그의 상처에서는 피가 전혀 보이지 않았다. 정말 저주스러웠다. 그는 나를 향해 피스톨을 들어 올렸다. 내가 그의 손목을 내리치자 총알이 빗나가 천장을 맞혔다. 마크햄이 모래시계로 달려들었다. 나도 재빨리 모래시계를 향했다.

우리 둘은 모래시계의 양쪽을 동시에 움켜쥐었다.

"너는 정말이지 가증스럽구나."

그가 이를 갈며 말했다. 나는 그의 무릎을 발로 걷어차고 손에서 모래시계를 비틀어 빼냈다. 그가 나에게 달려들었다. 나는 바닥에 쓰러지면서 그만 모래시계를 놓쳤다.

마크햄이 손을 뻗어 모래시계를 움켜쥐더니 팔꿈치로 얼굴을 때렸다. 내가 코를 부여잡고 몸을 옆으로 굴리자 그는 모래시계를 들고 일어섰다. 그의 눈이 희열에 가득 찬 빛으로 번득였다.

"시간을 멈추지 마!"

"오, 가여운 에비. 고작 내가 그런 행동을 할 거라고 생각했나? 나는 시간을 멈춰 세울 생각이 없다. 오직 시간을 지배할 뿐이다."

그는 모래시계 윗부분의 나사를 풀기 시작했다. 모래시계가 상자와 연결된 부분이었다. 나사를 한 번 돌릴 때마다 그의 영혼이 몸에서 빠져나가는 게 보였다. 무언가 엄청난 일이 일어날 것만 같았다. 나는 그에게 달려들어 모래시계를 빼앗으려 했다. 하지만 시계에 손이 닿는 순간 내 영혼 역시 몸에서 빠져나오기 시작했다. 그가 나사를 다 풀어냈다. 그러자 모래시계 안에서 무지개가 폭발하듯이 빛이 뿜어져 나왔다.

마크햄과 내 영혼이 모두 몸 바깥으로 솟구쳤다. 그리고 빛의 폭포가 하늘을 향해 쏘아져 올라갔다. 우리 둘의 영혼은 세계와 별들을 지나쳐 휘감아 올라갔다. 비단결 같은 하늘의 바다를 횡단했다. 마크햄이 나를 흔들어 떼어내려 했다. 하지만 나는 그에게 악착같이 매달렸다.

어느 순간 우리는 어딘가로 떨어져 내렸다. 일어서면서 보니 검은 여전히 내 허리에 매여 있었다. 고대의 무기는 내 영혼과 함께 움직였다. 아벨린의 검에서 불사의 생명력이 느껴졌다. 나는 손잡이를 잡고 일어섰다.

마크햄과 나는 버려진 물건들이 가득한 사막 같은 곳에 떨어졌다. 부서진 가구, 낡은 장난감, 해진 옷 등 온갖 잡동사니가 산처럼 쌓여 있었다.

"이런 멍청한 계집 같으니!"

마크햄이 먼지 구덩이에서 일어서며 욕설을 내뱉었다. 그의 얼굴이 엘프로 변해 있었다. 귀, 코, 턱 끝이 뾰족했다. 마법은 그의 육체를, 인간을 닮은 모습으로 바꿔놓았을 뿐이었다. 그의 영혼은 본래 모습을 드러냈다. 게다가 영혼의 몸은 둘 다 빛깔이 바래고 시들어 잿빛의 불투명한 형태를 띠었다.

황량한 세계는 노란색과 회색으로 얼룩졌다. 햇빛은 강렬해서 먼지 낀 풍경이 유령같이 창백했다. 그 어디에도 살아 있는 존재의 흔적이 없었다.

"우리가 지금 어디에 있는 거지?"

"달."

마크햄이 가장 가까운 쓰레기 더미를 뒤지며 대답했다.

"영원의 모래시계를 열면 시간이 열린다. 시간은 관문에 얽매이지 않고 자유롭게 움직이지. 물론 예외는 있지만."

나는 다시 주변을 살폈다.

"여기가 달이라고?"

"누군가는 이곳을 픽시의 수집물 창고라고도 한다. 픽시가 날개 가루로 소멸시키는 모든 것이 이곳으로 온다. 젊음의 땅에서 픽시들은 쓰레기를 처리한다. 사라진 것들이 어디로 가는 건지 한 번이라도 궁금한 적이 없었나?"

하늘에서 더 많은 잡동사니가 떨어지더니 무더기 위에 쌓였다. 마크햄이 계속 주변을 뒤지고 다녔다. 그의 발치에는 수많은 모자와 짝이 맞지 않는 양말들이 흐트러져 있었다.

"하나쯤은 이 근처에 있어야 하는데…."

"도대체 뭐 하는 거냐? 너는 영혼이다. 어차피 물건을 만질 수도 없다."

"현재 시점에서는 영혼에도 힘이 있다."

과거 내가 영혼이었을 때는 주변에 어떤 영향도 미칠 수 없었다. 옆에 있는 쓰레기 조각에 발길질하자 멀리 날아갔다. 어떻게 가능하지? 혼란스러웠다. 나는 최대한 정신을 집중하고 검을 뽑아 들었다.

"우리가 왜 여기로 왔지, 마크햄?"

"한 세기 전, 거인들이 전쟁을 벌였을 때 아이오차는 픽시에게 거인 종족의 모든 흔적을 지우라고 명령했다. 이곳에는 은빛 구름 평원에서 온 물건들이 가득 쌓여 있다. 어디에서도 절대 찾을 수 없는 것들이지."

나는 그에게 성큼성큼 다가가서 검으로 이마를 겨눴다.

"이곳에 와서 고작 쓰레기 더미를 뒤지기 위해 내 삼촌을 공격하고 모래시계를 빼앗은 거냐?"

"홀덴이 죽으면 시간의 지배자는 곧 다른 키잡이를 구하겠지. 그놈은 항상 그랬다. '시간은 항상 흘러야 한다'고 지껄이며 온갖 싸구려 헛소리를 늘어놓는 놈이지."

"삼촌은 죽지 않았어!"

마크햄이 나를 바라보며 얼굴을 찡그렸다.

"아벨린의 검을 가진 너는 삼촌보다 훨씬 강해. 왜 그의 보호 아래 있으려는 거지? 너는 상점의 점원 따위로 숨어 있을 필요가 없다."

"너는 나에 대해 아무것도 몰라!"

"너는 에벌리 도노번이다. 그리고 우리는 똑같아."

그가 선언하듯이 분명하게 말했다.

"네가 태어난 순간부터 죽을 때까지 우리의 운명은 서로 얽혀 있다."

그의 말이 맞았다. 마크햄은 내가 아이일 때 심장을 찔렀다. 그리고 우리 운명은 서로 엮였다. 나는 지금의 내가 아닌 다른 누군가가 될 수 없다. 앞으로도 언제나 그가 만들어낸 나일 수밖에 없다.

"아, 저기 하나 있군."

마크햄이 낡은 모자 아래에서 삼베 주머니를 하나 꺼내 뒤집어 흔들었다. 그의 손바닥에 콩 모양의 하늘색 씨앗이 네 개 떨어졌다.

"겨우 그거?"

나는 마크햄이 찾은 물건에 당황할 수밖에 없었다.

"겨우 그걸 위해서 이 모든 일을 벌인 거냐?"

"모든 보물이 다 반짝이는 것은 아니지."

마크햄은 씨앗을 다시 주머니에 넣은 다음, 놀랍게도 내게 손을 내밀었다.

"나와 함께 가자, 에벌리. 이제 그만 삼촌의 그림자에서 벗어나라. 이 모든 일이 무엇을 위해서였는지 내가 보여주마."

구역질 날 것 같은 혐오감 뒤로 호기심이 밀려들었다. 저 씨앗이 왜 그렇게 소중하지? 다음에는 무슨 일이 벌어질까?

"궁금한가 보군."

그가 혼잣말처럼 웃으며 말했다.

"너는 네 아빠에게서 모험의 욕망을 확실히 물려받았다."

"입 닥쳐!"

"모든 생명체는 과거를 깨부수고 자유를 얻는 것이 얼마나 힘든 일인지, 왜 승리자가 되어야만 하는지, 그렇지 않으면 왜 결코 평화를 얻을 수 없는지 깨달아야만 한다."

"사람들을 해치고 얻는 건 승리가 아니야. 브레아와 아마다라, 할로우는 어떻게 됐지? 뮤리엘이 아마다라가 임신 중이었다는 이야기를 해주었다. 태어나지도 않은 자기 자식을 죽인 게 누구지?"

그는 이를 악물고 대답했다.

"그건 거짓말이다."

"모든 사람이 너처럼 거짓말을 하지는 않아. 오스릭의 말이 맞아. 너는 그 누구도 사랑하지 않아. 네가 가는 모든 곳에서 고통이 피어나. 고통과 평화는 공존할 수 없다!"

나는 다시 검을 고쳐 잡았다.

"너는 예전부터 그리고 앞으로도 괴물일 뿐이다."

"내 인내심을 시험하는구나, 에비. 집에는 알아서 돌아가라."

왕자가 위를 올려다보더니 땅에서 떠오르기 시작했다. 나는 그의 팔을 향해 칼을 휘둘렀다. 그는 더 높고 빠르게 떠올랐다. 나는 간신히 그의 다리를 붙잡았다.

우리 영혼은 달을 떠나고 있었다. 그는 발을 흔들어 나를 떨쳐내려 했다. 손이 미끄러져 떨어질 뻔했다가 가까스로 그의 발목을 잡았다. 온 힘을 짜내 버티고 또 버텼다. 어느 순간 빛이 반짝이며 눈을 가리더니 삼촌 작업실에 있는 내 몸속으로 돌아와 있었다.

나는 서서히 무릎을 펴고 몸을 일으켰다. 온몸이 쑤셨다. 삼촌은 여전히 의식을 잃고 바닥에 누워 있었다. 마크햄은 이미 정신을 차리고 벽에 기대어 앉아 있었다. 그가 찡그린 얼굴로 팔을 만졌다. 손가락에 피가 묻어났다.

"헉, 당신이 피를…."

나는 너무 놀라서 숨을 들이켰다. 내 검이 그를 벴고 상처에서 피가 흘렀다. 내 몸이 날카롭게 긴장했다. 기다리고 기다렸던, 준비하고 훈련했던, 기도하며 원했던 바로 그 순간이 드디어 찾아왔다. 나는 비틀거리는 다리로 그의 앞에 버티고 섰다. 내 손에는 아벨린의 검이 들려 있었다.

"이제는 웃지 못하는군, 그렇지?"

"에벌리…."

그의 얼굴이 창백하게 질렸다. 나는 검을 치켜들어 온 힘을 다해 내리찍었다. 칼날은 그의 가슴에 정확히 명중했다. 그는 고통으로 몸을 웅크렸다. 나는 검의 손잡이를 다시 힘주어 잡아 빼냈다. 그가 고개를 숙인 채 몸을 일으켰다.

"이제 웃어도 되나?"

그가 히죽히죽 웃었다. 그의 셔츠만 잘려나갔을 뿐 가슴에는 전혀 핏자국이 보이지 않았다. 팔에서 힘이 빠졌다. 분명 내 검에 찔린 팔에서 피가 흘렀다. 그런데 왜? 어떻게 이런 일이 가능하지?

그 순간 누군가가 상점 출입문을 쾅쾅 두드렸다.

"경비대다! 문을 열어라!"

총소리를 듣고 찾아온 것이 분명했다. 마크햄은 영원의 모래시계를 집어 들었다. 나는 마룻바닥에 검을 짚고 몸을 벽에 기댔다. 온몸의 근육이 경련하듯 떨렸고 갈수록 더 심해졌다.

"아벨린의 검은 그저 부서진 별의 잔해다. 너한테는 꽤나 어울릴지도 모르겠군. 하지만 그 검이나 그 검의 주인 놈이 너를 지켜줄 거라고 믿는다면 너무 순진한 생각이야."

경비병들이 더 세차게 문을 두드렸다. 마크햄이 하얀 이를 드러내며 굳은 미소를 짓더니 부엌으로 향했다. 나는 다리를 절며 문간에 기대어 섰다. 지칠대로 지쳐 그를 쫓아갈 수 없었다. 그는 뒷문을 열고 그대로 골목으로 달아났다.

앞문이 쾅 소리가 나며 열리더니 병사 둘이 뛰어 들어왔다. 진홍색 재킷을 입은 병사들은 작업실로 몰려들어 권총을 겨눴다.

"강도를 당했어요."

나는 뒷문을 가리키며 힘겹게 말했다. 그들은 쓰러진 삼촌의 모습을 살펴보더니 마크햄을 쫓아 뒷문으로 뛰어나갔다. 나는 바닥에 주저앉아 시계태엽심장 위에 손을 얹었다. 내려다보니 분침이 1에 가까웠다. 내 시간이 거의 끝나가고 있었다.

그때 내 손 위로 또 다른 손이 포개졌다. 홀덴 삼촌이 어느새 내 옆으로 기어 와 있었다.

"에…, 에벌리, 영원의 모래시계는 어디 있지?"

"마크햄이 가져갔어요. 그를 막지 못했어요…. 죄송해요."

나는 가슴에 얹었던 손을 내렸다.

"아니, 괜찮다. 어디 얼굴 좀 보자."

그는 손바닥으로 내 얼굴을 감쌌다.

"탐험은 재밌었니?"

홀덴 삼촌의 다정한 물음에 나도 몰래 웃음이 터져 나왔다.

"네, 상상했던 것 이상이었어요."

"사랑은 찾았니?"

재미슨이 떠올랐다. 쇳덩이와 살, 시계와 심장, 죄수와 백작에 관한 어지러운 가정과 혼란스러운 마음을 몰아냈다. 이 시계태엽심장은 기계다. 기계는 사랑에 빠질 능력이 없다. 하지만 어디에나 기적은 존재한다. 사랑은 불가능을 신경 쓰지 않는다.

"네, 그 사람 이름은 재미슨 캘러한이에요. 삼촌도 한 번 만난 적 있어요. 기억나요?"

"그 백작?"

삼촌이 엄마와 똑 닮은 미소를 지었다.

"오, 에비, 이렇게 자라다니. 그저 말괄량이였는데… 어엿한 숙녀가 되었구나. 시간의 흐름은 네가 아는 것보다 훨씬 빠르단다."

"정말 보고 싶었어요."

내가 속삭였다.

"나도 네가 보고 싶었단다, 에비."

홀덴 삼촌이 이마를 내게 맞댔다.

"네가 이렇게 성장한 모습을 볼 수 있어서 정말 기쁘구나. 네 엄마와 아빠도 자랑스러워하실 게다. 브로건과 엘로윈은 늘 너의 미래가 행복하기를 바랐지. 항상 자신을 소중히 여겨야 해."

갑자기 그의 표정이 고통으로 일그러지더니 몸을 뒤로 젖혔다. 삼촌의 손바닥에서 피가 솟구쳤다. 어느새 아벨린의 검이 그의 피로 흠뻑 젖었다. 삼촌은 피가 흐르는 손바닥을 내 시계태엽 심장 위에 얹었다.

"안 돼!"

나는 몸을 뒤로 빼내려고 했지만 내 심장에서 빛이 폭발하듯 뿜어져 나왔다. 빛줄기의 흐름이 점점 더 커지면서 온몸으로 따스한 기운이 물결처럼 퍼졌다. 몸 구석구석 골수까지 파고들었다. 나는 몸속 깊숙한 곳에서 무언가가 뒤집히는 것을 느꼈다. 마치 몸 안에 있던 모래시계가 뒤집혀서 위 칸에 가득 찬 모래알갱이가 아래로 다시 떨어지는 것 같았다. 어느 순간 빛이 서서히 사라졌다.

삼촌이 내 가슴에 손을 댄 채 그대로 내 옆에 누워 있었다. 나는 팔꿈치를 짚고 일어나 앉아 삼촌의 얼굴을 살폈다.

"무슨 짓을 한 거예요?"

"내게 남은 시간은 네가 없다면 아무런 의미가 없단다."

삼촌의 피 묻은 손에서 힘이 점점 빠져나갔다.

"내 마지막 시간으로 무언가 아름다운 것을 창조했으면 좋겠구나, 에비."

삼촌의 팔이 툭 떨어지고 고개가 옆으로 굴렀다.

"홀덴 삼촌?"

나는 삼촌을 흔들었다. 아무런 반응이 없었다.

"안 돼, 안 돼."

나는 그의 가슴에 얼굴을 묻었다. 뜨거운 눈물이 흘렀다.

"나를 두고 가지 마세요. 나만 혼자 남겨두지 마세요, 삼촌."

내 시계태엽심장이 새로운 힘으로 뛰었다. 하트우드가 새로운 시간을 얻었다. 똑딱이는 소리가 몸 전체에 힘차게 울렸다. 시간이 다시 소리를 얻었다. 슬픈 울림을 내며.

누군가가 나를 삼촌에게서 떼어냈다. 어느새 경비병들이 다시 작업실로 돌아와 있었다. 나는 흐느끼느라 그들이 돌아오는 소리를 전혀 듣지 못했다. 그들이 나를 일으켜 세우다가 흠칫 물러섰다.

"시계태엽심장?"

경비병이 내뱉듯이 소리쳤다.

"마법이다!"

"여기 핏자국을 봐. 이 여자가 저 사람을 죽였어."

나는 달아나려고도, 설명하려고도, 몸을 가리려고도 하지 않았다. 그들은 내게 쇠고랑을 채우고 총을 겨눈 채 상점 바깥으로 끌고 나갔다. 구경꾼들이 길거리에 줄지어 서서 내가 마차에 감금되는 것을 지켜봤다. 그들은 내 셔츠의 벌어진 틈으로 핏자국과 시계태엽심장이 똑딱거리는 모습을 목격했다. 나는 멍한 상태로 옷을 추스를 정신마저 없었다. 마차에서 한 경비병이 심문하듯 캐물었다.

"강도가 든 게 사실이냐? 어떤 흔적도, 아무도 없었다."

"우리를 따돌리기 위해 거짓말한 거겠지."

내가 대답이 없자 다른 병사가 내 계략이었을 거라며 맞장구를 쳤다. 그들이 마차의 문을 닫자 나는 어둠 속에 홀로 남겨졌다.

나는 이제 빛보다 어둠이 편하다. 빛은 이 세상에 남은 유일한 내 가족을 데려갔기 때문이다.

26

 도레스탄드 감옥의 지하는 내 기억 그대로였다. 눅눅하고 뭔가 썩은 냄새가 나는 감방이 늘어선 음침한 터널이었다. 나만 팔다리가 쇠사슬에 묶였다. 경비병들이 처음에는 여자 감방 안에 나를 넣으려 했지만 몇몇 죄수들이 내 시계태엽심장을 보고 기겁하며 손을 흔들었다. 몇몇은 실제로 내게 침을 뱉고 욕설을 퍼부었다. 그러자 경비병들은 나를 가장 낮은 층의 창문이 없는 감방으로 옮겼다. 이곳은 깊은 바닷속처럼 추웠다.

 혼자 남자 내 운명이 왜 나를 이곳을 이끌었는지 그간의 일을 곰곰이 생각했다. 이번 일에서 뮤리엘의 역할은 여전히 불분명했다. 감옥의 간수가 뮤리엘의 편지를 압수해서 다시 볼 수는 없었다. 하지만 전체적으로 생각해보면 그녀의 죽음으로 인해 무언가 미래가 바뀌었다는 사실을 알 수 있었다. 마크햄은 그녀의 배신 덕분에 도리언 왕에게서 키잡이의 이름을 알아냈다. 그 이

후 나에게 희생이라고 말하며 자기 죽음을 예상한 듯 편지를 남겼다. 그렇다면 미래는 어떻게 바뀐 걸까? 삼촌의 죽음은 이미 정해진 미래였을까? 머릿속이 혼란스러웠다.

시간이 좀 더 지나자 감방 안의 냉기가 외로움만큼이나 고통스러워졌다. 나는 부모나 형제보다 더 누군가를 그리워할 수 있을 거라는 생각은 하지 못했다. 하지만 지금 맹렬하게 그리운 두 사람 중 한 명은 영원히 사라졌고, 다른 한 명은 완전히 다른 세계에 있었다. 나는 재미슨과 사랑에 빠진 게 분명하다. 이토록 애타게 그리워하고 걱정하는 것은 내가 그를 깊이 사랑한다는 뜻이리라.

발소리와 함께 경비병이 나타나더니 감방 문을 열고 여왕의 국무대신을 들여보냈다. 바다에서 만난 윈터스 대신이었다. 어떻게 이렇게 빨리 도레스탄드에 돌아온 거지? 아, 오스릭의 말에 따르면 이곳의 시간이 더 빨리 흐른다고 했다. 파도 밑 땅에서 보낸 하루가 이곳에서는 한 달쯤이라고 했다.

"에벌리 도노번, 전지전능하신 여왕께서 지금 너를 보러 오신다."

이윽고 아이슬린 여왕이 문 앞에 나타났다. 위엄이 넘치는 궁중 예복을 입은 그녀는 회색 머리에 핀을 꽂아 올리고 가슴에는 암말 모양의 상아색 브로치를 장식했다. 법정에서 내게 식민지 7년의 유배형을 내린 이후로 처음 만나는 자리였다. 그 이후로 얼마나 많은 일을 겪었고, 얼마나 많은 변화가 있었는지를 생각하면 그저 놀라울 따름이다. 나는 지금 그녀가 심문하던 순진한 소녀가 아니다. 여왕은 부러워할 만한 미모나 엄청난 인상을 주는 여자는 아니었다. 여왕의 위엄은 우아한 몸가짐에서 나왔다. 세상사에 무심한 듯한 도도한 표정은 강철 같은 위엄을 풍겼다. 하지만 나는 마크햄의 이야기를 통해 진실을 알았다. 여왕은 진실을 찾지 않았다. 그녀는 장식하듯 거짓말을 꾸몄고 자신의 위엄 뒤로 이를 숨겼다. 나는 진실을 왜곡하는 그녀가 두려웠다.

여왕의 표정만 봐서는 나에 대한 어떤 감정도 읽을 수 없었다. 저 초연한 표정은 그녀의 냉담함에서 비롯됐다. 여왕이 갑자기 등 뒤에서 내 검을 꺼내 들더니 바닥에 쨍강 소리가 나도록 내던졌다.

"킬리언 마크햄은 어디 있느냐?"

소름 끼치도록 부드러운 목소리였다.

"모릅니다."

"나는 거짓말을 용서하지 않는다. 너는 킬리언과 결탁해서 내 식민지를 파괴했다. 그를 도와 내 해군 전함을 훔쳐서 바다를 건너 도망쳤다. 너는 그가 어디 있는지 당연히 알아야 한다."

"여왕 폐하께서는 모든 것을 아시지 않습니까?"

"내 예언 능력을 너 같은 것이 함부로 입에 올려서는 안 된다."

그녀는 왕관을 쓴 사기꾼에 불과했다. 그녀보다는 차라리 손금을 보는 이들이 더 많은 능력을 지녔을 것이다.

"마크햄은 폐하가 생각하는 그런 사람이 아닙니다. 그는 사실…, 인간이 아닙니다."

그녀가 내게 다가오더니 셔츠 깃을 당겼다. 구두 굽이 돌바닥을 울렸다.

"이런 마법을 부리면서도 내가 너의 그 괴상한 거짓말을 믿을 거라고 생각하나?"

"폐하와 저는 같은 믿음이 있습니다."

내가 그녀의 상아색 암말 모양 브로치를 가리키며 말했다. 그녀가 좋아하는 창조주 아이오차의 상징이었다.

"마크햄은 우리 둘 다를 속였습니다. 그는 우리 세계에 속한 존재가 아닙니다. 제가 아무리 진실을 말해도 믿지 못하시겠죠."

"네가 진실을 입에 올린다고? 너는 정체를 숨기고 다른 이들이 가족의 죽음을 슬퍼할 때 죽은 체하며 거짓을 꾸몄다. 너의 아버지는 내 왕국에서 가장 용감한 탐험가였다. 너는 네 아버지의 위대한 이름을 더럽혔다."

내가 예전 법정에 있던 소녀였다면 그녀의 비난에 무너졌을지도 모른다. 하지만 지금은 아니다. 나는 당당히 여왕을 마주 보았다. 여왕이 내게 몸을 기울였다. 그녀에게서 풍기는 호박 향에 질식할 것 같았다.

"창조주께서 너의 본 모습을 내게 보여주셨다. 너는 진정 영혼이 없구나. 자신의 핏줄인 삼촌을 죽이는 소녀는 백번 죽어 마땅하다."

나는 여왕의 말을 맞받아쳤다.

"마음대로 나를 비난할 수는 있지만 당신은 절대 예언자가 아니야. 나는 절대 당신이 생각하는 그런 사람이 아니니까!"

그녀가 비단 자락을 휘감으며 돌아섰다.

"화형에 처해라."

예상은 했지만 역시 충격이었다.

"나는 재판을 받을 권리가 있다."

적어도 법정이라면 판사에게 내 사정을 설명할 수 있을 것이다. 그리고 참석한 모든 사람에게 이 세계가 위험에 빠졌다는 사실을 알릴 수 있을 것이다. 더 많은 사람이 마크햄이 일곱 세계에 어떤 위험을 불러올지 들어야만 한다.

"너는 재판을 받을 자격이 없다. 네 가슴의 그 흉측한 것이 이미 너에게 판결을 내렸다."

그녀는 윈터스 대신을 돌아봤다.

"처형식에 관한 포고문을 널리 알리고 해가 지면 화형을 집행하라. 참석할 수 있는 모든 시민을 초청해라."

"때가 되면 모든 사람은 자신의 거짓에 대한 대가를 치른다."

내 심장박동이 너무나 거세어 여왕의 귀에도 분명 똑딱거리는 소리가 들릴 것이다.

"당신도 예외일 수는 없다."

아이슬린 여왕이 아무 대답 없이 감방을 나섰다. 윈터스 대신이 아벨린의 검을 집어 들더니 여왕의 뒤를 따랐다.

* * *

경비병들이 얼마 지나지 않아 들어와 내 쇠사슬을 벗겼다. 그들은 하녀 둘을 불러 젖은 천으로 내 몸을 씻기고 얇고 하얀 천으로 된 옷을 입혔다. 목 부분이 깊게 파여 내 흉터와 심장이 드러났다.

나는 몸이 훤히 드러나는 옷을 사람들 앞에서 입어본 적이 없었다. 여왕은 내가 행실이 단정치 못한 마녀의 이미지로 비치기를 원한 듯했다. 그리고 자신의 권력을 과시하기 위해 본보기 삼아 나를 처형하려고 했다.

나는 바닥에 무릎을 감싸 안고 앉아 떨리는 몸을 진정시켰다. 옷을 갈아입히던 하녀들이 내 빨간 장갑은 그대로 놓아두었다. 색이 바래고 해졌지만 가족의 온기가 담긴 장갑은 내 외로움을 조금이나마 달래주었다.

오직 내 심장박동 소리만 들려왔다. 듣지 않으려고 귀를 막았지만 심장박동은 내 몸 안에서 더 세차게 뛰며 머리를 울렸. 그 소리는 홀덴 삼촌을 떠올리게 했다. 삼촌 생각을 하자 연이어 시간의 지배자가 떠올랐다. 그는 마크햄이 내 부모와 형제를 죽이는 것을 막지 않았다. 그리고 자신의 키잡이로 선택한 삼촌마저 죽게 했다. 아마 내 죽음도 내버려둘 것이다.

경비병이 마지막 식사로 귀리죽을 가져왔다. 뜻밖의 방문객이 들어왔다. 헉슬리 박사가 진료 가방을 들고 감옥으로 들어왔다. 경비병은 열린 문 바깥에서 기다렸다.

"알릭? 어떻게 여기에 있어요?"

"여왕이 의사를 불렀습니다, 도노번 양. 당신의 시계태엽심장이 군중을 위협하지는 않는지 확인하고 싶어 합니다. 그런데 감옥의 의사가 당신 심장에 겁을 먹어서 내가 자원했죠."

알릭이 가까이 다가왔다. 그의 시선이 내 얼굴과 심장 사이를 오갔다.

"통증이 있습니까?"

"이제는 없어요."

그는 마크햄의 검에 다친 오래된 가슴 흉터를 살폈다. 그러더니 반대쪽 검이 뚫고 지나간 자리까지 확인했다.

"살아 있다는 게 기적이네요."

"이 심장이 살렸어요."

"어디 다친 데는 없나요?"

나를 걱정하는 그의 마음이 고스란히 느껴졌다. 나는 팔을 펼쳐 그를 꼭 껴안았다. 그는 가만히 있더니 나를 마주 안아주었다.

"우리는 당신 걱정을 많이 했어요."

그가 조용히 속삭였다.

"퀸은 어디 있나요? 어떻게 이렇게 빨리 도레스탄드로 돌아왔죠?"

그가 당황한 표정으로 팔을 내렸다.

"에벌리, 퀸과 나는 몇 달 동안이나 이곳에 머물렀어요. 당신은 반년 전에 파도 밑 땅으로 떠났습니다."

"그랬군요. 그곳에서는 시간이 느리게 흐르거든요."

알릭은 곁눈질로 경비병이 아직 바깥에 있는 걸 확인하고 말을 이었다.

"당신들이 떠나고 남은 우리는 해군에 체포됐어요. 캘러한 대위에 대항한 반란이 일어났을 때 인질이 됐다고 말했습니다. 다행히 그들은 순순히 우리 말을 믿어줬죠. 퀸의 형기도 마친 거로 인정해줬습니다. 식민지에 있는 동안 퀸의 엄마가 돌아가셔서 퀸은 내가 입양했습니다."

그가 살짝 미소를 지었다.

"그녀의 고양이도 함께."

"퀸은 괜찮아요? 베비나는 어때요?"

"퀸은 많이 좋아졌습니다. 이제는 제법 숙녀티가 나고 글도 혼자 읽고 쓸 수 있습니다. 베비나는 경비대에 넘겨졌는데 감옥으로 끌려가던 중 마차를 부수고 탈출했습니다. 몇 주 뒤에 우리 집에 왔길래 몸을 숨겨줬어요. 그녀와 퀸, 나는 함께 많은 시간을 보내고 있습니다. 베비나는 더 이상 내기나 도박을 하지 않고, 요즘은 퀸에게 자수를 가르치고 있죠."

베비나가 자수를? 나는 그녀의 예상치 못한 변화에 깜짝 놀라며 물었다.

"재미슨은 돌아왔나요? 여우와 고양이는? 혹시 그들 소식은 못 들었나요?"

그는 대답 없이 고개만 가로저었다. 희망이 무너져 내렸다. 그들은 닐리와 해적들의 추격에 관문을 통과하지 못한 것이 분명했다. 알릭이 어두운 표정으로 입을 열었다.

"삼촌 소식 들었습니다. 진심으로 애도를 표합니다."

"영원히 그리울 거예요."

쏟아지려는 눈물을 참느라 눈이 따가웠다.

"서둘러라."

문밖에서 경비병이 소리쳤다. 알릭이 진료 가방을 열고 은색 의료 기구를 꺼냈다. 그는 내 시계태엽심장을 살피며 속삭였다.

"내게 미리 말할 수도 있었잖아요."

"그럴 수 없었어요. 이런 일이 벌어질까 봐 당신뿐만 아니라 그 누구에게도 말하지 못했어요."

"의회는 당신을 재판정에 세우려 했습니다. 자신들의 승인 없이 여왕이 마음대로 당신을 판결하는 것을 탐탁지 않게 여겼죠.

하지만 여왕은 식민지 개척 실패 이후부터 더욱 독선적으로 변했습니다. 왕국은 어지러운 상황이에요. 여왕은 해군 함대를 전부 항구로 불러들이고는 누가 마크햄을 위해서 일했는지 일일이 심문했습니다. 조금이라도 의심받는 사람은 감옥에 갇히거나 해고를 당했습니다. 게다가 날이 갈수록 교수형과 화형을 당하는 사람들이 늘어나고 있어요. 마드로나를 숭배하는 자라고 판단되면 재판도 없이 바로 감옥에 가두고는 처형대에 올리죠. 대부분 사람들이 날마다 공포 속에 살아갑니다."

나는 아랫입술을 꽉 깨물었다.

"퀸에게 오늘 밤 오지 말라고 전해줄래요? 당신과 베비나도 오면 안 돼요. 저는 그…, 그 모습을 보여주기 싫어요."

경비병이 감방의 쇠창살을 두드렸다.

"시간이 다 됐다, 의사."

알릭은 기구를 진료 가방에 넣었다. 고통스러운 눈길이 나와 마주치자 숨죽이며 말했다.

"당신의 말을 존중하지만, 친구로서 당신을 혼자 외롭게 두지는 않을 겁니다."

가슴속에 뜨거운 것이 차올랐다. 나는 장갑을 벗어서 내밀었다.

"재미슨을 만나면 이걸 전해줘요. 그와 다른 사람들은 아직 파도 밑 땅에 있을 거예요. 그리고 그에게…, 그에게 미안하다고 전해주세요."

알릭이 장갑을 건네받고 고개를 끄덕였다. 나는 그와 경비병이 사라질 때까지 기다렸다. 그러곤 울음을 감추려고 두 손으로 입을 막았다.

27

 감옥에서 화형장으로 가는 길은 사람들이 몰려 움직이기 힘들 정도였다. 광장에는 내가 지금까지 한 번도 보지 못했던 많은 인파가 모여 있었다. 어른에서 아이까지 엄청난 인원이었다. 어린아이들은 부모의 어깨 위에, 소년들은 물통 위에 앉았고, 소녀들은 창가에 모여앉아 광장을 내다봤다. 도레스탄드의 모든 주민이 모여들었다. 도시 전체가 내 처형식을 보기 위해 멈춰 선 것 같았다.

 경비병 네 명이 광장을 빙 둘러서 사람들에게 나를 구경시켰다. 앞서 있었던 처형식에서 새까맣게 탄 흔적이 남아 매캐한 냄새를 피웠다. 손목을 묶은 밧줄에 긁혀 피부에 상처가 났다. 하지만 구경꾼들의 수군거림 때문에 아픈 것도 느끼지 못했다. 사람들은 내 시계태엽심장이 실제로 움직이는지 보겠다고 서로 밀치며 앞으로 나섰다. 부모들은 아이들의 눈을 가렸다. 나는 고개를 숙이고 머리카락을 늘어뜨려 얼굴을 가렸다.

여왕이 의회 의원과 법관, 그리고 프로그레시브 수도회 소속 사제들과 함께 연단 위에 자리를 잡았다. 국무대신이 아벨린의 검을 가지고 있었다. 저자가 내 검의 소유권을 차지한 것 같았다.

쌓아 올린 장작을 향해 계단을 오르자 그 앞에서 관리들이 한마디씩 던졌다.

"아이오차가 우리를 마법으로부터 보호하셨다."

사제의 말에 의원이 덧붙였다.

"흉측하군."

법관의 마지막 말은 내 가슴에 비수로 꽂혔다.

"도노번 가문의 비극적 결말이로군."

그들의 말에 내가 느끼는 고통을 되돌려줄 수 있다면 타오르는 화형대 위에 몇 번이라도 올라갈 수 있었다. 나는 마음을 다잡고 군중을 응시했다.

알릭과 퀸이 앞줄에 서 있었다. 퀸은 내 기억보다 훌쩍 성장해 있었다. 얼굴은 갸름해졌고 몸은 성숙했다. 더는 식민지로 향하던 배에서 만난 가녀린 소녀가 아니었다. 알릭이 그녀를 진정시키려는 듯 어깨를 토닥였다. 하지만 퀸은 울지 않았다. 오히려 분노와 저항이 담긴 눈빛이었다.

사형대에 오르기 전 백합을 띄운 물그릇을 들고 사제가 계단을 올라왔다. 그는 티끌 하나 없이 깨끗한 예복을 차려입었다. 아이오차가 상아빛 암말로 해변에 도착했을 때를 상징하는 예복이었다. 그는 물에 손가락을 담근 다음 내 이마에 그었다.

"위대한 창조주여, 우리를 이 악에서 구하소서."

그는 내 이마에서 손을 뗀 다음 말을 마쳤다.

"아이오차가 그대를 용서하시기를."

사제가 물러가자 여왕이 무표정한 얼굴로 내 시계태엽심장을 바라봤다. 그녀는 아무런 감정이 없어 보였다. 혐오감마저 없어 보이는 표정은 마치 내 존재 자체를 부정하는 듯했다. 나는 지금 이 상황이 현실임을 받아들여야만 했다.

나는 이제 죽는다.

경비병들이 검게 탄 흔적이 가득한 마지막 돌계단으로 나를 밀어 올렸다. 장작 위 사형대에 오르기 전 그들은 부츠를 벗겼다. 나는 둥근 사형대 위에 올라섰다. 맨발이라 바닥에 얼룩진 재에 미끄러졌다. 앞선 처형 때의 열기가 아직 남아 있어 바닥이 뜨거웠다. 어디로도 도망칠 수 없는 고요가 나를 덮쳤다. 어머니와 아버지도 죽음에 이르렀을 때 이런 기분이었을까? 나는 부모님이 마지막 순간에 느꼈을 공포와 고통을 상상했다. 그것이 이제 내게 닥쳐올 것이다.

경비병들이 내 몸을 묶은 밧줄을 풀고 앞선 처형에서 타다 남은 다른 줄로 내 팔다리를 화형대에 묶었다. 다른 경비병들은 장작을 더 가지고 와서 내 주변에 둥그렇게 무릎 높이까지 쌓아 올렸다.

연단 아래에서 사형 집행인이 횃불에 불을 붙여 높이 치켜들었다. 군중들이 조용해졌다. 아이슬린 여왕이 자리에서 일어나 한 걸음 앞으로 나서더니 입을 열었다.

"에벌리 도노번, 너는 시계태엽심장을 가졌다. 금지된 마법을 사용한 죄와 친족 살인의 죄까지 저질렀다. 이런 범죄 사실에 대해 할 말이 있는가?"

"홀덴 오셰어는 위대한 남자였다. 내 부모가 살해되자 그는 나를 받아들여 키웠다. 그는 모든 면에서 내게 아버지와 같았다. 나는 그를 사랑했다. 절대 죽이지 않았다. 그는 내게 사람들은 이해할 수 없는 것을 두려워한다고 말했다. 자 이 말을 이해해라, 도레스탄드의 시민들이여. 두려워하지 마라. 너희 여왕은 사기꾼이다!"

내 말에 군중들이 술렁였다.

"장작에 불을 붙여라!"

아이슬린 여왕이 화난 어조로 낮게 명령했다. 사형 집행인이 계단을 올랐다. 나는 더 큰 소리로 외쳤다.

"아이슬린 여왕은 예언자가 아니다. 그녀는 백성들을 사랑하지 않는다. 오직 자신의 안위에만 관심이 있을 뿐이다. 전쟁이 다가오고 있다. 저 여자를 지도자로 남겨둔다면 우리에겐 패배만이 기다릴 것이다!"

사형 집행인이 횃불을 내렸다. 불길이 장작더미를 집어삼키기 시작했다. 화염은 빠르게 번졌다. 연기가 피어올라 눈을 찌르고 목이 막혔다. 불꽃이 뱀의 혀처럼 내 몸을 향해 춤췄다. 얇은 옷은 열기를 전혀 막지 못했다.

나는 묶인 손을 비틀었지만 소용없었다. 폐에 들이닥치는 연기를 몰아내기 위해 기침을 했다. 하지만 숨을 들이쉴 때마다 더 많은 연기가 몸속으로 몰아쳤다. 맑은 공기를 마시려고 고개를 들고 턱을 치켜들었다. 그때 믿을 수 없는 모습이 내 눈에 들어왔다. 픽시가 연기를 뚫고 화형대의 꼭대기에 내려앉았다.

"라델라? 어떻게 여기에?"

내 손목을 조이던 밧줄이 사라졌다. 다리의 밧줄까지 사라졌을 때 광장 건너편에서 무언가 폭발하는 소리가 들렸다. 일렁이는 불길 너머로 법원의 지붕이 타올랐다.

떨어지는 벽돌에 수레와 마차가 부서지고 사람들이 비명을 지르며 이리저리 사방으로 뛰었다. 나는 몸을 일으켜 불길이 닿지 않는 사형대 구석으로 피했다.

"에벌리!"

알릭이 장작 아래에서 소리쳐 불렀다.

"뛰어!"

바람이 방향을 바꾸면서 불길과 연기가 내 쪽으로 들이쳤다. 나는 얼굴을 가리고 가장자리에서 뛰어내렸다. 라델라가 앞쪽에서 날개를 흔들자 맹렬하게 타오르던 장작더미가 그대로 사라졌다.

관중들이 제각각 다른 방향으로 흩어졌다. 알릭이 다가와 피스톨을 내게 건넸다. 윈터스 대신이 연단의 계단을 경비병과 함께 뒤뚱거리며 내려왔다. 대각선 방향 건물에서 두 번째 폭발음이 들려왔다.

폭발이 너무 거세어 알릭과 나는 땅바닥에 쓰러졌다. 나는 가슴에 손을 모아 심장을 보호했다. 라델라가 우리 몸으로 쏟아지던 파편을 사라지게 하더니 내 머리카락을 잡아당겨 일으켜 세웠다.

고함과 비명 소리가 연단 쪽에서 연이어 들려왔다. 연단의 네 기둥 중 세 개가 폭발의 충격으로 기우뚱거렸다. 계단을 내려오던 여왕이 비명을 질렀다. 마침내 연단은 광장 중앙 화형대 쪽으로 무너져 내렸다. 불꽃과 연기가 회오리치듯이 피어올랐다.

나는 알릭이 몸을 일으키도록 부축해준 다음 쓰러진 연단 쪽으로 다가갔다. 윈터스 대신이 바닥에 굴러떨어져 멍한 상태로 나를 쳐다봤다. 나는 그의 손에서 아벨린의 검을 비틀어 빼앗았다. 그리고 피스톨을 겨눈 채 뒤로 물러섰다.

"나는 이 검을 찾기 위해 목숨을 바쳤다. 그 누구도 이 검을 내게서 빼앗아가지 못해."

아이슬린 여왕이 비틀거리며 연기 속에서 빠져나왔다. 그녀의 화려한 예복은 불에 그슬리고 찢어졌다. 우리 사이로 장작더미가 무너져 내리며 불꽃이 흩어지고 연기가 자욱이 피어올랐다. 여왕과 나는 불꽃 너머로 서로를 응시했다. 나는 피스톨을 들어 그녀를 겨냥했다. 단 한 발. 그저 방아쇠를 한 번 당기면 왕국은 그녀의 폭정에서 벗어날 수 있다.

"너는 굳이 죽일 가치도 없다."

나는 총을 내리고 건너편을 향해 외쳤다. 차가운 그녀의 표정이 분노로 물들었다. 말 한 마리가 끄는 마차가 버려진 수레와 벽돌 더미를 피해 텅 빈 광장으로 질주해 들어왔다. 마부 자리에는 베비나가 앉아 있었다. 퀸이 베비나 뒤에서 내게 소리쳤다.

"빨리 타요!"

나는 여왕에게 총을 겨눈 채 알릭과 함께 마차 쪽으로 다가간 다음 퀸의 손을 잡고 재빨리 올라탔다.

"꼭 잡아!"

베비나가 고삐를 잡아채자 말이 총알처럼 튀어 나갔다. 마차

바퀴가 자갈이 깔린 광장 바닥을 덜컹거리면서 지났다. 총소리가 우리 뒤를 쫓아왔다. 몸을 낮게 엎드리자 어느새 따라온 라델라가 내 머리카락 속으로 몸을 숨겼다. 총소리가 잦아들었다. 나는 머리를 들고 주변을 살폈다. 우리 뒤쪽 거리는 텅 비어 있었지만 앞쪽으로 병사들이 바리케이드를 치고 있었다.

베비나가 고삐를 바짝 움켜쥐더니 바리케이드를 향해 정면으로 돌진했다. 곧이어 우리 앞쪽 건물에서 세 번째 폭발이 일었다. 건물은 바리케이드와 마차 사이 공간으로 무너져 내렸다. 베비나가 길옆으로 난 골목길로 아슬아슬하게 방향을 꺾었다. 마차에 탄 우리는 한쪽으로 쏠리며 밖으로 튕겨 나갈 뻔했다. 베비나는 미로 같은 골목길을 몇 번 더 꺾어 지나쳤다. 어느 순간 높은 건물들이 사라지고 자갈길이 먼지가 피어오르는 흙길로 변했다. 퀸은 양털 담요를 꺼내어 우리를 완전히 덮고는 조용히 속삭였다.

"가만히 숨어 있어야 해요. 병사들이 우리를 찾고 있어요."

나는 긴장된 몸을 진정시키며 물었다.

"지금 어디로 가는 거지?"

"북쪽입니다. 아침이면 도착할 겁니다."

알릭이 대답했다. 퀸이 담요 속으로 내 손을 더듬어 찾더니 꼭 쥐었다. 나는 그동안의 이야기를 하나도 빠짐없이 듣고 싶었다. 특히 라델라가 어떻게 파도 밑 땅에서 돌아왔는지가 제일 궁금했다. 하지만 들이마신 연기 때문에 머리가 어지러웠다. 일단 숨을 고르며 몸이 진정되기를 기다렸다.

잠시 후에 나는 손가락 두 개로 입술을 눌렀다. 내 마음은 다른 세계에 있는 한 남자에게로 흘러갔다. 내 심장은 그를 보고 싶은 갈망에 일곱 세계를 가르는 관문을 넘어가고 있었다.

28

 마차가 덜커덩거리며 멈춰 섰다. 알릭이 담요를 치우고 일어나 앉았다. 나는 우리가 어디 있는지 알 수 없었다. 라델라는 퀸의 외투에 달린 후드 속에 몸을 웅크리고 있었다. 둘 다 잠들어 있었다. 알릭이 그들을 깨우지 않으려고 조심스럽게 마차에서 미끄러져 내린 다음 검을 든 내가 따라 내리는 것을 도왔다.

 이른 아침 안개가 구불구불한 언덕 중턱에 걸려 있었다. 군데군데 서 있는 외로운 나무들 사이로 커다란 시골 저택이 있었다. 직사각형 형태의 3층 건물엔 소박한 지붕과 10여 개의 창문이 보였다. 데이지 꽃 덤불이 중앙 출입구로 이어지는 넓은 돌계단을 따라 피어나 있었다. 베비나가 옷가지를 잔뜩 들고 마차 뒤에서 우리를 기다렸다.

 "우리는 산악지대 북쪽 끝에 있어. 시가지는 완전히 벗어났지. 이곳에 있으면 당분간은 괜찮을 거야."

그녀는 외투와 부츠, 그리고 어머니의 빨간 장갑을 내게 건넸다. "알릭이 너를 위해 이걸 가져왔어."

"고마워."

베비나가 거칠게 머리를 뒤쪽으로 돌려 묶었다.

"먼저 사과부터 할게, 에비. 도르카가 공격했을 때…."

"괜찮아, 베비나. 네가 왜 그랬는지 충분히 이해해. 파도 밑 땅은 우리 모두의 생각보다 훨씬 위험한 곳이었어."

"고마워. 알릭도 네가 이해해줄 거라고 했는데 역시."

베비나가 뒤로 물러서며 나를 전체적으로 살펴봤다.

"네 검을 찾았구나."

"그래, 이제 절대 잃어버리지 않을 거야."

시간의 지배자는 이 고대 유물을 자신에게 가져오라고 했지만 이제는 줄 수 없을 것 같았다. 내 심장에 시간을 더하기 위해서는 이 검이 필요했다. 아벨린의 검은 내 곁에 머물러야 한다.

라델라가 어느새 깨어나 내 어깨 위에 내려앉았다. 픽시를 싫어하는 베비나가 질색하지 않을까 싶었지만 그녀는 오히려 미소를 지으며 말했다.

"오늘은 무척 예뻐 보이는구나, 라델라."

내가 감옥에 갇힌 사이 베비나와 픽시 사이가 좋아진 것 같아 기뻤다. 픽시가 명랑하게 지저귀며 날개를 떨었다. 구불구불한 언덕 아래에서 두 사람을 태운 말 한 마리가 긴 오르막을 올라왔다. 라베릭과 클라렛이었다. 말은 빠른 속도로 다가왔다. 라베릭이 말에서 뛰어내리자마자 나를 꼭 끌어안았다. 그녀의 머리카락과 옷에 검은 화약가루가 묻어 있었다.

"네가 폭탄을 터뜨렸구나."

"뭔가 무서울 때는 마구 터뜨린다고 했잖아."

라베릭이 몸을 기울이며 눈에서 빛을 발했다.

"내 친구를 처형하려고 하는데, 그 정도면 이유가 충분해."

나는 알릭을 바라봤다.

"아직 돌아오지 않았다고 했잖아요?"

"당신이 모르고 있어야 탈출 계획이 성공할 수 있을 것 같아서요."

그가 의미심장한 미소를 띠며 대답했다.

클라렛이 우리 옆으로 내려섰다. 그녀는 여전히 회복하지 못했는지 힘들어 보였지만 표정만은 굳건했다. 클라렛이 라베릭의 코에서 검은 화약가루를 닦아냈다.

"라비가 네 탈출 계획을 짰어."

"모두 같이한 거야."

여우가 쑥스러운 듯 말하자 고양이가 애정이 듬뿍 담긴 눈길로 말했다.

"겸손할 필요 없어. 넌 천재야."

나는 미소를 지으며 둘을 바라봤다. 둘 사이는 모든 것이 잘되어가는 것 같았다.

"에벌리!"

또 다른 목소리가 나를 불렀다. 라델라가 펄쩍 날아올랐다. 그리운 목소리였다. 급하게 몸을 돌려 바라보니 재미슨이 저택의 계단을 내려오고 있었다.

나는 서서히 그를 향해 발걸음을 옮기다가 달리기 시작했다.

그는 나를 안아 들더니 꼭 껴안았다.

"미안해요. 내가…."

나는 그에게 그대로 키스했다. 그는 잠깐 몸이 굳더니 나를 부서질 듯 꽉 안았다. 그의 탄탄한 가슴에 비해 입술은 한없이 포근했다. 나는 그의 이마에 내 이마를 포개며 재빠르게 물었다.

"어떻게? 언제 왔어요?"

"우리는 당신을 쫓아 곧바로 관문을 통과했습니다. 닐리는 계단에서 떨어지고 말았어요."

가엾은 거인. 그는 그저 고향으로 돌아가고 싶었을 뿐인데.

"관문은 우리를 이곳에서 멀지 않은 해변에 떨어트렸습니다. 나는 도레스탄드를 향해 서둘렀만 당신은 이미 감옥에 갇혔더군요. 아…, 삼촌의 일은 정말 안타까워요."

나는 눈을 꾹 감았다가 다시 떴다. 삼촌이 세상을 떠났다는 사실을 다시는 떠올리고 싶지 않았다. 그는 내 심장 속에 여전히 살아 있다.

"당신에게 할 얘기가 너무 많아요."

재미슨의 목소리가 조용해졌다.

"나도 그래요. 탈출은 힘들지 않았나요?"

"엄청났죠."

베비나가 장난꾸러기처럼 미소 지었다. 저택의 열린 입구에서 또다시 익숙한 목소리가 들렸다.

"캘러한 경과 캘러한 부인, 차가 준비됐습니다."

오스릭의 표정은 따스했다. 그는 환영의 표시로 고개를 살짝 숙였다. 나는 재미슨의 손을 잡고 함께 저택의 계단을 올랐다.

"여긴 누구 집이에요?"

"내 여름 별장입니다. 어머니의 유언에 따라 내 소유가 됐죠."

"무척 크네요."

"지나치게 크죠."

그는 비단 재킷의 소매를 매만졌다. 그동안 보지 못했던 깔끔한 옷차림이었다. 우리는 입구 홀로 들어섰다. 라델라가 따라 들어와 내 어깨에 앉았다. 높은 천장, 윤이 나는 바닥, 반짝이는 가구가 나를 반겼다. 벽에 걸린 그림은 고풍스럽고 우아했다.

집사가 하인 두 명과 함께 안쪽에서 대기했다. 그들은 이야기 속의 엘프와 픽시를 봐도 전혀 미동이 없었다. 하인 하나가 내 검을 흘깃 곁눈질로 쳐다봤다. 알릭이 잠든 퀸을 안고 침대에 눕히려고 우리를 지나쳐 위층으로 올라갔다.

"차는 서재에서 마시죠."

재미슨이 입구 홀 안쪽의 방으로 이끌었다. 라베릭과 클라렛, 나는 몸을 데우기 위해 난로 곁에 자리를 잡았다. 낮은 테이블 위에 체스판이 놓여 있었고, 구석에서 커다란 괘종시계가 묵묵히 시간을 지켰다. 반대쪽 구석에는 피아노와 악보가 놓인 스탠드와 함께 재미슨의 바이올린이 기대어 있었다. 마지막으로 본 재미슨의 바이올린은 *바다의 캐더린*호에서 물에 둥둥 떠다니고 있었다. 재미슨이 다시 바이올린을 켜리라는 뮤리엘의 예언이 실현된 것이다.

베비나가 고풍스러운 방을 둘러보며 연신 탄성을 질렀다.

"캘러한 경, 당신이 얼마나 대단한 귀족인지 내가 미처 알아보지 못했군요."

"그럴 리가요."

그는 소파를 가리키며 모두에게 권했다.

"다들 자리에 앉아요."

베비나는 줄무늬 소파에 앉았다. 클라렛이 그 옆에 앉아 차를 홀짝였다. 라델라는 피곤했는지 난로 옆 스툴 위에 몸을 웅크리고 잠을 청했다. 알릭은 퀸을 눕히고 곧 돌아올 것이다.

"클라렛은 어떻게 지냈어?"

난롯가에서 내가 라베릭에게 속삭였다.

"에버블루에서 보낸 시간이 그녀에겐 충격이었나 봐. 좀처럼 잠을 자지 못했어. 시끄러운 도시는 지금 그녀에겐 견디기 힘들 것 같아. 이곳처럼 평화로운 시골에서 시간을 보내면 좀 나아질 거야."

나는 고양이를 바라봤다. 그녀는 손을 다리 사이에 포개 넣고 조심스럽게 주변을 두리번거렸다.

"혹시 네 감정을 표현했어?"

"그녀가 먼저 고백했어."

라베릭의 목소리에는 아직도 기쁨의 여운이 남아 있었다.

"에버블루에서 마법에 걸렸을 때 그녀는 자기 주변에서 벌어지는 모든 일을 보고 느낄 수 있었지만 유리 상자 안에 갇힌 것처럼 섞일 수가 없었대. 그 외로운 시간 동안 나를 얼마나 사랑하고 있었는지 깨달았다고 했어."

"감격했어, 라비. 너희들이 지금까지 겪은 일을 돌아보면서 변치 말고 오랫동안 행복해야 해."

"너도 재미슨과 행복을 찾을 수 있을 거야."

"그럴지도 모르지."

나는 불안한 미소를 지으며 고개를 기울였다. 그때 오스릭이 목청을 가다듬고 중대한 이야기를 시작했다.

"우리는 무엇보다 우선 킬리언 왕자를 찾아야 합니다."

"그를 찾지 못할 거예요."

나는 굳은 목소리로 말을 이었다.

"마크햄은 삼촌에게서 영원의 모래시계를 훔쳤어요. 모래시계는 그 자체가 시간을 관통하는 관문 역할을 하더군요. 지금 그는 어떤 세계로도 갈 수 있고, 심지어 모래시계를 이용해 영혼 이동까지 할 수 있어요. 그는 달로 날아가 픽시의 잡동사니 더미에서 푸른색 씨앗을 찾았어요."

"씨앗? 그런 걸 얻기 위해 마크햄이 이 모든 일을 벌였단 건가요?"

재미슨이 묻자 심각한 표정의 오스릭이 대답했다.

"그건 하늘 씨앗일 겁니다. 하늘 씨앗에는 창조력이 응집되어 있죠. 영원의 모래시계는 킬리언에게 시간을 뛰어넘어 여행할 수 있는 능력을 줬지만 단 한 군데 창조주가 금지한 곳은 갈 수 없죠. 하늘 씨앗은 원래 그곳에 있었던 겁니다."

"은빛 구름 평원이군요."

나는 에버우드에서 봤던 죽은 덩굴이 입구를 막은 으스스한 문을 떠올리며 말했다.

"그 세계는 왜 금지됐죠?"

베비나가 물었다.

"거인들은 전쟁을 일으켜 인간 종족을 거의 전멸시키다시피

했습니다. 그 뒤로 나머지 세계와 단절됐습니다. 그들이 분명 마크햄이 원하는 무언가를 가졌을 겁니다."

"시간의 지배자는 마크햄이 어떤 고대의 유물을 원한다고 말했어요. 그게 무엇인지는 정확히 알려주지 않았지만요. 아마도 영원의 모래시계를 이용해 시간을 뛰어넘어 그걸 찾으려는 게 아닐까요?"

오스릭이 진지한 표정으로 고개를 끄덕였다.

"내가 엘프 평의회에 보낸 편지에 대한 답장이 오면 엘프들과 이 문제를 의논해보겠습니다. 엘프 여왕은 마크햄이 어떤 유물을 쫓고 있는지 알 수도 있습니다. 그것이 무엇이든지 간에 그는 자기 권력을 되찾으려 할 겁니다. 그것이 전쟁으로 이어지더라도."

침묵의 장막이 우리를 감쌌다. 내 심장이 방 건너편의 커다란 괘종시계와 박자를 맞춰 뛰었다. 왠지 시간의 지배자가 지금 우리를 지켜보고 있다는 느낌이 들었다. 그는 홀덴 삼촌에게 미안한 감정을 느낄까?

창문을 통해 첫 번째 새벽빛이 비쳤다. 밤이 지나고 날이 다시 밝았다.

"모두들 휴식을 취해야 합니다."

재미슨이 일어서며 모두에게 말했다.

"어디든 편한 곳을 찾아 쉬세요. 집사가 침실로 안내할 겁니다." 그는 문을 열고 밖에서 대기 중인 집사와 하인들을 가리켰다. 베비나가 먼저 서재를 나섰다.

"고마워요, 캘러한 경."

긴 밤에 지친 모두가 방을 나갔다. 스툴 위에서 잠에 빠진 라델라만 서재에 남았다. 나는 재미슨 곁에 머물렀다. 아직 그와 떨어지고 싶지가 않았다. 그는 난로에 장작 하나를 던져 넣었다. 여전히 내 몸에서는 연기와 그을음 냄새가 났다. 우리는 소파에 함께 자리를 잡았다.

"에벌리, 미안해요. 어젯밤 나도 당신을 구하러 가고 싶었습니다. 하지만 그동안 바다에서 실종으로 처리되어 해군에서 근신 처벌을 받았습니다. 도레스탄드에 들어갈 수 없는 상황이었죠."

"그 정도라서 다행이네요. 파도 밑 땅에서 보낸 시간은 여기 시간과 완전히 달라요. 그사이 몇 달이 흘러버렸죠."

"나는 바다에 빠진 뒤 어부에게 겨우 구출되어서 돌아오기까지 오래 걸렸다고 둘러댔어요."

그가 묵묵히 난로 위에 걸린 남자와 여자 그리고 소년과 소녀가 그려진 가족의 초상화를 바라봤다. 찬찬히 살펴보니 그의 부모님과 여동생 그리고 소년은 재미슨이 틀림없었다.

"우리가 사라진 사이 아버지가 돌아가셨습니다."

재미슨이 아버지와 사이가 안 좋긴 했지만 아버지의 죽음은 그에게 큰 충격이었을 터다.

"가슴 아프네요."

재미슨이 무겁게 고개를 끄덕였다.

"아버지는 임종하면서 나를 다시 상속인으로 지정했습니다. 이곳에 돌아오면 아버지와 화해할 수 있기를 바랐는데. 아버지 역시 같은 마음이었겠죠."

나는 그에게 몸을 붙이고 팔짱을 끼었다. 재미슨은 더 이상 말이 없었다. 그는 슬픔에 잠겨 고개를 숙인 채 입을 다물었다. 가족을 잃은 충격에서 아직 벗어나지 못한 듯했다.

나는 재미슨이 겪고 있는 마음의 고통이 얼마나 큰지 잘 알았다. 지금 당장은 어떤 말로도 위로가 되지 않을 것이다. 그저 묵묵히 곁을 지켜줄 사람이 필요할 뿐이다. 나는 그의 손바닥을 펼쳐 손금에서 감정선을 찾았다.

"그때는 진실이라고 생각했는데 지금 보니 그렇지 않다는 것을 깨달은 게 있어요. 이야기해줄까요?"

"알고 보니 진실이 거짓말이었다는 이야기인가요?"

"거짓말은 아니고 오해라고 해둘게요."

내가 말을 바로잡았다.

"당신과 나는 잘 어울렸어요."

"그게 오해예요?"

"아니요. 이제부터 말할 거예요."

나는 떨리는 손가락을 다리 사이에 끼워 넣고 발을 바닥에 단단히 붙였다.

"나는 내가 사랑에 빠질 수 없는 사람이라고 생각했어요. 내 시계태엽심장이 누군가와 친밀해질 수 있는 자격을 빼앗아간다고 생각했죠. 나무와 쇳덩이로 만들어진 기계가 무언가를 느낄 자격이 있을까요? 내가 어떻게 누군가의 친구가 될 수 있겠어요? 아내? 엄마는? 시계태엽심장을 가지고 나선 다른 이들을 향한 모든 사랑이 나를 떠났다고 생각했어요."

나는 크게 심호흡을 하고 말을 이었다.

"사랑은 무한하다는 것을 이해하지 못했어요. 하지만 이젠 알아요. 삼촌이 지금 이곳에 더는 존재하지 않지만 삼촌의 사랑은 언제나 내 곁에 머물 거예요. 그리고 당신 아버지의 사랑도 언제나 당신과 함께할 거예요. 제 심장이 당신과 다를지는 몰라도…, 나는 당신을 사랑해요, 재미슨 캘러한. 당신은 내 가족이에요. 그리고 당신이 나를 잃지 않는 한 나는 언제나 당신의 가족입니다."

그는 말없이 내 머리카락을 쓰다듬었다. 그의 시선이 내 얼굴에 머물렀다. 그의 입술이 천천히 다가와 내 입술에 닿았다. 온몸의 피부가 뜨겁게 달아올랐다. 그는 내게 깊숙이 키스했다. 우리 두 사람의 몸은 소파 깊숙이, 그리고 서로에게 파묻혔다. 내 피부에는 열기가 퍼졌다. 나는 그의 온몸을 만지고 싶었다. 우리의 연결은 끊어지지 않았다. 그를 가졌어도 나는 그를 더 깊이 원했다.

그가 다시 내게 키스했다. 길고 천천히, 내 몸 깊숙한 곳의 아픔이 따스한 아이스크림 케이크처럼 녹았다.

그가 몸을 뗐다. 그러고 몸을 일으켜 난로를 향해 걸어가서 위쪽 선반에 팔을 기대고 섰다.

"우리가 레이디 레기나호 위에서 결혼한 것 기억하죠?"

"어떻게 잊겠어요."

"식민지가 전투로 무너진 후 그 배는 완전히 파괴된 채 발견됐어요. 우리 결혼을 주관했던 선장은 불에 타 죽었습니다."

"내가 그곳에 있었잖아요, 재미슨. 무슨 말을 하는 거예요?"

재미슨이 난롯가에서 다시 내 곁으로 다가와 앉았다.

"에비, 죄수 식민지에서 어떤 기록도 도레스탄드로 반환되지 않았습니다. 우리 정부는 항해에서 일어난 일들에 대해 아무런 기록도 가지고 있지 않습니다."

납덩이처럼 어두운 예감이 몸속으로 가라앉았다.

"뭐가 불안한지 얼른 요점부터 이야기해봐요."

그는 잠시 숨을 가다듬더니 말을 이어갔다.

"우리 결혼에 관한 기록이 남아 있지 않아요. 법률상으로 우리는 결혼한 적이 없는 남남입니다."

"내가 당신의 아내가 아니라는 말인가요? 당신은 내 남편이 아니고요?"

"왕국의 법률에 따르면 아닙니다. 그렇다고 변한 것은 없어요."

재미슨이 내 손바닥에 부드럽게 키스했다.

"나는 당신을 사랑합니다, 에벌리 도노번. 당신이 내 곁을 떠나지 않는 한 내일도, 다음 날도, 그다음 날도, 언제까지나 당신 곁에 있을 겁니다."

내가 사랑하는 남자가 나를 사랑한다는 말을 하는 순간이었다. 하지만 기분이 묘했다. 나는 그의 아내가 될 준비가 되었는데 법적으로는 그의 아내가 아니게 되었다니.

"에벌리, 화났어요?"

"당신은 괜찮아요?"

"처음 들었을 때 나도 무척 당황했습니다. 하지만 지금은 아닙니다. 당신이 오기 전까지 나는 아무것도 하지 못한 채 벽난로 앞만 서성거렸어요. 지금 당신이 이렇게 무사히 눈앞에 있다는 사실만으로도 너무나 감사하고 행복합니다."

재미슨이 나를 자기 쪽으로 바짝 끌어당겼다. 푸른 눈빛이 나를 집어삼킬 듯 반짝거렸다.

"종이 쪼가리가 있든 없든 신경 쓰지 않아요. 당신은 내 아내입니다, 에비. 변한 것은 없습니다."

나는 그에게 몸을 기댔다. 가슴을 활짝 열고 그의 몸을 내 입술로 탐했다. 그의 부드러운 입술이 되돌아왔다. 내 몸속으로 따스함이 발끝까지 밀려들었다.

어느새 창문으로 황금빛 아침 햇살이 쏟아져 들어왔다. 나는 아늑한 그의 몸을 파고들며 난로의 불길을 바라봤다. 커다란 괘종시계의 시계추가 그네를 타는 모습을 곁눈으로 바라보았다. 저 끊임없는 똑딱 소리가 고요를 깨트리며 앞으로 닥칠 일에 대한 걱정을 일깨웠다.

"이제 무얼 해야 하죠?"

내가 속삭였다. 재미슨이 내 이마에 키스하며 대답했다.

"언제까지나 이렇게 함께 있으면 돼요."

사실 나는 몹시 지쳐서 그의 품 안에서 영원히 쉬고 싶은 마음이었다. 이렇게 평화로운 시간은 잠시뿐일지 모르지만 지금 이 순간이 너무나 소중해서 일단 모든 걱정은 나중에 하기로 했다. 재미슨과 함께 가능한 한 오랫동안 난롯가에 누운 채 미래는 그저 운명에 맡기기로 했다.

옮긴이
윤동준
/

경희대학교를 졸업하고 국민대학교 Business IT 전문대학원 경영학 석사 학위를 취득하였다. 해외영업과 마케팅 업무를 하다가 일간지 기자로 활동했다. 평소 책 읽기를 즐겨 책과 관련된 일을 늘 곁눈질하곤 했다. 뒤늦게 좋은 책을 발굴해 소개하고 우리말로 옮기는 일에 관심을 가지고 전문 번역가의 길에 들어섰다. 옮긴 책으로『백 번째 여왕』시리즈,『수익 먼저 생각하라』,『나는 4시간만 일한다』(공역),『나는 오늘부터 화를 끊기로 했다』,『나무늘보 널 만난 건 행운이야』등이 있다.

Into The Hourglass
모래시계 속으로

초판 1쇄 발행 2020년 8월 15일

지은이 에밀리 킹
옮긴이 윤동준
편집 남은영, 허승
마케팅 이원희
디자인 캠프커뮤니케이션즈

펴낸곳 에이치
출판등록 2017년 7월 24일 제2017-000006호
주소 경기도 양평군 지평의병로 116번길 15
이메일 hconpub@gmail.com
팩스 0505-055-2747

ISBN 979-11-89911-13-3 03840
　　　979-11-89911-10-2 (세트)

이 도서의 국립중앙도서관 출판시도서목록(CIP)은 서지정보유통지원시스템 홈페이지(http://seoji.nl.go.kr)와 국가자료공동목록시스템(http://www.nl.go.kr/kolisnet)에서 이용하실 수 있습니다.(CIP제어번호: CIP2020031903)

잘못된 책은 구입하신 서점에서 바꿔드립니다.

페이지를 멈출 수 없다!
에이치가 펴낸 에밀리 킹 작가의 시리즈

〈백 번째 여왕〉
시리즈 전 4권

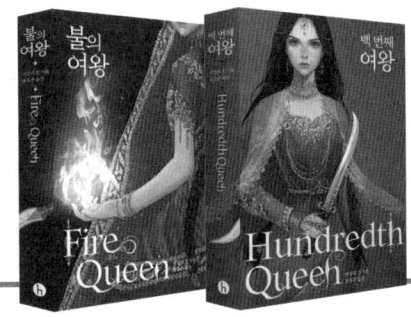

강렬한 캐릭터, 화려한 액션,
거대한 모험, 은밀한 사랑
판타지와 로맨스의 완벽한 만남